Todos los libros de Linkgua Ediciones cuentan con modelos de Inteligencia Artificial entrenados por hispanistas. Pregúntale al chat de tu libro lo que desees acerca de la obra o su autor/a.

Para ebooks: Accede a nuestro modelo de IA a través de este enlace.

Para libros impresos: Escanea el código QR de la portada con tu dispositivo móvil.

Obtén análisis detallados de nuestros libros, resúmenes, respuestas a tus preguntas y accede a nuestras ediciones críticas generativas para una experiencia de lectura más enriquecedora.
La transparencia y el respeto hacia la autoría de las fuentes utilizadas son distintivos básicos de nuestro proyecto. Por ello, las respuestas ofrecen, mediante un sistema de citas, las fuentes con las que han sido elaboradas.

Eugenio María de Hostos

La peregrinación de Bayoán

Barcelona 2024
Linkgua-ediciones.com

Créditos

Título original: La peregrinación de Bayoán.

© 2024, Red ediciones S.L.

e-mail: info@linkgua.com

Diseño de cubierta: Michel Mallard.

ISBN rústica ilustrada: 978-84-9953-5883.
ISBN tapa dura: 978-84-1126-490-7.
ISBN ebook: 978-84-9007-644-6.

Cualquier forma de reproducción, distribución, comunicación pública o transformación de esta obra solo puede ser realizada con la autorización de sus titulares, salvo excepción prevista por la ley. Diríjase a CEDRO (Centro Español de Derechos Reprográficos, www.cedro.org) si necesita fotocopiar, escanear o hacer copias digitales de algún fragmento de esta obra.

Sumario

Créditos	4
Brevísima presentación	13
La vida	13
Prólogo de la segunda edición	15
Prologo de la primera edición	43
Clave	45
La peregrinación de Bayoán	47
A bordo. Octubre 12	47
Octubre 13	48
Octubre 15	48
Octubre 16	48
Octubre 16; por la tarde	49
Octubre 17	50
Octubre 19. Santo Domingo	53
Octubre 21. En Santo Domingo	53
Octubre 22. A bordo	55
Octubre 22. Por la noche	55
Octubre 23	59
Octubre 24	59
Octubre 25	59
Octubre 26	60
Octubre 27	60
Octubre 28	61
Octubre 30	61
Noviembre 3	63
Noviembre 4	63

Noviembre 5	64
Noviembre 6	64
Noviembre 7. Santiago de Cuba	65
Noviembre 8. A bordo	65
Noviembre 9	66
Noviembre 11	68
Noviembre 11. Por la tarde	69
Noviembre 15	70
Habana 17	70
Noviembre 18. Bahía de La Habana	71
Seno Mexicano. Noviembre 20	73
Noviembre 21	75
Entre La Habana y Nuevitas. Noviembre 23	75
Noviembre 23. Por la tarde	75
Noviembre 23	77
Noviembre 24	78
Noviembre 25	79
Noviembre 26	79
Noviembre 28. En el cielo	79
Noviembre 29	83
Noviembre 30	84
Diciembre 1	84
Diciembre 2	87
Diciembre 5	88
Diciembre 7	89
Diciembre 8. Por la mañana	89
Diciembre 8. Por la tarde	90
Diciembre 9. Al amanecer	90
Diciembre 9. Por la noche	94
Diciembre 15	96
Diciembre 20	100
Diciembre 21	102

Diciembre 22	105
Diciembre 22. Por la noche	106
Diciembre 25	109
Diciembre 25. Por la noche	111
Diciembre 26	112
Enero 7. Por la mañana	119
Enero 7. Por la noche	120
Enero 9	131
Enero 10	131
A bordo	134
Enero 11. A bordo	134
El mismo día. A bordo	135
Enero 13	137
Enero 15	137
Enero 18	138
Enero 21	139
A bordo: 24	142
Día 26	143
Enero 28	149
28. Por la tarde	151
Enero 30. Por la mañana	154
En la capital de Puerto Rico. Enero 30. Al mediodía	156
Enero 30. Por la tarde	158
30. Por la noche	159
Febrero 4	161
Febrero 5	163
Febrero 6	165
Febrero 7	169
Febrero 7. Por la noche	171
Febrero 8	172
Febrero 10	173
Febrero 13	174

Febrero 15. A bordo	179
Febrero 18	179
Febrero 20	179
Febrero 23	180
Febrero 23. Por la noche	180
Febrero 24	182
Febrero 26	183
Febrero 27	185
Febrero 28	186
Marzo 2	187
Marzo 2. Por la noche	187
Marzo 7	188
Marzo 8	190
Marzo 8. Por la tarde	191
Marzo 9	192
Marzo 10	192
Marzo 10. Por la tarde	192
Marzo 11	193
Por la noche	200
Marzo 12	201
Marzo 13	202
Por la noche	206
Marzo 14. Por la mañana	210
Por la tarde	212
Marzo 15. Por la mañana	212
Marzo 17	215
Marzo 18	217
Marzo 20	218
Marzo 21	229
Marzo 25	231
Marzo 28	238
Marzo 29. Por la noche	252

Abril 2	252
Abril 27	254
Abril 29. En Madrid	255
Abril 30	257
Junio 20	275
Junio 29	276
Julio 5	278
Julio 7	278
Julio 9	279
Julio 11	279
Julio 19	279
Julio 19	281
Julio 21	282
Julio 22	283
Julio 23	284
Julio 24	285
Julio 24. Por la noche	286
Julio 30. Al amanecer	291
Agosto 2. En la huerta de Alicante	292
Agosto 7	293
Agosto 8	295
Agosto 15	295
Agosto 22	296
Agosto 25. Por la noche	297
Agosto 29. Por la noche	298
Agosto 30. Por la mañana	298
Septiembre 3. Al anochecer	298
Septiembre 5	299
Septiembre 6	301
Septiembre 15	302
Septiembre 30	302
Octubre 1	303

Octubre 2	304
Octubre 6	304
Octubre 7	305
Octubre 9	306
Octubre 9	309
Octubre 10. Por la noche	313
Octubre 11. Por la noche	314
Octubre 15	315
Octubre 16. Por la mañana	315
Octubre 16. Por la tarde	316
Octubre 25	318
Octubre 27	319
Octubre 29	320
Octubre 29. Por la noche	320
Octubre 30	320
Noviembre 2	321
Noviembre 5	322
Noviembre 10	322
Noviembre 12	322
Noviembre 15. Por la noche	323
Noviembre 17	323
Apuntes del editor	326
Diciembre 15	327
Febrero 8	327
Febrero 15	327
Febrero 21	327
Febrero 23	328
Febrero 23	328

Libros a la carta   **331**

Brevísima presentación

La vida

Eugenio María de Hostos (1839-1903). Puerto Rico.

Nació en Mayagüez en 1839 y murió en Santo Domingo en 1903. Hizo sus estudios primarios en San Juan y el bachillerato en España en la Universidad de Bilbao. Estudió además Leyes en la Universidad Central de Madrid. Siendo estudiante luchó en la prensa y en el Ateneo de Madrid por la autonomía y la libertad de los esclavos de Cuba y de Puerto Rico. Y por entonces publicó La peregrinación de Bayoán novela crítica con el régimen colonial de España en América.

Entre 1871 a 1874 Hostos viajó por Colombia, Perú, Chile, Argentina y Brasil. En Chile publicó su *Juicio crítico de Hamlet*, abogó por la instrucción científica de la mujer y formó parte de la Academia de Bellas Letras de Santiago. En Argentina inició el proyecto de la construcción del ferrocarril trasandino.

En 1874 dirigió con el escritor cubano Enrique Piñeyro la revista *América Ilustrada* y en 1875, en Puerto Plata de Santo Domingo, dirigió *Las Tres Antillas*, con la pretensión de fundar una Confederación Antillana.

Hacia 1879 se estableció en Santo Domingo y allí redactó la Ley de Normales y en 1880 inició la Escuela Normal bajo su dirección. A su vez, dictaba las cátedras de Derecho Constitucional, Internacional y Penal y de Economía Política en el Instituto Profesional.

Tras el cambio de soberanía de Puerto Rico en 1898 pretendió que el gobierno de Estados Unidos permitiera al pueblo de Puerto Rico decidir por sí mismo su suerte política en un plebiscito.

Decepcionado volvió a Santo Domingo donde murió en 1903.

Prólogo de la segunda edición

Voy a relatar la historia de este libro.
Temo que en ella se deslice mi personalidad, y los impersonales se han vengado en mí tan inicuamente de que no haya sido impersonal como son ellos, que vacilo. Pero la personalidad que es hija del combate y del dolor, tiene el derecho de hablar y ser oída, porque tiene la conciencia de ser desinteresada y ejemplar.

Ejemplo persuasivo para los que se divorcian de la realidad, ejemplo convincente para los que abusan de la realidad, es bueno darlo a los unos y a los otros; a los primeros, para que conozcan la realidad antes de intentar modificarla; a los segundos, para que modifiquen su táctica y se convenzan de que, con ellos o contra ellos, el que sabe luchar sabe vencer.

El mundo me ha derrotado muchas veces, cuantas veces he intentado hacer un bien con mi pluma, con mi palabra, con mis actos, con mi vida. No me he desalentado jamás, y cada vez que mis principios han necesitado un sacrificio de amor propio, de afectos, de interés, de porvenir personal, el primero en ofrecerse al sacrificio he sido yo.

Si de esta abnegación de mí mismo ha surgido por contraste la personalidad austera que por terror a las comparaciones detestan unos y por error de comparación temen los otros —de la continua derrota ha surgido la personalidad dolorida que, con el nombre de deber, va imperturbablemente buscando deberes que cumplir.

Hoy, próximo tal vez a alejarme de este querido pedazo de América, en donde no ha sido la alegría menos enseñanza que el dolor, quiero que la juventud tenga en la historia de este libro un buen ejemplo, y en la personalidad que de ella se destaca, un buen amigo.

Este libro me ha sido funesto. Por eso lo amo tanto, que es el único de mis trabajos literarios que contemplo con orgullo y puedo leer sin la tristeza piadosa que tengo para las obras de imaginación.

Cuando lo publiqué por primera vez en Madrid, a fines de 1863, era yo dos veces niño: una vez, por la edad; otra vez, por la exclusiva idealidad en que vivía.

El problema de la patria y de su libertad, el problema de la gloria y del amor, el ideal del matrimonio y de la familia, el ideal del progreso humano y del perfeccionamiento individual, la noción de la verdad y la justicia, la noción de la virtud personal y del bien universal, no eran para mí meros estímulos intelectuales o afectivos; eran el resultado de toda la actividad de mi razón, de mi corazón y de mi voluntad; eran mi vida. Y como mi vida no tenía conexiones estrechas con la realidad, solo perceptible para mí en los movimientos de la historia o de la sociedad que justificaban mi ideal o armonizaban con él, cada encuentro con las realidades brutales era un desencanto, una desilusión, un desengaño. Ellos, sin la crisis de carácter que llegó después, hubieran hecho de mí una de las innumerables víctimas que Goethe, Byron, Hugo, Lamartine, Fóscolo, Musset y otros vagabundos de la fantasía han hecho en este campo de batalla de la idealidad enferma y de la idealidad podrida que se llama siglo XIX.

A Goethe y a Fóscolo, a Byron y a su imitador Espronceda, únicos de esos corruptores de sensibilidad y entendimiento a quienes entonces conocía,[1] opuso la casualidad todos los

---

1 Y los conocía incompletamente: de Goethe, solo conocía el *Werther*; de Fóscolo, el *Japoco Ortiz*. A Byron y Espronceda, a quienes conocía completamente, los consideraba como meras individualidades li-

grandes moralistas; desde Manou, el chino, hasta Sócrates, el griego; desde Jesús, el nazareno, hasta Silvio Pellico, el lombardo; desde Marco Aurelio, el emperador, hasta Zimmermann, el pensador.

Después de haberme asombrado, hasta el escándalo, de que casi todos los hombres obedezcan más espontáneamente en el régimen de sus facultades y su vida a aquellos corruptores de razón que a estos purificadores de conciencia, hoy no me asombro de otra cosa que de la fácil preferencia que di en mi razón y en mi conciencia al consejo difícil sobre el fácil. Obedecido éste, desde mucho antes de escribir este libro, hubiera tenido un nombre ruidoso, y ni entonces ni después se me hubiera hecho la guerra del silencio.

Pero obedecí los consejos difíciles de seguir, me avergoncé de las lágrimas traidoras que vierten y hacen verter los falsificadores de sentimientos, me creí con una conciencia responsable, tuve por más grande y más digno el hacerla responder de mi existencia que el resignar mi responsabilidad en una sociedad, siempre más ignorante que perversa; me dije que no debiendo la razón tener engaños, no debe tener tampoco desengaños, que solo se desilusiona el que se ilusiona, que solo se desencanta el que se encanta, que la vida es esfuerzo físico, moral e intelectual, no encanto del deseo, no ilusión de los sentidos, no engaño de la razón, y convirtiendo al dolor, de obstáculo en palanca, y subordinando el problema de la felicidad al del deber, y prefiriendo el combate de la inteligencia al triunfo del corazón, me sumergí en el estudio de la historia.

Raynal, Robertson, de Pradt, Prescott, Irving, Chevalier, me presentaron a América en el momento de la conquista, y

---

terarias, cuando debía considerarlos como peligrosas influencias sociales.

maldije al conquistador. Un viaje a mi patria me la presentó dominada, y maldije al dominador. Otro viaje posterior me la presentó tiranizada, y sentí el deseo imperativo de combatir al tirano de mi patria.

El patriotismo, que hasta entonces había sido sentimiento, se irguió como resuelta voluntad. Pero si mi patria política era la Isla infortunada en que nací, mi patria geográfica estaba en todas las Antillas, sus hermanas ante la geología y la desgracia, y estaba también en la libertad, su redentora.

España, tiranizadora de Puerto Rico y Cuba, estaba también tiranizada. Si la metrópoli se libertaba de sus déspotas ¿no libertaría de su despotismo a las Antillas? Trabajar en España por la libertad ¿no era trabajar por la libertad de las Antillas? Y si la libertad no es más que la práctica de la razón y la razón es un instrumento, y nada más, de la verdad ¿no era trabajar por la libertad el emplear la razón para decir a España la verdad?

«Bien concebido, bien intentado», ha sido siempre la práctica de toda mi existencia, y cuando en 1863 volví a España, después del año de meditación más dolorosa que conozco en mí, me puse a intentar el bien que había concebido en Puerto Rico.

El señor Rada y Delgado, poeta-literato muy conocido en España, confundiendo con la vocación literaria que nunca he tenido, la idoneidad para pensar que, desde 1858, había él descubierto en mí y estimulado, fue a verme en Madrid a mi regreso de mi Isla. Me recordó dos estudios psicológicos que yo le había leído en 1859 y en 1861 y me preguntó si llevaba algún nuevo trabajo.

—Tengo un libro —le dije, pensando, en el concebido.

—¡Un libro! ¡A ver, a ver!

Y fue tan cariñosa su solicitud, que me arrepentí de haberlo engañado, y no encontrando medio mejor de reconciliarme con él y la verdad, resolví inmediatamente convertir la mentira en realidad.

Le puse un libro cualquiera en las manos, le rogué que esperase, y dejándolo solo en una de mis dos habitaciones, pasé a la otra. Tomé pluma, tinta, papel, y escribí.

A la media hora salí radiante de alegría, y gritando: «¡Aquí está el libro!», leí a Rada los seis primeros diarios de *La peregrinación de Bayoán*.

Rada quiso leer más, y se obstinó y porfió por leer más. Cuando le dije que no había más, se quedó estupefacto. Cuando le dije que lo leído acababa de ser escrito, el asombro que mostró fue mi recompensa y fue mi estímulo.

—Pero y ¿el libro? —insistió.
—Ahí está.
—¿En esas cuantas hojas de papel?
—En ellas.
—Usted se chancea.
—Lo que es hoy chanza será mañana seriedad.
—¿Mañana?
—Mañana.
—Es imposible.
—Usted lo verá. Mecánicamente, es imposible que yo escriba ese libro en veinticuatro horas; pero intelectualmente es posible, puesto que acabo de concebirlo y de escribirlo en mi cerebro.

Cuando el literato-poeta se hubo ido después de comprometerme a ir todas las noches a leerle en su casa los diarios que durante el día hubiera escrito, ni un solo instante temí yo no cumplirle mi palabra: el libro estaba escrito en mi cerebro, y era imposible que no obedeciera a mi mandato; él saldría.

Lo que temí, fue el no poder depositar en aquel libro, ya real para mi imaginación, la masa de pensamiento, de sentimiento y voluntad almacenada durante años enteros en mi espíritu.

Lo que temí, fue la súbita transformación que acababa de operarse en mí. La vida no había significado en mi conciencia otra cosa que realización de lo pensado; pero pensar en el secreto y en la soledad de mi interior no era comprometerme a nada, en tanto que pensar para todos y con la voz ruidosa de la imprenta, era imponerme el compromiso de ajustar mi existencia a mis ideas. Cada una de las que vertiera en mi libro había de ser una promesa que yo tenía obligación de cumplir. O las cumplía impasiblemente, y el libro era algo más que una obra de arte, o no las cumplía, y el libro era inútil y no debía escribirlo.

Hay en el mundo demasiados artistas de la palabra, demasiados adoradores de la forma, demasiados espíritus vacíos que solo a la ley de las proporciones saben obedecer, y yo no quería ser uno de tantos habladores que, en tanto que llenan de palabras sonoras el ámbito en que se mueven, son radicalmente incapaces de realizar lo que más falta hace en el mundo: hombres lógicos.

¡Hombre lógico! ¿Quién es capaz de concebir ese ideal sin temblar en todas las raíces de su ser al concebirlo?

La ambición de gloria, la ambición de poder, la ambición de felicidad, el patriotismo, la ciencia, el arte, cualquiera de los medios que el hombre tiene en sí mismo para ponerse en contacto con la sociedad y con la historia, cualquiera de las pasiones que desarrollan en su grado superior de desarrollo una de nuestras facultades, pueden servir y sirven para hacer admirable en un hombre una facultad determinada; pero ¿sirven para dar en un hombre todo el hombre?

Serlo todo en una vida; sentimiento y fantasía en la primera edad; razón y actividad en la segunda; armonía de lo pensado y lo sentido en la tercera; conciencia en todas ellas, es imponerse una tarea tremenda; y no tan tremenda por la fuerza moral que necesita, cuanto por ser incomprensible, y por lo tanto, imposible de apreciar para los otros. En ella, lo admirable será lo no admirado, porque lo accesorio en ella será lo esencial para otras vidas.

En aquéllas que dan en un hombre el grado superior de una facultad o una pasión, la facultad exclusiva y la pasión absorbente lo son todo. La tarea de una vida consagrada a dar un hombre lógico en todas las facultades de los hombres y en todas las pasiones de la humanidad, consiste en eliminar facultades exclusivas y en suprimir pasiones absorbentes. Es decir, que lo admirado por los contemporáneos y por la posteridad, es justamente lo contrario de lo apetecido y buscado e intentado por el hombre que aspira a ser completo. Es decir, que para éste será accesorio todo lo que es esencial para los otros, y en tanto que ellos disfrutan del brillo de la gloria, del poder, de la ventura, amando en sí mismos la patria, la ciencia, el arte, el derecho, la verdad, lo bello, el hombre que aspira al ideal se condena a la oscuridad, y tendrá que realizar en la oscuridad, sin el estímulo de la gloria, del poder, de la ventura, todos los esfuerzos que individualmente hacen los otros por sobresalir en el desarrollo parcial de una pasión o de una facultad.

Ser hombre lógico, no es ideal inaccesible, no es empeño inútil, no es tarea imposible, puesto que el hombre tiene en sí mismo todos los medios intelectuales y morales que necesita para pasar normalmente del imaginar y del sentir al razonar lo imaginado y lo sentido para realizarlo; del realizar al armonizar sus facultades, sometiendo toda su vida a su conciencia; pero si ha habido una época en que sea difícil la tarea, difícil el empeño, difícil el ideal, es la época en que las monstruosidades intelectuales, morales, políticas y sociales, coincidiendo con la renovación de la fe, en la religión, en la ciencia, en la política, en el arte, han perturbado la naturaleza de las cosas, alterando su noción elemental.

Con menos claridad que hoy la percibo, columbraba yo entonces la responsabilidad formidable que conmigo mismo contraía si de mi primera producción hacía un compromiso con el mundo, una como piedra de toque de mi vida sucesiva: temí la responsabilidad, y la esquivé.

Pero no era posible que, encontrando la senda que con tantas angustias secretas había buscado, me negara a seguirla; no era posible que sabiendo ya cómo llamar la atención de mi patria y su metrópoli hacia verdades que habían llenado de nueva luz a mi razón, desistiera del afán generoso de decirlas; no era posible que disponiendo del medio más eficaz de predicar la buena nueva que yo traía del mundo ideal en que hasta entonces había meditado, rehusara el medio más eficaz de predicarla.

Por otra parte, y por mucho que me negara a ver de frente la realidad en que iba a lanzarme, yo veía que la conquista de un nombre literario es la conquista de un poder. El poder me hacía falta para servir inmediatamente a mi país, olvidado, vejado, escarnecido. En él había yo concebido la mayor parte de las ideas que quería expresar, de él había yo traído la idea capital a que desde entonces me consagraba. ¿Por qué había de vacilar?

Si era un deber o no lo era el elevarse por esfuerzos sucesivos a la penosa categoría de hombre lógico, mi vida se encargaría de afirmarlo o de negarlo, y cualesquiera que fueran mis ideas, el mundo no tenía el derecho de exigirme que sometiera a ellas la conducta de mi vida ni yo tenía el deber de contraer ese compromiso con él mundo. Pero ¿era un deber o no lo era lanzar un grito de libertad en favor de la patria esclavizada?

La incertidumbre era imposible; era un deber.

Bajé la cabeza, y me puse a cumplirlo concienzudamente. Cuanto más concienzudamente lo cumplía, más austero y más áspero se hacía.

¿Cómo decir a la altiva metrópoli, que toda su historia en América era inicua? ¿Cómo hacer entender a las Antillas que, si era bueno todavía esperar, era ya inútil esperar? ¿Cómo conseguir que un libro de propaganda antiespañola se leyera en España y se dejara leer por España en las Antillas? ¿Cómo hacer aplaudir de los escritores y de los críticos españoles un libro nuevo y un escritor novel que se atrevía a pensar en alta voz lo que nadie osaba decirse en el oído?

Si el deber se cumplía austeramente y el libro correspondía al deber, la república de las letras españolas crearía el silencio en derredor del libro, y el Gobierno español lo perseguiría. ¿No era mejor escribir un libro inofensivo?

Me rebelé contra esa sugestión de la debilidad. Yo no había vuelto a España para conquistar una gloria literaria que desde los albores de mi adolescencia hubiera podido conseguir. Yo no iba tras la gloria literaria. Si aquel libro me la daba, sería el último; y si me la negaban por lo que él representaba, sería también el último. Las letras son el oficio de los ociosos o de los que han terminado ya el trabajo de su vida, y yo tenía mucho que trabajar. El libro era necesario como preliminar de ese trabajo, y seguir escribiendo libros era seguir perdiendo el tiempo. Para no perderlo más, era necesario escribirlo de una vez.

Negué mis oídos a toda observación de mi juicio, creyendo que podría combatir todos los obstáculos, imaginé un plan en el cual estuvieran de tal modo ligadas entre sí las ideas que deseaba exponer, que el fin literario de la obra contribuyera a su objeto político y social; y que éste, presentado como objeto secundario, resplandeciera tanto más claramente cuanto más absorbido pareciera por el fin literario de la obra.

Estas reflexiones, deliberaciones y resoluciones, que constituyeron durante aquellos días la meditación y la lucha de mi espíritu, no obstaron a mi trabajo; y a las siete en punto de todas aquellas noches de primavera, iba yo a casa de Rada, en cuyo despacho oía él atentamente y leía yo con timidez lo que durante las horas del día había escrito.

Había sido condición expresa, impuesta por mí y aceptada por él, que nadie asistiría a aquellas lecturas, que nadie sabría por él que yo escribía. Tan estrechamente cumplía yo la condición impuesta, que mis amigos más familiares, los mismos que familiarmente me interrumpían con frecuencia en mi trabajo, no supieron que yo estaba siendo autor de un libro nuevo, hasta que vieron, meses después, el anuncio del libro en los carteles públicos.

Así fue tan grande mi extrañeza cuando, en una de las noches consagradas a leer a Rada, encontré departiendo con él sobre mi libro a un caballero desconocido para mí.

Presentado a él, y cambiadas las urbanidades necesarias, yo me encerré en mi reserva y hubiera dejado en el fondo de mil bolsillos el manuscrito, si Rada no me hubiera rogado que leyera.

Lo hacía de mal grado, porque me importunaba la presencia de un tercero, cuando éste, dando un puñetazo sobre un mueble y comentando el pasaje que yo acababa de leer, gritó:

—¡Eso debería estar escrito en indio! ¡Eso es imposible escribirlo en español para que lo leamos españoles!...

—¡Pues qué! ¿la verdad no es española? —pregunté tímidamente.

—Cuando se dice la verdad con ese acento y con formas tan nuevas como las que usted emplea...

—Se debe perdonar la verdad por el acento y por las formas —dijo Rada sonriendo con intención conciliadora.

—O se debe condenarlas con energía, porque una verdad así dicha es más terrible y más peligrosa...

—O se debe no comunicarla a los que no quieren oírla —dije yo guardando otra vez mi manuscrito.

La advertencia había sido persuasiva. Si un solo español, y español ilustrado y letrado como era aquél se lastimaba tan hondamente y con tanta violencia protestaba por una sola de las muchas verdades esparcidas en el libro ¿qué protestas, qué quejas no caerían sobre él cuando todos los españoles lo leyeran?

Yo no oí la advertencia persuasiva. Por una parte, suscitaba en mí un conflicto de conciencia: si aquello era la verdad, debía decirla. Por otra parte, lisonjeaba mi orgullo: yo tenía el poder de castigar eficazmente con mi pluma a los soberbios que encadenaban y esclavizaban a mi patria.

Pero como este suceso me presentaba palpablemente uno de los obstáculos que por inducción había yo encontrado al meditar en la trascendencia que el libro podría tener en mi vida y en su objeto, volví en mis paseos solitarios a trazarme el plan de la obra y conseguí imaginar con claridad lo que quería.

Quería que Bayoán, personificación de la duda activa, se presentara como juez de España colonial en las Antillas, y la condenara; que se presentara como intérprete del deseo de las Antillas en España, y lo expresara con la claridad más transparente: «las Antillas estarán con España, si hay derechos para ellas; contra España, si continúa la época de dominación».

Para expresar esta idea sin ambigüedades, que me hubieran parecido repugnantes; y sin violencia, que hubiera sido absurda, abarqué la realidad de la situación política y social de las Antillas en dos de sus aspectos, y los fundí en el mismo objeto de la obra.

Uno de esos aspectos nacía de la posibilidad de un cambio de política interior y colonial en España. Yo lo acogía de antemano con fervor y predicaba la fraternidad de América con España, y hasta enunciaba la idea de la federación con las Antillas.

El otro aspecto nacía de las condiciones de la vida social en las Antillas. Yo intentaba presentarla toda entera, con todas sus congojas, con todas sus angustias, en una personificación palpable, en el joven sediento de verdad, que tenía, para conocerla, que salir una y otra vez de su país; sediento de justicia, que, para embeber en ella su ávida conciencia, tenía que posponer su bienestar, su ventura, la ventura de lo amado, a las ideas que no atormentan a la juventud en las sociedades que se dirigen a sí mismas.

Desde el punto de vista del arte, pocas concepciones podían ser tan patéticas; desde el punto de vista de la realidad, pocas verdades más conmovedoras que la representada por Bayoán, para el cual eran necesarios los sacrificios más dolorosos, obligatorias las situaciones más absurdas, lógicos los tormentos más horrendos, no por ser él una personalidad monstruosa, sino por ser una entidad entera que luchaba con una sociedad monstruosa.

Las monstruosidades sociales que así ahogaban un espíritu viril, que así condenaban al dolor un corazón enérgico, que así mantenían en la frontera de la demencia una razón tan poderosa, que así martirizaban una conciencia tan superior a la desgracia ¿quién las producía, sino la nación que aherrojaba a la patria de aquel hombre?

De aquella víctima de los sentimientos generosos más ardientes, de las desgracias más humanas, del deber más natural, de la pasión más febril por la justicia ¿quién era el victimario, sino la nación que desterrando el derecho de la sociedad que esclavizaba, hacía imposible el desarrollo normal de una personalidad poderosa?

¿Por qué, sino por odio a la injusticia, sino por la necesidad de clamar contra ella, rompía Bayoán todas las leyes que nos hacen amable la existencia?

¿Por qué, sino por consagrarse entera y exclusivamente al deber de libertad a su patria, ahogaba Bayoán los afectos más puros, sofocaba los deseos más venturosos, sacrificaba los deberes secundarios, su amor, su felicidad, el amor y la felicidad de una criatura virginal?

Así ligados en una encadenación lógica de ideas los dos aspectos que había percibido me parecía que todo el libro, que todas sus intenciones, que todas sus reticencias, caerían como acusaciones fulminantes contra España.

Acusada por una pluma justiciera, la conciencia del mundo la condenaría. Acusada por un patriotismo convincente, todos los patriotas de las Antillas la maldecirían.

¡De la maldición a la explosión, un solo paso!

Yo había dado el primero, yo podría dar el segundo. El primero dependía de mí; el segundo era la incógnita del tiempo : había sabido esperar para el primero, sabría esperar para el segundo.

Y entonces me entregué exclusivamente al afán placentero y doloroso de dar vida real a los dolores de mi patria, personificando en un mártir de ella a la generación que se levantaba consciente y amenazante en las Antillas.

A medida que el objeto y el sujeto de la obra se dibujaban con más claridad y con más seguridad, Rada se hacía más exigente. No quería consentirme el secreto absoluto que le había impuesto, se obstinaba en tener a su lado otros jueces de la obra que con tanto cariño veía crecer, y en una noche de sorpresas agradables para mí, me preparó una asechanza cariñosa.

Tenía reunidos en su aposento de trabajo a tres o cuatro amigos suyos, que se declararon míos en el momento en que yo concluí de leer lo que llevaba.

Llevaba la parte del libro en que Bayoán comienza a sostener la lucha de su amor con su deber. Estaba yo muy lejos de creer que la situación vulgar de que había tenido que valerme pudiera producir ningún efecto nuevo, cuando uno de los asistentes a la lectura, interrumpiéndome, exclamó:

—¡No siga usted! Déjeme usted saborear la emoción que me ha producido ese trozo.

—Pero si es una vulgaridad —observé yo.

—Eso es el arte —exclamó el novelista Entrala, que me había mirado tanto, mientras yo leía, que yo creí que no me oía—. Eso es el arte, enaltecer la vulgaridad hasta hacerla producir efectos nuevos.

—¡Eso es! —exclamó satisfecho el interruptor—; efectos nuevos. Yo nunca había sentido esta conmoción por pájaros, por flores y por besos.

—Tal vez como éstos son pájaros y flores y besos tropicales...

La ocurrencia, celebrada a carcajadas, me libró de la penosa sensación que produce la alabanza faz a faz, y continué leyendo.

Desde aquella noche, leí ante un jurado. Rada, Entrala y Miralles lo formaban; y Miralles, Entrala y Rada hubieran visto concluir a su vista el libro que a vista del uno había nacido y a vista de los otros se formaba, si no hubiera acontecido una pequeñez a que estoy ya demasiado habituado para asombrarme del efecto que produjo.

El más experimentado de aquellos afanosos de gloria, creyó que habría alguna para él en escribir el prólogo de *La peregrinación*, y en una noche de entusiasmo, solicitó mi permiso para hacerlo. Yo pretexté la distancia que me faltaba recorrer para llegar al término del libro. Insistió, y le di una negativa.

¿Por qué no quería yo que un hombre conocido en ella me presentase a la república de las letras y que su nombre autorizado autorizara el mío?

Por fanatismo de lógica.

Yo deseaba que la obra correspondiera en forma y fondo, en conjunto y pormenores, a su objeto y a su título. Su objeto era antiespañol, y me parecía una inconsecuencia que un español apadrinara el libro. Su título decía: *Diario recogido y publicado por E. M. Hostos*, y me parecía ilógico que otro que el editor aparente apareciera recomendándolo a la atención del juicio público.

Nunca he sentido los golpes que contra la lógica me he dado, y si hoy deploro la pérdida de una amistad benévola por un acatamiento intransigente de la lógica ni hoy ni mañana culparé a la lógica. Al contrario del proverbio francés, yo creo que todo el mundo no tiene razón cuando todo el mundo se equivoca, y si el padrino natural de Bayoán se resentía conmigo por haberle yo negado el equívoco placer de bautizarlo y por haberme negado la inequívoca ventaja de que me lo presentara en la arisca sociedad de los letrados, culpa de su pequeñez, no de mi lógica, fue su resentimiento y fue el resfriamiento de amistad que lo siguió.

Yo cesé de leer, pero seguí escribiendo; y cuando Entrala fue a proponerme un impresor para mi libro, el libro estaba ya en la mitad de su camino.

Hecho el convenio, empezaron las dilaciones. Pasó la primavera, pasó el verano, empezó el otoño, y el libro no estaba impreso todavía.

Es verdad que tampoco estaba terminado todavía. Yo me había desalentado, y dejé dormir la pluma.

Estaba yo un día revisando los apuntes de un viaje de regreso que desde Puerto Rico a España había hecho 1859, cuando se me presentó un cajista de la imprenta reclamando originales.

—¿Y el que tenían ustedes?

—Consumido.

—¿Y desde cuándo tanta prisa? Después de seis meses de calma...

—Es que ahora vamos al vapor.

—Pues yo no tengo original. Descansaba en la lentitud de ustedes, y nada he escrito.

—¿Y eso?

—Esos son apuntes de viaje.

—¡Velai![2] ¿Y qué es Don Bayoán sino un viajero?

—En primer lugar, *Bayoán* no tuvo *Don* porque no fue español: en segundo lugar, fue un peregrino y no un viajero.

---

2   Barbarismo popular en España. Equivale a Ve ahí, he ahí.

—¿Y no es lo mismo, lo mismo da andar de Ceca en Meca, a pie y con bordón, que de Cádiz a La Habana en vapor y sin bordón: todo es viajar.

—Erudito venís, señor cajista.

—Me alimento de letras de imprenta. Conque ¿me da usted eso?

Y tanto me importunó, que yo tomé uno de los manojos de papel que había revuelto sobre mi escritorio, y se lo entregué.

No había sido una distracción. El manuscrito entregado era un episodio interesantísimo del viaje más fructuoso que yo había hecho en el período más crítico de la adolescencia.

Cuando apenas tenía veinte años, navegando de América a Europa, había asistido al espectáculo más ejemplar y como ejemplar, terrible, que pueden los hombres dar a un niño. Había muerto a bordo del buque un pasajero pobre, y habían tratado el mísero cadáver tan inicuamente como al moribundo pasajero.

Al ser sorprendido desprovisto, se me ocurrió que aquel episodio podía no solo suplir, sino completar mi obra.

Pero ¿cómo engarzar en ella el episodio? Aplacé la resolución del inconveniente para el momento de las pruebas (las de imprenta, inteligentísimo lector) y cuando a los pocos días me las trajeron, no me fue muy difícil convertir en americano a un catalán cualquiera, en patriota a un hombre que no se había cuidado de la patria. Antepuse al episodio unos cuantos diarios que lo preparaban, iluminé el cuadro con la presencia de Marién, y cuando ya publicado el libro, Giner de los Ríos[3] me habló con elogios demostrados (que solo el que se demuestra es elogio aceptable y merecido) de aquel cuadro que tanto completaba el libro, celebré la importunidad de aquél cajista.

3   El más sabio de los críticos españoles.

No celebraba tanto la del censor de novelas a cuya adusta mirada, fuera novela o no lo fuera, tenía que someterse *Bayoán*. Unas veces me rayaba las frases que mejor expresaban mi pensamiento; otras veces atentaba al sentido intencional de algún vocablo. En una de esas veces, no comprendiendo yo por qué no había él comprendido la significación transparente de una imprecación que había borrado, fui a verlo para rogarle que me explicara su juicio. Mi asombro equivalió al manifestado por él.

—Si yo no he borrado nada —me dijo.

—Pero, señor, aquí está el manuscrito, aquí los pasajes rayados, aquí las rayas del lápiz.

—Es verdad, pero no he sido yo.

—¡Cómo! ¿Estoy hablando con el señor fiscal de novelas, único que tiene él derecho de censurarlas, y no ha sido él quien ha censurado?

—Yo diré a usted. Yo tengo aquí un subalterno, que en mis ausencias, está autorizado para sustituirme.

—Yo supongo, señor, que no lo sustituye intelectualmente; que eso sería ofender la ilustración de usted.

—¿Por qué?

—Porque estas rayas demuestran que no sabe lo que lee.

—Eso no: las rayas están bien puestas. Usted habla de España en un tono... Usted debe ser americano ¿eh?, y aquí habla usted de Dios... Pero, ¡demonio! ¡si esto es una blasfemia!

—Pero, señor ¿el arte no puede blasfemar?

—Ni el arte ni nadie. En un país tan católico como el nuestro ¿qué dirían? Pase por esta insinuación republicana y por esta antiesclavista, y por aquella... ¡Pero éstas no pasan! Esta es irreligiosa y esa otra es antiespañola. Esas no pasan, entienda usted, esas no pasan.

Y mientras yo salía, contemplando con ojos de padre las dos frases condenadas, el fiscal se quedaba meneando la cabeza, como si intentara decir: «Esto es serio: ese mozo puede costarme mi empleo, si yo no censuro por mí mismo y si no tengo cuidado con sus terribles ensayos».

Los que estaba yo haciendo para entrar en la nueva vida que me había propuesto realizar, estaban llenos de inconvenientes para una sinceridad tan perfecta como la con que entraba yo en esa miserable república de las letras, en donde la vanidad es poder ejecutivo la envidia poder legislativo, y poder judicial la ignorancia del vulgo omnipotente.

Los únicos hombres que conocían mi secreto designio eran los mismos que lo habían aplaudido con calor. Todos ellos tenían una pluma, y todos ellos me la habían ofrecido. Miralles, el más joven, me había descrito la forma que pensaba dar a sus recomendaciones y alabanzas de mi libro en la crónica del diario que redactaba. Entrala, cuya colaboración en las novelas de Escrich le daba por público el inmenso vulgo de España, me juraba que utilizaría su poderoso recurso, y no contento con él, me enseñó la primera de una serie de cartas que pensaba dirigirme por medio de la prensa periódica en el momento en que mi obra apareciera. Rada perjuraba asegurando que saldría de su pluma el primer juicio crítico de *La peregrinación de Bayoán*. Todos ellos me pidieron permiso para anunciar el libro, para recomendarlo con anticipación, para preparar en público y en privado la atención de escritores y lectores.

Yo era entonces tan insobornable como hoy, y el mismo desdén que hoy me inspira me inspiraba entonces esa universal sociedad de elogios mutuos que, corrompiendo la crítica literaria y el criterio público, en todas partes ensalza a las nulidades deferentes, exalta a las medianías complacientes, y hace guerra sorda, guerra de silencio o de malicias, al mérito consciente de sí mismo.

Nadie más incapaz que yo de juzgar su mérito intelectual, porque nadie tiene un desdén más benévolo y más firme por los hombres que solo son inteligentes, por el arte que solo es forma, por la ciencia que solo es formalismo. De hombres de esa especie, de arte de esa especie, de ciencia de esa especie, a todas horas y en todas partes hacen la vanidad, la frivolidad y la rutina a los más torpes enemigos del progreso de la humanidad. En ciencia de esa especie, en arte de esa especie, en hombres de esa especie, mi conciencia irritada ha hallado siempre a los aduladores condescendientes del mal poderoso, de la iniquidad victoriosa, del vicio resplandeciente.

Enemigo de mérito aparente e incapaz de juzgar si era tal o positivo el del libro que entonces terminaba, me negué en absoluto a las ofertas de mis amigos y me opuse terminantemente a que provocaran de modo alguno el juicio público.

El juicio público, y no el de ellos, era lo que yo necesitaba. Y como no lo necesitaba para pavonear la estúpida gloria contemporánea, reducida a la interesada admiración de los menguados, y a la importuna curiosidad de los curiosos, sino que lo necesitaba para autorizar mi entrada en la vida activa, en la propaganda penosa, en la lucha difícil en que ansiaba comprometerme, quería que el juicio fuera definitivo. Juicio definitivo es el sincero: juicio sincero es el espontáneo, y no es espontáneo ni sincero el juicio individual que previene arbitrariamente, con aplausos o censuras, el juicio colectivo.

Mis amigos cumplieron fielmente el compromiso. Cuando en noviembre de 1863 apareció *La peregrinación de Bayoán*, los carteles de las esquinas lo dijeron: nadie más.

Escrupuloso como todos los sinceros, todo lo que yo hice para dar publicidad al libro, fue mandar un aviso a *La Co-*

rrespondencia, el periódico más leído de Madrid, uno de cuyos empleados y mi amigo canceló con un apretón de manos y por un ejemplar del libro la deuda que acababa yo de contraer con el diario. A los demás, remití un ejemplar de la obra. Ella desconocida, desconocido el autor, pensaba yo, la generosidad completará la obra de la curiosidad. Y alimentándome estoicamente de mi fe en los hombres, me puse a esperar el juicio de los escritores y de los críticos.

Pasaron días y días, que parecieron años a mi fe inquebrantable, y los diarios callaban y los semanarios literarios callaban y los críticos callaban.

Un mes o más de uno había pasado, cuando entró en mi aposento mi hospedero, y me entregó una carta y un libro, diciéndome:

—El ayuda de cámara del señor general espera ahí.

—¿Y qué tengo yo que ver con el ayuda de cámara de ese señor general?

—Como él es quien trae esa carta y ese libro, pensé que...

Abrí la carta. Estaba firmada: A. Ros de Olano, y era una compensación del silencio de la prensa. El general-escritor, cuyo *Doctor Lañuela* acompañaba a la carta y era en aquellos días la ocupación de la crítica literaria, se había propuesto trastornarme. Mi libro había sido para él «como algo que caía del cielo». Si yo lo hubiera creído, Goethe había hecho menos en Werther que yo en Bayoán. El general concluía rogándome que fuera a visitarlo y exigiéndome que le dijera si iría y cuándo iría.

Aquella carta era más que un acontecimiento en mi vida; era si yo quería, el prólogo de mi nueva vida. Por medio de un ministerio que lo representaba, O'Donnell estaba en el poder, y Ros de Olano era uno de los auxiliares más queridos del jefe de la Unión Liberal. El general-escritor era una pluma, y de mí dependía que hablara en mi favor al público. Era una influencia, y de mí dependía utilizarla.

Con hacer que me pusiera en comunicación con los escritores de su partido, ya era yo una reputación consagrada.

Con publicar su carta que por espontánea, por expresiva y por sincera, equivalía a cien artículos de elogios, ya habría yo conseguido innumerables lectores e innumerables admiradores para mi libro.

Con acercarme a él para acercarme a O'Donnell, el paso más difícil, el primero de una nueva senda, estaba dado.

Antes y después de contestar al general-escritor, anunciándole mi visita, pensé congojosamente en ella. Era un paso decisivo. Si lo daba en falso, ocasión perdida. Si lo daba en firme, empeño realizado. Pero si sacaba de aquella visita todo el partido que me ofrecía aquella poderosa amistad así brindada, yo iba irremediablemente a parar en el mar revuelto de la Unión liberal, a caer postrado a los pies de O'Donnell, a ser uno de los mil palaciegos de aquel liberticida que, después de haber asesinado la libertad de las Antillas, la apuñalaba en España. ¿Y era eso lo que yo me proponía? ¿No era lo contrario, servir a la libertad, combatir a sus enemigos, elevarme por mi propio esfuerzo, darme a conocer por mí mismo, no por mediaciones poderosas, lo que yo intentaba?

Fui a ver a Ros de Olano; pero no publiqué su carta ni solicité sus relaciones literarias y políticas. Amigo solicitado del escritor, no tuve conexiones de ninguna especie con el político.

Y pasaron más días, y diarios y semanarios, y escritores y críticos siguieron guardando silencio sobre mi obra.

—¿Qué mundo es éste? —se preguntaba la ilusa fantasía—. «El mundo de los hombres» —le contestaba fríamente la razón.

Y seguí esperando, hasta que en una mañana, que me pareció radiante, recibí una carta de Pedro Antonio de Alarcón. Pasaba este escritor por ser soberbio, y fue inexpresable el asombro que sentí al leer entre otras estas palabras de su carta: «Hay en su libro de usted páginas que yo nunca olvidaré».

—Luego mi libro es bueno, puesto que un arrogante habla así de él —me dije yo en tanto que escribía a Alarcón, a quien no conocía tampoco, para aceptar la entrevista que me proponía.

—¡Mi libro es bueno, y nadie pronuncia una palabra sobre él! ¿Qué hombres son éstos? —preguntaba mi sentimiento de justicia—. «Los hombres que se usan» —respondía tranquilamente la razón.

Hasta para vengarme del silencio debía yo haber dado a luz pública la lisonjera carta de Alarcón; pero no se trataba de venganza, se trataba de merecer justicia, y guardé la segunda carta al lado de la primera.

Llegó la tercera a los pocos días. La firmaba un hombre respetable que había desempeñado altos puestos en las Antillas. Según él, «el autor de *La peregrinación de Bayoán* ha empezado por donde pocos acaban». Y para hacer más placentera la alabanza, la había salpicado de consejos saludables. Era español, y deploraba que yo fuera tan americano. Veía en esto una incompatibilidad formidable para mi porvenir. Tenía razón. «Summa justitia, summa injuria» me decía: hasta en la justicia es un mal el exceso. Tenía razón.

Y yo ¿no la tenía? ¿No probaba la conducta observada con mi libro, que hasta en el campo de las letras éramos tiranizados los colonos? Porque, a mis ojos, independientemente de la conjuración de emulaciones que siempre recibe en el mundo literario a los recién llegados, el vacío que se hacía a mi derredor era efecto en gran parte, del espíritu americano y de la intención antiespañola de mi obra.

Pero ¿no decían que recordaba a Goethe, que tenía páginas inolvidables, que era empezar por donde pocos acaban? Y ¿por qué no lo decían al público por sí mismos o por medio de sus amigos?

Francisco de la Cortina, dramaturgo que algún día será tan apreciado como merece, me daba en parte la contestación de mi pregunta en una carta halagüeña, expresiva, franca y veraz.

«Ha sido usted demasiado sincero —me decía—. Lo he visto en sus avanzadas ideas políticas, y lo he recordado en sus avanzadas opiniones sociales.»

Se quejaba de la seguridad con que había manifestado las primeras, y consagraba dos pliegos de papel a combatir las segundas «obedeciendo a las cuales —decía sustancialmente— ha destrozado con sus propias manos, después de haberla creado tan pura como es, esa admirable figura de Marién, por la cual lo odiarán a usted los mismos que desearían admirarlo».

—¡Es decir —pensé yo dominado por un verdadero sobrecogimiento— que estos literatos odian tanto a la verdad, que le tienen miedo; es decir que yo he hablado la verdad, puesto que no se atreven a combatirla a la luz pública los mismos que la combaten en secreto; es decir que estoy condenado a la más formidable de las situaciones; la de autor conocido y desconocido a un mismo tiempo, a la vez acariciado y rechazado!

Y ¿no habrá nadie que me juzgue ante el público, que diga lo que piense, que se atreva a ser justo, a ser severo?

Contestó a la pregunta un artículo crítico de mi libro. Era largo y concienzudo. Se atrevía a decir que «*La peregrina-*

ción de Bayoán es la aparición de la conciencia en el siglo XIX». En esta generalidad vacía, sobre la cual giraba todo el pensamiento del artículo, hubiera habido lo bastante para llamar la atención del público sobre el libro, si el artículo hubiera tenido una firma responsable al pie; pero el autor había temido al contagio, se había escondido tras el anónimo, y yo no he sabido jamás quién fue el único juez público que mi obra tuvo.

En tanto, sabía quién era la autora de una serie de cartas, insinuantes, benévolas, alternativamente severas y entusiastas, que por aquellos días llegaron a mis manos.

Las firmaba la señorita Amparo López del Baño, en la cual estimé después a la mujer más inteligente e ilustrada, más sencilla en sus gustos y más osada en sus pensamientos, que he encontrado en el mundo que conozco. Española, no vacilaba en ponerse de parte de la justicia y de mi parte, contra España. Hija de familia poderosa, denostaba conmigo el poder del mal. Mujer, había penetrado claramente el objeto de la parte más escabrosa de mi obra, y encontraba en Marién el tipo ideal de una realidad posible y deseable.

Con un solo hombre como aquella mujer, hubiera yo entonces podido hacer en breve tiempo lo que tanto me ha costado después y todavía no he podido conseguir.

Pero los hombres no se parecían a la nobilísima mujer. Por uno u otro motivo, tuvieron miedo al libro, y lo alabaron en silencio, como los ya citados, o callaron ante mí y ante el público, como muchos hombres célebres de la política o de las letras, que muertos ya para el mundo y para ellas merecen el respeto del silencio.

Escoriaza, escritor, niño mimado de un partido, por el cual ha sido después cuanto ha querido, se contentaba con decirme: «Si tu libro hubiera llevado el nombre de Víctor Hugo en la portada, hubiera hecho una revolución».

—Mucho debes tú temerle —tenía yo que decirle sonriéndome de lástima—cuando teniendo una pluma no lo dices al público.

Nombela, novelista a la moda, se maravillaba en mi presencia de lo que llamaba «novedad absoluta» de mi estilo, y en vez de confesarlo al público español, daba al americano en cuatro palabras que solo en estos días he leído en *El Correo de Ultramar* de aquella época, la simple noticia de la aparición del libro, ocultando su espíritu y su objeto y callando el origen de su autor.

En ese mismo libro, tan arteramente tratado por los que hubieran podido combatirlo, si literaria o política o socialmente lo juzgaban revolucionario, había yo puesto en boca de Colón estas palabras: «La injusticia de los hombres es la revelación de la injusticia eterna». Era algo más que una frase: era una fe la contenida en esa expresión de una verdad, y yo no podía apostatar de la fe de mi razón, abandonándome a los enconos de la injusticia. Compadecí muchas más veces que maldije la iniquidad de los jueces a quienes me había sometido, y si algo no he perdonado y si algo no perdono todavía, es que aquel silencio inesperado me haya obligado, imposibilitando mi plan, a seguir con la pluma en la mano. Lo que en mi intención no era más que un instrumento de combate, ha tenido que convertirse después en fin de vida.

Previéndolo y temiéndolo, hice a lo menos que el instrumento me sirviera para el objeto preciso a que lo había dedicado, y tomando de las librerías el resto de la abundante edición que en ellas había depositado, lo mandé a las Antillas.

¡Cosa extraña! —más bien, cosa que prueba hasta qué punto había influido en el silencio de críticos y escritores españoles el fondo político del libro— en las Antillas, el gobierno colonial, obedeciendo al central, prohibió la venta del libro, y no contento con prohibir su lectura obligó a los libreros a sacar fuera de las Islas los numerosos ejemplares que tenían.

Lejos de evitar la lectura, la prohibición influyó para hacer más buscada y más leída y mejor comprendida la obra perseguida, y a ella debo en gran parte la autoridad de mi palabra en mi país; pero en él, como en España, nadie se ha atrevido jamás a pronunciar en voz alta su fallo.

Si ahora lo pido, cuando ya la experiencia que envejece me ha probado que no soy yo de los hombres a quienes acaricie la nombradía ruidosa y cuando actos palpables e innegables, que hubieran hecho de cualquier otro hombre una potencia, solo han servido para obligarme a forzar en todas partes la fría estimación que enaltece a la soberbia, pero que lastima el corazón; si ahora apelo a ese fallo, es porque quiero que renazca en el seno de América aquella concepción de mi alma americana.

De mi descuido o mi desdén por lo que hago, es testimonio el libro mismo que hoy busca la atención de Chile. Cuando yo llegué aquí, tenía un ejemplar, que envié a la República Argentina, y no hubiera tenido posibilidad de reimprimirlo ahora, si no se me hubiera cedido el único ejemplar que había llegado a Chile hace años y que muchas personas, transmitiéndoselo, habían leído.

Terminada la historia, empieza el libro.

Santiago, junio de 1873.

Prologo de la primera edición

Este libro, más que un libro, es un deseo; más que deseo, una intención; más que una intención, es sed.
Sed de justicia y de verdad;
Intención de probar que hay otra dicha mejor que la que el hombre busca:
Deseo de que el ejemplo fructifique.
Bayoán me lo dijo: «Feliz, amigo mío, quien tiene el valor del sufrimiento; porque ése, al concluir su peregrinación por este mundo, habrá encontrado su Jerusalén, su Dios».
Vosotros, los que en vez de vivir, peregrináis, seguid con paso firme: la desdicha que os espera es tan gloriosa, que no la trocaréis por la inútil felicidad de los felices.
Los que no peregrinan, que no lean.
Al publicar este *Diario*, cometo una profanación que mi conciencia castigaría con sus ocultos torcedores, si lo viera profanado.
Hojear un libro, es profanarlo.
Los que buscan en la vida algo más que una dicha deleznable, estimulados por el libro, seguirán buscando.
Perdónenme, si por el misterioso anhelo que tengo de ventura para ellos, robo a la oscuridad un *Diario* escrito en la oscuridad de una conciencia.

Madrid, 1863.

Clave

En este libro se emplean con frecuencia los nombres indígenas de las Antillas y se ha dado nombres indígenas a los personajes de la obra.

Para que el lector comprenda sin esfuerzo, lea esta clave, antes de leer el libro.

Borinquen, nombre que los indígenas daban a la isla que llaman de Puerto Rico los españoles.

Luquillo, es la cordillera principal de la isla.

Haití, nombre indígena de la isla de Santo Domingo, llamada Española por su descubridor Colón. Haití es hoy la parte de la isla que ocupa al oeste la república negra.

Higüey, nombre de la comarca más oriental de Santo Domingo. Por eso está en frente de Mayagüez (*Mayagoex* de los indígenas) que es la comarca más occidental de Borinquen o Puerto Rico.

Cibao, cordillera central de Santo Domingo.

Guanahaní, la primera isla que descubrió Colón. La llamó San Salvador: los ingleses, que la poseen, la llaman *Cat Island*.

Guarionex, nombre del cacique más poderoso de Haití cuando la descubrió Colón.

Buyoán, nombre del primer indígena de Borinquen que dudó de la inmortalidad de los españoles.

Marién, nombre indígena de la comarca más bella de Cuba. Hoy se llama Mariel.

Estos tres nombres: *Guarionex, Bayoán, Marién*, representan en este libro la unión de las tres grandes Antillas, Santo Domingo, Puerto Rico, Cuba.

La peregrinación de Bayoán

A bordo. Octubre 12

¡Otra vez, otra vez!... Oh patria mía, ¡cuántos dolores me cuestas! ¡Apenas sosegado mi corazón, apenas calmadas las agitaciones que la meditación de ese otro mundo me ha causado, y otra vez obligado a abandonarte!

¡Campos, cielo, patria...!

Nunca he sentido las angustias que ahora siento: comprímese mi pecho, retuércese mi corazón, ahógame el vacío. El Luquillo, que siempre se me ha presentado magnífico y azul, está cubierto por nubes de color de muerte, desvanecido en un horizonte oscuro; el campo, que siempre me ha alegrado, me entristece ahora; el cielo ya no me sonríe, el Sol no tiene brillo.

¿Qué desgracias auguráis, Sol, cielo, campos, caprichosa sierra?

¡Y el mar también sombrío! Sus olas me recuerdan el desierto: yo llevo uno conmigo. ¿Por qué me asusta su soledad...?

¡Ah! si pudiera quedarme...!

—Capitán, capitán, ¡quiero quedarme!

La implacable goleta se parece al destino, y no se detendrá.

¡Contemplemos la playa: ella también! Como mi montaña, como mis campos, como todo, huye de mí.

¿Se ha puesto el Sol...? Ha hecho bien: así mis ojos tendrán la misma oscuridad que tiene mi alma.

Octubre 13

¡Alta mar! Ni un punto en el horizonte, ni una cumbre de las montañas de mi patria.

¡Cuánto ha andado la goleta! Si anduviera hoy lo mismo, hoy llegaríamos a Santo Domingo.

¿Qué es esto? ¿Caminamos al norte?

¡Ah! ya me acuerdo: mientras velaba, oí anoche el silbido del viento y el rugido del mar, trueno y estrépito en el cielo, gritos e imprecaciones en el buque.

La tempestad de mi alma me impidió gozar de la del mar.

¡Qué hermoso día!

¿Qué hay en eso de extraño? ¿no han sido siempre de los días más alegres en el cielo los más tristes en mi corazón?

Octubre 15

¡Qué dos días! Oscuridad en el cielo y en mi alma; niebla espesa ante los ojos del cuerpo y del espíritu; silencio dentro y fuera.

Octubre 16

Anoche ganamos lo perdido: navegamos a rumbo, y según el capitán, estamos cerca de tierra.

—Volveremos a verla —se ha dicho mi corazón, y la luz de la alegría ha disipado las nubes: la esperanza me anima: estoy alegre.

Octubre 16; por la tarde

Allá en el límite del horizonte, hay una nube. No me engaño: esa nube es la tierra, es el velo que encubre las costas orientales de la indiana Haití. ¡Qué lenta, pero qué idealmente se levanta el velo! Aquellas líneas son las ondulaciones de los montes, aquel punto saliente de la nube, un promontorio; y la transparencia del cielo y la diafanidad del mar, anuncian a la infeliz Higüey, último albergue de lo sencillos habitantes de la isla, en la feroz persecución de los que, tan indulgentemente, llama la historia valientes invasores.

Desde aquí, de la proa, es desde donde admiro la velocidad de la goleta: rompe la ola, la loa ruge, elévase la quilla, precipítase el agua por debajo, y entonces la quilla se hunde, y deja lejos la ola que quería impedirle el paso.

¡Oh goleta! ¡Si yo fuera como tú y pudiera como tú romper todas las olas que se oponen a mi paso...! Ya hubiera llegado al deseado puerto, y gozaría de la paz que en vano busco.

Pero entre tanto, avanza: ya te quedan pocas olas que romper.

¡Adelante, adelante!

Ya se rasgó la nube: ahí está Santo Domingo.

Y a su izquierda, la isla misteriosa, Amona, jalón central del camino de Mayagüez a Higüey, de Borinquen a Haití.

¿Una lágrima en mis ojos? Es para ti, Borinquen. Mi pensamiento te busca; pero el buque, la costa de tu hermana. Adiós.

Octubre 17

Mi primera mirada ha sido para el cielo: lo he contemplado durante mucho tiempo, y me ha pasmado su semejanza con el alma humana: el Sol lo enciende, y sin embargo hay nubes: ilumina la alegría nuestro espíritu, pero nunca disipa por completo sus celajes. Ayer, al acercarme a esta costa, sentía un contento vivísimo, porque era el primero que gozaba desde que me alejé de mi querida isla, y sin embargo, al recordarla se anubló mi corazón.

Hago un esfuerzo y me animo: de nada me acuerdo, en nada pienso, sino en la encantadora costa que bordeamos, en los puntos de vista que se me presentan, en el valle solitario por donde ahora pasamos, y que con sus palmas, sus ceibas, y el albergue misterioso que allá en su fondo sombrean los mangos, agita en mi cerebro la idea de la paz, que es la ventura.

¡Magnífico Cibao! Te admiro.

Ya, ni admirar me es permitido: mézclase a la admiración de la atrevida sierra el recuerdo de sus bravos habitantes, vencidos por la astucia y la injusticia, los dos perpetuos vencedores en la historia de los pueblos y de los individuos, y la indignación sofoca mi entusiasmo.

¡Montaña codiciada! Me entristece: recuerdo a tu señor Caonabo, y pensando a un tiempo en su patriotismo heroico y en su muerte de mártir, me niego en silencio que tengan premio en la tierra la abnegación del mártir, el heroísmo del patriota.

¡Tú también me entristeces, ciudad funesta a América! El tiempo castiga los crímenes que el hombre olvida, y tú estás,

Santo Domingo, castigada por el tiempo.[4] Corazón en tus primeros días de la América arrancada por Colón al Océano, en vez de procurar el olvido feliz de las islas tus hermanas y de tu engendrador el Continente, mandaste a aquellas a tus ociosos verdugos, y al Continente, a aquellos sacrílegos que detuvieron en su magnífica carrera dos nuevos manantiales de civilización y de ventura. Criminal con tu padre y tus hermanas, debías ser ingrata con el único que te quería al venerable genio, infeliz por ser genio y venerable; al infeliz Colón.

Soy injusto contigo, capital de la Española: no fuiste tú quien aherrojó a Colón, fue su propia crueldad. ¿No la cometió, y horrenda, cuando levantó el velo que tan felizmente os ocultaba, a ti, a Guanahaní, a Borinquen, a los ojos de Europa? ¿No la cometió, y funesta, señalándoos con su índice tenaz al ya ciego viejo mundo?

Esa justicia universal, que persigue el delito hasta en el tiempo, en la tumba, hasta en la historia; esa luz invisible, que señala implacable la más ligera mancha, que penetra en las tinieblas que casi nunca tiene el hombre valor para mirar, esa justicia, esa luz, lo castigaron.

La justicia le dijo: Has sido cruel entregando la inocencia a la codicia.

La luz: Siempre alumbraré tu alma para que veas en ella la atrocidad de tu genio, y no te quejes de la ingratitud de que serás juguete.

¡Revelar a los hombres la verdad, y extrañar su ingratitud y su injusticia...!

Si la historia se extraña, es inexperta.

Colón no se extrañó; es su gloria.

---

[4] En aquellos días, 1863, la isla de Santo Domingo que había sido *reincorporada* a España, luchaba por su independencia. (N. de la segunda edición.)

Colón acató la justicia, y vio a la luz: no se quejó de nada.

Había en él lo que en el genio hay: propensión al martirio, magnánima sonrisa para la ingratitud.

Meditaste, adivino, en el resultado de tu adivinación; viste que el mundo hacía infeliz al mundo que las tinieblas no habían logrado ocultar a tu mirada, y te culpaste

«Es natural —dijiste— que los hombres me atormenten; les he revelado una verdad: es natural que me persigan; he hecho un bien: es natural que me encadenen... Si hubiera cadenas para el alma, mi alma sería la encadenada. Hay momentos en que creo que la injusticia de los hombres es la revelación de la justicia eterna: he sido cruel con ese mundo que mi espíritu vio tras de los mares: lo he entregado a hombres que no me han imitado, que no han sentido al verlo otro deseo, que el deseo de arrancarle sus tesoros, y he sido castigado: la ingratitud ha sido mi castigo.»

Y el de España, Colón: ¡si tú la vieras...! Si tú la vieras, Colón, tal vez te espantaría el rigor de la justicia. Nación generosa al defenderla, pequeña al combatir la independencia, purga hoy su pasada pequeñez: lo que debió elevarla, la abatió; lo que enriquecerla, la hizo miserable; pequeña, lo que estaba llamado a engrandecerla. Tuvo un momento de gloria, brilló, resplandeció; luego, lo mismo que la hacía temible (esta es la gloria miserable de los pueblos) la hizo decaer: como las llamas, antes de apagarse, destelló: volvió luego a brillar con resplandor magnífico: lo que la había hecho pequeña, la hizo grande, la augusta independencia: sofocó la de América y murió: luchando por la suya resucita.

Está, como los niños, vacilando: día llegará en que pise con firmeza: día llegará en que comprenda sus yerros pasados, y quiera remediarlos: abrirá los ojos y verá; la luz la hará feliz; hará lo que aún no ha hecho: será justa; bajará la cabeza ante el eterno anatema de la historia, buscará con los ojos a América:

—Allí está —se dirá— mi porvenir: —se enmendará; los que llamó sus hijos, volverán como hermanos a la que fue su madre, y reunidos, y respetándose, lograrán su bienestar pasado, y España su perdón.[5]

Octubre 19. Santo Domingo

Estoy en tierra, y tan cansado de ella como acostumbro a estarlo, cuando en vez de aire puro, respiro el impuro de los pueblos; cuan en vez del libre vagar por campos y montañas, vago, encogido y preocupado, por calles alineadas: son, sin embargo, estas ciudades de América tan distintas de las de Europa; forma tanta parte de ellas la atrevida vegetación que las rodea; son tan pintorescas las colinas, los valles, las vegas; tan varia la luz que ilumina los objetos; tan limpia la atmósfera; tan brillante el cielo que, con sus celajes vigorosos, engaña al soñador, para quien tierra y cielo son decoración de un escenario inmenso, que soporto resignado mi detención aquí.

Paseo, sueño, medito, y me distraigo; recuerdo, y me entretengo.

Octubre 21. En Santo Domingo
¿A dónde iré?

---

5 Hoy, 1873, me arrepiento de haber soñado en 1863. Era niño, y soñaba. España es radicalmente incapaz de realizar aquel sueño, que solo ha servido para que un sofista intente esclavizar a las Antillas, afirmando que son lazo necesario de unión entre la América que fue española y España. (N. de la segunda edición.)

He querido visitar la Vega Real, el Cibao, cuantos lugares vieron a Colón, cuantos recintos conservan el recuerdo de los sencillos habitantes, y no he podido hacerlo, porque ni hay caminos practicables, ni quien conmigo se atreva a practicarlos: me contentaré con recorrer la parte de costa que recorra el buque en que me embarco mañana para Santiago de Cuba: desde aquí iré a Batabanó: estoy resuelto. Con tal que sufra algo de lo que sufrió Colón, y al escribir su historia pueda describir las angustias de ese viaje inmortal ¿qué me importa llegar a Europa sin recursos?

Y tengo bastantes. He reunido los necesarios para comprar los cafetales que rodean la casita en que nací, y puedo con los restantes ir a Cuba; de Cuba, al Darién; del Darién al Perú; del Perú a México; a La Habana, para de aquí embarcarme en uno de esos vapores que van haciendo escalas en la costa, y en Nuevitas quedarme para ir a Cat Island (San Salvador de Colón, indiana Guanahaní) y al volver, visitar a los amigos de mi buen Agüeybana, que tanto empeño tiene en que me prepare, para mi peregrinación a Europa, con los días de olvido de paz, tranquila dicha de que ha ofrecido al lado de la familia de Guarionex.

Si mientras viajo no hiciera otra cosa que ver playas, campos, sierras, pueblos lejanos, mar y cielo, viajar sería olvidar, sería vivir; pero empujado por mi amor a la verdad, por la larga indignación que me ha costado el penetrar en las profundidades de la Historia, y sobre todo, de ese período prodigioso, feliz y desgraciado a un tiempo, en que la fe del genio arrebató este mundo a las tinieblas, peregrinaré, no viajaré; buscará en vano mi alma lo que solo hay en el alma, y al fin del viaje, al fin de la peregrinación, no hallaré Jerusalén ninguna, o solo la que a la salida de la vida nos está siempre llamando.

Octubre 22. A bordo

Estoy mirando cómo se desvanece en la distancia la capital de la Española: parece que corren un telón delante de ella.

Va poco a poco ocultándose, borrándose, hundiéndose; y ahora, en donde hace poco la veía, veo la mar.

Nos sale al encuentro un peñascal: detrás de él una llanura, luego un monte, y entre él y otro monte un vallecito, y luego...

Lo que viene. ¿Qué me importa? Lo que me importa es distraerme, y dejarme de comparaciones insidiosas: húndanse en buen hora las ciudades, tráguese el mar las casas, los árboles, los ríos: desvanézcase todo a nuestro paso; ¿no es todo natural? ¿qué necesidad tengo de acordarme de los días que se hunden en la nada, de los gozos que nos niega la marcha indiferente del tiempo, de la dicha que nos roba la distancia?

¿Puedo yo acaso botar al agua mis recuerdos, mis ideas, lo que hay dentro de mí?

A ver remansos que hace el mar, penetrando en ese rincón de tierra; al ver esas plantas felizmente agrupadas sobre aquella choza; al ver tras ella esas colinas, probablemente cruzadas por algún torrente, concibo la felicidad, quisiera realizarla allí; pero el buque prosigue navegando, indiferente como el tiempo, a mi ventura.

Ignorados retiros de la costa, permitidme que altere la feliz soledad de que os rodeáis; dejadme que os habite.

Octubre 22. Por la noche

Mientras contemplo la costa, que pasa lentamente porque la goleta anda muy poco, la comparo con la costa de mi isla;

caigo en la melancolía al compararla; busco con los ojos el punto del horizonte que la oculta; suspiro al separarlos, y miro vagamente las playas, las olas, las estrellas.

Me pregunto por qué el mundo convierte el amor de la patria en una espina que nos punza sin cesar el corazón: pregunto por qué me he visto yo obligado a separarme del rincón en que Dios quiso arrojarme, y en donde quiero yo vivir eternamente: pregunto por qué cambio por esta ansiedad, por el vacío que arranca de su sitio al corazón, la ignorada tranquilidad que allí gozaba, el sosiego, la paz, el abandono que mis campos, mis flores, mi retiro, mi soledad me daban: pregunto ¿por qué vuelvo por segunda vez a buscar lejos de mi patria, lo que no encontré en mi primera peregrinación? ¿Por qué vuelvo a viajar? ¿Por qué me empeño en conocer al mundo, y en hacerme conocer de él, si toda mi felicidad consistía en vivir desconocido, y en haber renegado para siempre de las grandezas de la civilización que probé, al errar otra vez por ese mundo?

No me sé contestar: yo sé que hay algo debajo de ese velo que encubre interiormente mis deseos, mis ideas, mis sentimientos: yo sé que anhelo la dicha de mi patria: yo sé que necesita de sus hijos, porque solo los hijos son desinteresadamente cariñosos: yo sé que me avergonzaba de gozar del sosiego que el suelo en que nací me da, y resolví alejarme de mi tranquilidad y buscar la agitación, la lucha y el dolor, por ser digno de mi patria, por hacerme oír del mundo, por lograr en él el puesto que hoy no tengo, y poder desde allí...

Pero no es esto solo: ¿por qué he de querer engañar a mi conciencia, si mi conciencia tiene para mí la misma sonrisa que yo para los que quieren ocultarme la verdad?

He salido otra vez, porque los hombres que disponen del destino de los hombres, lo han exigido así: decían que era necesaria mi ida a Europa para justificar con algo, con la ciencia adquirida o la posición social lograda, mi anterior permanencia en ese mundo: decían que era vergonzoso haber vuelto, como salí, de mi rincón. ¡Ciegos...! ¡Sin reparar las arrugas de mi frente, sin presentir las arrugas de mi alma!

¿Se pasan impunemente en Europa algunos años?

Se ve lo que hay de bueno; se pide para la patria, y no lo dan; se sufre: se ve lo que hay de malo, se observa, se medita, se amarga la existencia, se hunden los ojos, se hunden las mejillas, se contraen los labios, se aprieta el corazón... ¡Y eso no es nada! ¡Y eso no justifica los años de ausencia de la patria!

¡Pero hay más: ¿por qué callarlo?

La naturaleza es prodigiosa, y admira, y embelesa, y al ánimo contemplativo le da una vida de sencillos placeres, de inocentes alegrías, de inagotables bendiciones. Pero ¿y el hombre? ¿En su corazón tan bueno, su espíritu tan puro, que haga olvidar las necesidades de la inteligencia, tanto más exigentes cuanto menos satisfacciones pueden dársele? ¿Puede el que tiene un espíritu inquieto, buscador de verdad por aspirar a Dios, tranquilizarlo en estos países desheredados, en donde los hombres son los mismos que en el resto de la tierra, no las mismas las conquistas de la inteligencia humana?

Y llegó un momento, en que espantado de la desarmonía que vi entre mi amada naturaleza americana y sus hombres, anhelé estudiar el árbol de la ciencia que allí no vegetaba: fui a Europa, busqué por todas partes lo que mi espíritu quería. ¡Era un engaño de mi espíritu...! El árbol de la ciencia no daba sombra a hombres mejores. Volví desalentado a mi retiro: gocé de la paz. Al poco tiempo, en vano luchaba contra una idea tímida, pero tenaz, que apareció en mi cerebro: quería volver a Europa. ¿Por qué? Más que por nada, más que por amor a mi patria, más que por temor a la injusticia de mis compatriotas, más que por anhelo de un nombre en la sociedad, por anhelo de un nombre en las ciencias y en las letras; por ambición de gloria.

Dicha está la verdad: reflexionemos.

¿Qué es gloria para mí?

Es una luz que brilla muy lejos de la tierra, muy cerca de la gloria de Dios, en su región.

La gloria de los hombres, el aplauso del mundo, las alabanzas que merezcan las facultades creadoras, no me halagan; halagan mi vanidad por un momento; ni por uno mi razón y mi conciencia: esa gloria es para mí la vanidad divinizada, hecha virtud.

No quiero eso.

Quiero la luz que me revele a Dios, la verdad, la justicia, la virtud: quiero la admiración de los hombres tras la muerte: quiero sus alabanzas cuando no las oiga; cuando no me envanezcan; cuando sean sinceras; cuando sean resultado de virtudes duraderas; de la fuerza benéfica, resultante de la armonía de las verdades eternas y de mis facultades; de las potencias de mi alma; de la unión venturosa de mi espíritu con la verdadera sabiduría, con la modestia, con la sencillez, con la virtud: quiero la gloria que desprecia la burla de los hombres, que ama lo bueno por ser bueno; que ama el talento, las revelaciones de la fantasía, la severa razón, cuando estas palancas del cerebro humano levantan la verdad, animan la belleza verdadera, no cuando profanan la grandeza, cuando se ríen de la virtud, cuando ultrajan al Dios que no han tenido valor para mirar.

Quiero gloria, y por ella abandono hoy mi patria, mañana mi felicidad, un día la vida. Quiero que digan: «En esa isla nació un hombre, que amó la verdad, que anhelaba la justicia, que buscaba la ventura de los hombres».

Y no me arredra lo que veo en el fondo de mi alma, y no me espantan las nubes que envuelven a mi corazón, y seguiré adelante.

Embarcación, tú puedes decir que persevero en mis resoluciones: tú me has visto llorar y secar mis lágrimas: tú me ves recorrer la costa de la infeliz Haití, cuyos recuerdos arrugan mi frente e indignan a mi razón, y tú ves que soporto estos dolores, pensando en sus efectos venideros.

Octubre 23

El Sol ha salido, ha llegado al zenit, luego se ha puesto. Ha hecho lo que siempre: y al verlo, y al ver el mar, estoy preguntándome que si es un día lo que vi comenzar y veo acabarse.

Dentro de mí, ni una idea, ni un recuerdo, ni siquiera vista, porque en vano la ha incitado el cuadro maravilloso de esta costa.

Octubre 24

Caminamos tan poco, que apenas caminamos.

El mar de Colón está tranquilo, como lo estará su espíritu, no flotante ya como lo estaba aquí.

Octubre 25

Para dar alguna variedad a la navegación, que ya impacienta a los pocos pasajeros que conmigo vienen, el viento ha cambiado, y es contrario. En vez de seguir pausadamente un camino derecho, seguimos uno tortuoso con la misma pausa.

Y a pesar de todo, yo desespero a los que consultan mi presunto mal humor, diciéndoles:

—Sí, señores: todo esto me encanta: navegar costeando, ir gozando despacio de los encantos de una tierra deliciosa como ésta, y gozar desde el abismo.

Octubre 26

Si nada tengo que decir, ¿por qué tomo el lápiz y el papel? Costumbres, si sois buenas, sois tan tenaces como las malas costumbres.

Octubre 27

Calma: las olas se levantan perezosamente, perezosamente caen, y se tienden y esparcen con perezosa indiferencia. Si yo sospechara que hay olas en ese mundo invisible que llevamos, o en las tramas del cerebro, o en la cavidad del pecho, compararía mis olas a las olas de la mar Caribe.

Calma en el mar, indiferencia en mí: creo que es lo mismo.

Y a la verdad, yo no me explico mi indiferencia, ni siento placer al verme dominado por ella. La indiferencia es para mi vida interior, lo que sería para mi vida material la ceguedad; vacilo, tropiezo, doy traspiés.

Y si medito un poco, me indigno conmigo mismo, porque me digo:

—¡Haber para esto experimentado disgustos, sinsabores, amarguras, tristezas, pesares, dolores, congojas, angustias! ¡Para llegar a este estado de inconsciencia, haber luchado con los demás, haber reflexionado, haber decidido, haber aceptado el sacrificio!

¿Y las compensaciones?

¿He de estar toda mi vida, rígido el corazón como una cuerda de arco? Yo veo en los arcos que se rompen la necesidad de aflojarlos.

Necesidad hay de estar indiferente para lograr ver tanto.

Octubre 28

El viento nos acerca a ti, montañosa Higüey: a pesar del nublado, adivino tus bosques y cavernas: figúrome a tus hijos, perseguidos en ellas, reducidos de muchos a muy pocos, combatiendo hasta el último momento por la sagrada independencia de la patria.

¡Las nubes del cielo y las del tiempo no me impiden ver lo que ha pasado, y te veo desierta y solitaria: tú, que al llegar los extranjeros, tenías pobladores que defendían tus playas, tus florestas, tus breñas, tus abismos!

Último amparo de la sencillez y la inocencia, dame la cólera que dabas a tus hijos, su noble indignación, su valor santo: lo que ellos con sus armas, haré yo con mi voz.

Octubre 30

Las borrascas de las costas del sur nos obligaron a cambiar de rumbo, y navegamos hacia el este: ya en el canal de Amona, sopló el viento de aquel punto cardinal, y nos dirigimos a su opuesto, costeando el norte de la isla. Razón tiene el Capitán: tanto da ir por el norte como por el sur. Mientras tanto, solo piensan en el puerto los tripulantes del buque, y nada sienten al ver estas playas, esas bahías, esos promontorios, recuerdos imperecederos de la llegada de aquellos *monstruos alados*, que vomitaron otros monstruos más temibles.

La excitación de mi espíritu es violenta.

Pienso en lo que era la isla y en lo que es, y me enternezco; pienso en sus habitantes, y al ver que han desaparecido de la haz de la tierra, me estremezco.

He visto el Monte Christi, a cuyo abrigo se fundó la Isabela, y al pensar en lo que fue esta primera colonia me da fuerzas la justicia providencial, que así castiga al que comete un crimen.

Vosotros, los caballeros, que aún vagaréis por los alrededores de la que fue Isabela, decid si su ruina, decid si vuestra muerte, fue efecto de otra causa que la codicia que os alejaba de vuestros lares, del cruel valor que empleasteis en vencer, en destruir la noble raza que tan bien os acogió, que vosotros admirasteis.[6] He preguntado a esa selva que nos sale al encuentro por el hospitalario Guacanagarí, por el amigo de Colón. Nada altera el silencio; de nada recibo una respuesta.

Me la da la justicia:

«Guacanagarí fue desgraciado: por admiración al genio que adivinó en Colón, lo amó y amó a los que lo acompañaban: ausente éste, defendió contra sus compatriotas a los que invadieron a su patria, y a pesar de las sospechas de que le hicieron blanco, con que el mismo Colón lo ultrajó, llegó un día en que puso su fuerza y su poder de parte de la injusticia, y luchó contra los indios de Cibao, contra los hermanos del héroe de la Isla, contra los súbditos de Caonabo, al lado de Colón y de los suyos: mal hijo de su patria, es indigno de lástima.»

---

[6] En su segunda expedición, el descubridor del Nuevo Mundo llevó a Santo Domingo una colonia de caballeros y de hidalgos. Se establecieron allí y fundaron una ciudad, que en honor de la reina católica llamaron Isabela. Creían que el oro era todo, y no trabajaron. La ciudad se arruinó y ellos murieron. De aquí la conseja que los presentaba vagando en espíritu por los alrededores de la ciudad arruinada. (N. de la segunda edición.)

Yo también por mi amor al visionario inmenso, después de otros dos seres, el más digno de Dios que ha pasado por la tierra, yo también te juzgo débilmente, y perdono tus yerros, Guacanagarí: la justicia se te presentó velada por la desgracia, la respetaste y la defendiste: hiciste bien; pero luego...

Te quiero perdonar: no pienso en ti.

Noviembre 3

Ahí está San Nicolás, el primer punto en que fondeó Colón.

¿Quién habita esa costa?

Una raza que prueba que los hombres no tienen color en el espíritu; que hay una chispa igual en todos, que de todos los hace capaces: los negros han fundado un imperio en este sitio.

¡Misteriosa justicia! Tú estás en todas partes. Al infeliz africano, arrancado de sus selvas, y hecho esclavo por la fuerza, le dan fuerzas: rompe con ellas sus cadenas; el hierro le da armas; las armas, un imperio.

Noviembre 4

¡Jaragua!... Esa es Jaragua, la comarca feliz, la del amor, la de torrentes misteriosos, la de playas risueñas, la patria de la infeliz Anacaona.

Pobre comarca, ¡qué solitaria estás! Yo no oigo tus melancólicos areitos, no veo tus hermosos hijos, admiración de los que poco tiempo después de descubrirte, te hicieron infeliz: pero no veo tampoco a los que te dejaron solitaria y triste, y pienso en Dios, y me abismo en su justicia.

Noviembre 5

La luz rosada de la aurora tiñe de rosa las aguas del canal de los Vientos: la parte oriental de Cuba se presenta a mis ojos, envuelta en su atmósfera diáfana, con sus picos coronados por aureolas purpúreas, con sus campos de un verde clarísimo y sus bosques de un verde casi negro.

Cuando Colón, en su segundo viaje, llegó a esta parte que costea mi barco, traía ya el remordimiento de su genio, el disgusto de ver profanado el mundo que él adivinó, la pesadumbre de haberlo arrancado de su feliz ignorancia de otros mundos y otros hombres, de su perpetua paz. ¡Pobre Colón! Soñó, sufrió porque soñaba, realizó su sueño, y al decir a los hombres: —¡mirad, no me he engañado!— ¡los hombres convirtieron su sueño venturoso en pesadilla!

Noviembre 6

Guantánamo está ahí: ya no hay chozas en las playas, ni haciendo hogueras, indios. Las Casas, ¿dónde están tus protegidos? ¡Ah! Si todos, como tú, hubieran ardido en el fuego del amor de la justicia, aún contemplarían mis ojos, individuos de la noble raza que ahora solo vive en la historia.

¡Evitemos la indignación; contemplemos la playa: está desierta!

En el fondo de la bahía hay un pueblo, y a la orilla del río de su nombre, suspendido en la sierra, otro, que anhelo ver, donde aún hay restos de la raza que poblaba la isla, también la muerte tiene sus recuerdos.

¡Si el buque penetrara en la bahía!... ¡Con qué afán buscaría yo a esos indios! Los palparía para convencerme de que son realidad, no loco engendro de mi deseo, pero el barco prosigue su camino...

Y hace bien.

Me evita un desencanto: ¿serán acaso esos hombres, salvados del naufragio de su raza, su viva tradición?

Serán lo que los hombres en medio de los cuales vivan; hablarán la lengua que ellos hablan, tendrán las costumbres que ellos tengan.

Noviembre 7. Santiago de Cuba

¡Cuándo saldrá ese vapor!

Estoy cansado de esta ciudad, y sobre todo, de mí mismo. Siempre me ha sucedido esto: una estación en un viaje, me incomoda: me veo solo, sin saber dónde ir, con quién hablar. Soy tan poco expansivo, tan retraído, tan encerrado en mí mismo, que me cuesta un disgusto interior cada palabra dirigida a un desconocido: pasearía solo todo el día: pero la soledad llama la atención, que yo temo, y en vez de salir, me encierro en mi aposento a ver desde sus ventanas la Sierra del Cobre, áspera como los sentimientos que el metal inspira.

Noviembre 8. A bordo

¡Gracias a Dios! ¡Gracias a Dios!

Ya el vapor ruge en sus calderas, ya silba al suspirar, ya anda: desde lejos, es pintoresca la ciudad; como todas las ciudades; desde lejos.

Ya las casas van disminuyendo de tamaño, y tomándolo mayor a nuestros ojos, esos gigantes de los campos que ciñen el puerto y lo embellecen.

¡La boca del puerto: fuego a la máquina! Salimos.

Ahí está la llanura que me gusta cruzar.

Noviembre 9

¿Cuál de vosotras, marismas, fue la que, durante treinta días, detuvo el paso de aquél que jamás se detenía, ni ante los peligros ni ante la crueldad?

¿Cuál de vosotras puso a prueba las virtudes que tiene el valor, que tal vez sería la virtud más fecunda, si lo fuera menos en pequeñeces e injusticias?

¿Cuál de vosotras, tierras bajas de esta costa, hizo gloriosa la temeridad; dio fortaleza a Alonso de Ojeda, santificando su valor con la desgracia?

¿Dónde estáis, mangles, sobre cuyas raíces descansaba el aventurero, heroico entonces, cuando por evitar la presencia de los indios temió internarse y anduvo con los suyos, no anduvo, se arrastró, reptó por la costa, en vez de firme, resbaladiza, fangosa, cubierta de mangles, de musgos y de lamas?

Se agolpan los recuerdos, me estimulan; me pongo a desvariar, medito.

Medito en la Providencia, cuya mano veo en los acontecimientos de los pueblos y que compensa así la angustiosa incertidumbre en que naufrago, cuando veo que ha abandonado al individuo.

La Providencia es la compañera de la Historia.

Yo la veo; y ahora, resplandeciente de justicia.

¡Esta costa del sur fue el castigo de Ojeda y de los suyos! Nada habían hecho en Cuba; pero en ella se refugiaban los desventurados hijos de la vecina Haití, y temieron.

Inquietó su conciencia el temor de la justicia.

En vez de buscar las poblaciones, buscaron los retiros: por esta parte de la costa, no había nadie: caminaron por ella: la tierra iba faltando poco a poco: en el octavo día, faltó absolutamente: en vez de barro, agua; en medio de ella, mangles; debajo, lodo que se hunde a la menor presión, sima que se ahonda bajo el pie, y a medida que se traga las piernas, la cintura, el cuello, aprieta, sujeta, sofoca, quita fuerzas. ¡Era tarde para volver atrás, y siguieron reptando hasta los treinta días!

¿Cuántos pisaron tierra firme?

El aventurero, que, solo después de esta aventura, admiro, y unos cuantos desdichados, pedazos de esa multitud que en todo tiempo fascina y arrebata la fuerza corporal.

¡Si con ella fuera siempre la fuerza intelectual...!

Nunca, como entonces, hubiera brillado la virtud: nunca ha tenido la humanidad un momento más propicio: la fuerza hubiera inspirado confianza a la inocencia: las ventajas que una civilización de hierro daba a los invasores, no los hubiera arrastrado a la crueldad: América tendría sus pobladores; se hubieran fundido dos progresos distintos; dos caracteres llenos de grandeza; dos razas generosas.

Pero la fuerza intelectual desdeña a la del cuerpo, y ésta, que entonces dominaba —hipócritamente, pero domina hoy— hizo lo contrario: y el vencido fue grande, y el vencedor pequeño; y una raza, la náufraga, valió más que la triunfante; y su carácter murió sin mancha, mientras vive manchado el de la otra.

Si hubierais sido lo que debisteis ser, Ojeda, Cortés, vosotros los Pizarros, Almagro, todos vosotros, los que ansiosos de campo en que ganar laureles, vinisteis a estas playas...

En estas playas el laurel no crece; pero tienen las entrañas de los montes venas de oro, y trocasteis la virtud del valor por la codicia.

E hicisteis lo que sé, y sucedió lo que yo creo.

Noviembre 11

Estoy admirando los cayos que Colón llamó «Jardines de la Reina», y los peligros que salvó su estrella, menos cruel de lo que fue, si le hubiera permitido morir en un naufragio.

Un mar de poco fondo, verde-claro; a la izquierda, millares de islotes, de bajos, que rechazan a las olas: a la derecha, Ornofay, en donde empieza el mar a desplegar sus olas, sin otro valladar que Cuba.

¡Ornofay...! ¡Los Jardines de la Reina...!

Vamos a soñar como soñó Colón.

Él no quiso salir de entre estas islas, por acordarse de Mandeville y Marco Polo, ambos le decían que el continente asiático estaba circunvalado por millares de islas, y él creyó que estaba en Asia: así, por una docilidad de inteligencia, que yo comprendo en el talento superior, porque los errores a que conduce son su linde entre él y Dios, por ese error de su ciencia no se lanzó al sur, y dejó de explorar el Continente que solo creyéndolo continuación de Cuba, vio en su tercer viaje. Descubierto y explorado el Continente, se hubiera convencido de su error: dirigiéndose al norte, tal vez hubiera penetrado en México; navegando hacia el sur, hubiera ido más lejos de donde fue, al pasar de Trinidad a Costa Firme, hubiera pasado de las bocas del Orinoco, y en vez del estrecho, que adivinando un mar ulterior, buscaba, hubiera encontrado un cabo, el límite de su mundo, y tras él, un nuevo mar, y en su inmensidad...

¡Pobre Colón...! ¡Murió sin gozar del placer de abarcar en su inmensa trascendencia todo el valor de sus descubrimientos!

¡Murió creyendo un continente lo que era isla, y creyendo parte de ella al Continente entero; murió sin dar su nombre al mundo que sacó de las tinieblas!

En la historia de la inteligencia me desalienta la frecuencia de esa misma fatalidad: nace una cabeza poderosa; adivina la luz tras de las sombras; busca, no desmaya, persevera, y al ir a ver, o la muerte le tapa los ojos, o la envidia se los quita: tras el ser superior, viene un cualquiera; ve un velo levantado, y debajo lo que el genio buscaba:

«Mirad —grita— lo que yo he descubierto!» —Y el mundo, que se burló del genio, glorifica al que usurpa sus verdades.

Noviembre 11. Por la tarde

Tú eres el mismo río que regaba la apacible comarca que dio hospitalidad al peregrino: si yo pudiera detenerme, Jatibonico, escogería tu orilla, y a la sombra del palmar que veo de aquí, haría un bohío: una hamaca, pendiente de un mango y de una ceiba, tu soledad y tu silencio me darían sosiego: pensaría en tus antiguos moradores, y al echarlos de menos, lloraría: mezclado mi llanto con mi paz, daría a los días de mi vida el encanto que no tienen.

—Capitán, ¿qué río es aquél?

—El Zaza.

En Ornofay señalaron a Colón la comarca que baña, como mejor informada de la extensión de la isla, de sus pueblos, y de sus habitantes: Colón oyó Mangon, se acordó de los cosmógrafos, se dijo Mangui, pensó en el gran Khan, quiso unir hilos dispersos, una de las maravillas del talento, y por unir demasiado, los rompió.

Noviembre 15

Al fin descansaremos; estamos doblando a Punta Gorda: Batabanó está allí.

¡Qué viaje tan molesto, digo mal, qué doloroso!

Los mismos contratiempos que al cruzar estas aguas Colón; pero no los mismos encantos: salían a recibirlo de las playas, millares de canoas; en ellas, millares de semblantes, animados por la confianza, por la veneración y por la timidez, de que solo la hospitalidad sabía vencer.

¿Quién sale ahora de esta costa solitaria?

La tristeza que agobia al corazón al pensar en el sarcástico progreso, en los irrisorios beneficios que trajo a estos países la cultura de Europa. Colón se entregaba a sus ensueños al son de los instrumentos de los indios, que acompañaban tristemente alegres cantinelas, y dejaba vagar su pensamiento embriagado por los perfumes de la brisa.

¡La brisa perfumada embriaga todavía: no deleita el oído voz ninguna: silencio y soledad en todas partes!

¡Hora maldita la hora en que concebí este viaje que me sumerge en la tristeza y la amargura!

Habana 17

Adiós, ciudad, como las ciudades de Europa, repugnante: adiós, para siempre: no volveré a pisarte: tú no sabes lo dolorosa que ha sido para mí tu vista: me aluciné, creyendo que, por estar colocada en donde estás, en nada te asemejarías a las ciudades que, allende el mar, he visitado: me engañé: eres lo mismo: los mismos hombres; las mismas costumbres depravadas; los mismos vicios; las mismas apariencias de progreso, el lujo, la ostentación y la opulencia; las mismas llagas; la misma gangrena, el mismo virus.

¡Y eso, en medio de campiñas deliciosas, contrastando la podredumbre del hombre, con la sanidad de las plantas; y eso, debajo de este cielo transparente, limpio, inmaculado...!

Acaba de engañarme un hombre: sus palabras, sus ademanes, su mirada, el espacio de su frente, me dijeron algo: conversamos, y creí lo que me dijo: creí que estaba como yo, disgustado de las ciudades, de lo que en ellas se ve: sentí el raro placer de verme comprendido; le abrí mi corazón: vio en él que para mí las ciudades son los hombres; que los hombres, en ellas, se entregan a sus vicios; que los vicios esclavizan, que yo por odio a la esclavitud, los aborrezco.

Me miró con extrañeza: me dijo que en La Habana se gozaba, que es preciso gozar, que él lo quería.

—Pues entonces, ¿de qué se queja usted?

—De no poder vivir como otros viven.

De eso se quejan todos los seducidos por el falso brillo.

Y yo escarmiento, y aún los creo.

¡Y yo comunico el dolor que me producen los abismos de las cosas a esa gente!

Noviembre 18. Bahía de La Habana

Ayer salimos para Tampico, y hoy estamos en la bahía de donde ayer salimos.

Hemos andado bastante.

Hay un punto en el camino de las contrariedades, en el cual se convierten en misteriosas carcajadas los últimos contratiempos; en encogimientos de hombros, los últimos disgustos; en una alegría —no por ser forzada, menos alegre— la última razón de desaliento. He llegado a ese punto:

estoy pues, riéndome, encogiéndome de hombres, forzado a la alegría.

¡Huir de la tempestad...! ¡qué náuticos!

A pesar de mis carcajadas interiores, no me permito la risa, y estoy serio.

El Capitán lo ve: siente la necesidad de disculparse, de justificar su conducta, cobarde en apariencia, y se me acerca.

—Créame usted: si hubiéramos a correr, nos vamos a pique sin remedio.

—A pique, no lo sé; pero sí que hubiéramos sufrido.

—Usted es justo: teníamos un viento peligroso: la prueba del peligro, véala usted.

Seguí la dirección de su índice, y vi que casi todos los buques que habían salido al mismo tiempo que nosotros, volvían de arribada. Pensé modestamente que nadie hubiera querido naufragar por darme el placer de admirar el desorden de la naturaleza, seguí riéndome, sin mover los labios, sin hacer un gesto, y pregunté al Capitán:

—¿Y mañana, saldremos?

—Es posible, si se aplaca el norte.

Salté a tierra. Vagando a la ventura, me encontré en un paseo. Un paseo, como todos los sitios públicos de todas las ciudades, es una exposición. Me puse a observar lo que había visto los días anteriores; lo que he visto siempre en las ciudades populosas; lo que se ve cuando se quiere ver.

Una campiña sonriente me llamaba de lejos: la busqué: contemplándola, adormecí el fastidio, y al volver a la ciudad la apostrofé, diciendo:

—Tú eres la civilización: me causas asco.

Y me acordé de las ciudades que en América y en Europa tengo todavía que ver, y suspiré por mis campos y por mi soledad.

Seno Mexicano. Noviembre 20

Cálmate, viento: serénate, golfo; tengo ansia de cruzarte para pisar el Continente. ¡No te arredres, vapor! Tú tienes fuerzas bastantes para luchar con el viento y con el mar. No te hundas así; no te estremezcas.

Para vacilar como vacilas ¿te ha arrebatado la civilización de tus tinieblas?

El hombre ha sido hombre al encerrarte en calabozos de hierro, adivinando que tu ansia de libertad te haría bramar, debatirte, y empujar hacia adelante tu mismo calabozo: lucha, pues, y sé digno del hombre.

Si te comparo a él ¿me llevarás al continente? Pues escucha.

Nosotros somos tú, somos vapor: nuestro calabozo, aunque de carne, sujeta tan bien a nuestro espíritu, como sujetan al tuyo tus calderas: lo mismo que tú —encolerizado— impulsas a la mole que te aprieta, nuestro vapor impulsa al cuerpo: y el cuerpo, así impulsado, no se detiene jamás...

¡Sí! Se detiene: en un puerto lejano; una vez; para siempre.

Libre de sus calderas el vapor, huye sin ruido.

Tú lo haces al escaparte por las válvulas, porque más feliz que el alma tienes gritos para cantar tu libertad.

¡Te bamboleas!... ¡tiene miedo!... Aprende del hombre: más grande que esa ola son las olas que obstruyen su camino, y su espíritu las rompe, su espíritu las vence.

¡La tempestad te espanta!... ¡Miserable vapor! Eres del hombre. ¡Mi vapor es de Dios!

* * *

¡Haber llegado hasta aquí, vislumbrar la costa, y tener que alejarse...!

Los tripulantes del buque están pálidos; inmutado el capitán.

¿Qué pasa?

Exhalaciones y rayos por encima del buque, el huracán furioso por en medio de las jarcias, el mar pavoroso por debajo.

Voz de mando:

—¡A virar!

Y el vapor ruge, como el cielo, el huracán y el mar, y ruge sordamente y se detiene, y vira y huye con celeridad del nubarrón que lo amenaza y lo persigue...

¿Llegaremos a puerto?

¡Pavor universal!... Tras un aullido, un silencio anhelante: el buque se sumerge...

El buque se endereza... Respiramos.

Sigue la noche, aunque el cronómetro señala las cuatro de la tarde: el viento nos persigue sin cesar.

¡Y ni un pedazo de tierra, ni un puerto, ni una playa!

—¡Capitán, un chubasco!

—Dios lo quiera.

Lo quiso: se rompieron las cataratas del cielo, y llovió, como llueve en este mundo en el que todo es grande, si exceptúo el espíritu del hombre.

La lluvia es el llanto del cielo: en sus enojos de enamorado con la tierra, concluye como la cólera del hombre con su amada: con lágrimas copiosas.

Noviembre 21

A pesar de sus lágrimas, el cielo no inspiró la confianza al hombre, y por obedecer a éste, aún huye el buque.

Otra vez de arribada en La Habana: ése es el puerto: la gente se agolpa por mirarlo: yo disimulo mi placer, pero lo siento.

Hubo un momento en que me acordé de la vida, y me dijo arrepentido:

—¿Por qué he de perderla? La vida es buena.

Y tengo razón: la vida es buena; es un deleite doloroso que complace; una carga pesada que al orgullo del hombre le gusta soportar.

Otra vez en tu puerto, gran ciudad: si quisiste vengarte, estás vengada: no solo volveré a pisarte, sino que lo haré con fruición...

Yo soy un hombre.

Lejos de ti, en otro mundo, hay otra ciudad que se ha vengado; le dijo lo que a ti:

—No volveré a pisarte.

Y después de alejarme para siempre, me he visto arrastrado, y he vuelto, y volveré; me está llamando.

Entre La Habana y Nuevitas. Noviembre 23
¡Soy un hombre...!

Noviembre 23. Por la tarde

Resuene en mi conciencia esa palabra: ella espantará a mi soberbia: soy un hombre, y lo mismo que a ellos los aterra me ha aterrado: el mismo amor a la vida me ha obligado a desistir de la idea de ver el Continente.

No lo veré, ni tu sombra colosal, segundo hombre del descubrimiento de este mundo: no iré al Darién, y no podré recorrer los mismos sitios por donde tú, Vasco Núñez de Balboa, paseaste el pensamiento generoso de dar al Océano conocido la parte misteriosa que ocultaba América: no podré contemplar el mar Pacífico desde aquella cumbre que inmortalizó tu gozo: no podré condolerme de la justicia de que fuiste blanco, ni lanzar mi anatema contra aquellos...

Harto anatema fue su pequeñez.

Harta justicia para ti, tu vida póstuma.

Si para esa vida perdiera yo la porque tiemblo...

Pero yo hubiera muerto, y nada más: preferible es vivir, y navegar...

¡Y contemplar la costa!

¿Desde cuándo la recorre el buque?

No era supersticioso, y hoy lo he sido: quise embarcarme otra vez para Tampico; pero me señalaron el cielo, me pareció siniestro, y diciéndome en voz baja:

«Ahí está tu sepulcro.»

Busqué a un marinero experto:

—Mire usted al nordeste: ¿será peligroso embarcarse para Nuevitas?

Meneando la cabeza, contestó:

—No está muy bueno: pero está mejor que eso —y señaló el occidente.

Esta mañana salía este vapor, me embarqué en él, y aquí estoy, disgustado por no haber satisfecho mis deseos, y contento de sentirme por dentro, de palparme por fuera.

Noviembre 23

¡Estamos cerca de la bahía Sabina!

No veo otra cosa que esa boca por donde Colón hizo penetrar sus carabelas.

Anhelo llegar a Nuevitas para entrar yo también por esa boca: trataré de sentir los placeres de aquel hombre, para luego expresarlos.

Tengo en la imaginación ese placer.

Yo veo a Colón, y reflejado en mi mente el sentimiento que experimentó: veo su cándida admiración, su expansiva alegría, aumentándose con la frondosidad de los bosques, la limpidez del ambiente, la claridad de los ríos, la variedad de colores de las aves, la melodía de sus trinos, el grandioso atrevimiento de estos cabos, la pasmosa profundidad de estas bahías: veo su frente desarrugada, brillando con la luz que le da el genio, cuando al fin encuentra lo que tantas convulsiones interiores le ha costado.

¡Ah! ¡Si yo hubiera llegado más temprano, y hubiera visto este mundo al despertar de su sueño benéfico de siglos...!

Hubiera luchado en su favor, lo hubiera defendido, consiguiendo, a lo menos, verlo en el complejo resplandor de su belleza: hoy es tarde: lo veo como está; profanado por la mano de los hombres.

Ciudades esparcidas en la costa, no formadas por los hombres que había entonces. Lo demás, solitario, y silencioso.

¡Y a una reunión de hombres llaman pomposamente civilización los que, más fuertes, consiguen destruir a los más débiles!

Y escriben la historia a su placer, y dicen:

¡Nosotros, ingleses, civilizamos a la India; nosotros, españoles, llevamos el progreso al Nuevo Mundo; nosotros, romanos, impulsamos a la humanidad a su perfeccionamiento!

Y hay en esta impostura que Inglaterra y España y Roma antigua encadenan y martirizan y aniquilan al mundo de Roma, al Nuevo y al más viejo, la humanidad progresa, el comercio se explaya, la industria rompe sus esposas, las artes se lanzan a su espacio, las ciencias utilizan hasta el rayo, la inteligencia engrandece a la materia.

¡Y hay luz, y sin embargo, hay sombras: y en todas partes, y en lo grande y lo pequeño, ven los ojos claridad que los incita, el espíritu ve oscuridad que lo rechaza!

Y...

Los puntos suspensivos son suspiros.

Los unos se me van del corazón, los otros se me escapan de la pluma: los unos y los otros quieren decir lo mismo; todo, y nada.

Así la civilización de barro y piedra, esparcida en el límite del puerto.

Fondeamos.

Nuevitas, te saluda un desgraciado.

Noviembre 24

He visitado a mi amigo Guarionex: los hombres como él son mis amigos, una vez cambiada una palabra, una vez dirigida una mirada.

Una mirada lo revela todo.

«Mi querido Bayoán: esta carta te exige el cumplimiento de la promesa que me hiciste: visita a Guarionex y su familia. Quiero que goces una vez en tu vida del placer social de una visita. No es por mí, es por ti.»

¡Agüeybana, mi buen Agüeybana, te doy las gracias!

La casualidad ha sido una vez propicia para mí: encontré en Nuevitas a Guarionex que estaba hasta ayer en su quinta, donde están su mujer y su hija. Hemos hablado; hemos pensado juntos, y esto une aún más que las miradas. Mañana iré a ver a su familia: tengo ansias de conocerla. Si es como él, forman una trinidad que desde ahora admiro.

Noviembre 25

Escribo para reprenderme: me he faltado a mí mismo: me prometí ir a ver a esa familia, y no lo he hecho: Es verdad que he pasado todo el día indagando si hay un buque que me lleve a la primera isla que Colón descubrió.

Noviembre 26

No he ido todavía: ayer quise hacerlo; monté en un caballo, y quise sin preguntar a nadie, llegar hasta la quinta, distante 4 leguas. Por no preguntar un momento, pasé preguntando todo el día.

Si al venir a este mundo hubiera preguntado, seguiría un camino conocido, y sabría hasta dónde me llevaba: no pregunté, nada sé; camino sin seguridad, y al cabo...

Al cabo, averigüé dónde estaba situada la quinta: iré mañana.

Noviembre 28. En el cielo

Estoy en el cielo, todo es luz.

Me palpo, y no me creo: la carne que me encubre no me parece carne, no me parece la que ayer tenía.

Me miro interiormente y me parece otro el espíritu que yace allí. Estaba triste: estoy alegre: estaba desesperado; hoy espero.

Tenía amargura en el corazón: hoy hay ternura.

Vivía indiferente: hoy amo.

Ayer por la mañana, estando yo preparándome para salir, vi llegar un magnífico caballo, cuidadosamente guiado del diestro por un criado, que a los de mi casa preguntó por mí: anunciaba la próxima llegada del caballero Guarionex.

Llegó en efecto, jinete en un alazán lleno de fuego: se apeó. Yo le salí al encuentro, y antes de saludarlo, le oí decir:

—Vengo a buscarlo, amigo mío: mi mujer y mi hija desean verlo; oírle hablar de Puerto Rico y de nuestros amigos de allá. Como usted no iba, he venido yo a buscarlo.

Me incliné, y le estreché la mano.

—Conque ¿vendrá usted?

—Me preparaba hoy ese placer.

—Pensará usted ir a cumplir a visitarnos, ¿no?

—Pensaba dedicarles toda la tarde del día.

—Pues ha de ser todo él, y el siguiente, y...

—Lo siento —le dije sonriendo—, pero tengo que estar aquí mañana, porque mañana me embarco.

—¡Usted! ¿y cree usted que lo consentiremos? ¡Venir a Nuevitas, estar tres días, no ver nada ni ver a sus amigos, y marcharse...! ¡Sería bueno! No podemos permitirlo. ¿Qué diría Agüeybana? Dudaría del afecto de amigos que no han tenido fuerza bastante para detener y distraer al que más quiere; porque usted, Bayoán... Ea, vamos.

Y el amigo de mi amigo me probaba con sus palabras sus deseos, y con sus ademanes su sinceridad para conmigo.

Montamos a caballo; seguimos la orilla de un arroyo sin nombre; nos comunicamos nuestra admiración por sus márgenes frondosas, por lo benéfico de su curso, por la frescura de sus alrededores, y señalando un árbol, contemplando un llano, admirando la ondulación de una colina, llegamos a una alameda de mangos, fresca, sombría y solitaria.

—Ya estamos en casa —me dijo alegremente Guarionex.

—La alameda es magnífica.

—Cortémosla aquí; sigamos este sendero, y vamos a ver la hacienda, ya que es tan temprano, que aún nos disputará el tocador a las señoras.

Caminamos, cruzamos cañaverales, vadeamos arroyos escondidos en las hondonadas del terreno, saltamos zanjas, atravesamos por medio de un palmar, trepamos una colina, de arbolado casi bosque, la bajamos, y en su falda encontramos otros cañaverales, zanjas, ciénagas, senderos, y al terminar del uno, un edificio vasto, cuadrado, sencillo, con una elevada chimenea en medio, y con carretas, yugos, arados, objetos de labranza, bueyes, caballos y negros a su alrededor.

Todo lo vimos, todo lo observamos; pero yo, nada con más atención ni con más recogimiento que a los negros.

Nos dirigimos a la quinta, rodeada de árboles y flores, por ellas, por ellos y por su rústica elegancia, deliciosa.

Entregadas las bridas de nuestros caballos a un criado, cruzamos un jardín, subimos una escalera, nos presentamos en la sala.

Por una de sus puertas, salía en aquel momento una mujer... Por una de sus puertas, salía en aquel momento una mujer...

¡Mentira...!

Una adolescente no es una mujer, porque no es mujer un ángel; porque no es carne el espíritu; porque no es luz el fuego, y las mujeres pueden ser de carne y fuego, nunca son de luz y espíritu.

Eso es de un ángel o de una adolescente; en el ángel, la luz y el espíritu mezclados toman las apariencias de la carne; en la adolescente, el espíritu y la luz velan la carne: y la luz es lo que se ve tras de los ojos, espíritu y luz alrededor esa es su atmósfera.

Y sin embargo, la adolescente no es bonita.

¿Y qué falta le hace?

¡Es luminosa!

Sus ojos azules ¿no tienen la misma suave luz del cielo al despuntar la aurora? ¿No tienen sus descuidados rizos la misma luz que el primer rayo del Sol?

La contemplé un momento, como al Sol, como al cielo al despuntar la aurora, y después me incliné.

Al levantar la vista, mis ojos buscaron a sus ojos, fulguraron los míos; de los suyos brotó un rayo de luz; de sus mejillas transparentes, el primer color de la aurora.

¿Será esa adolescente la aurora de mi alma?

Apareció su madre; la saludé; hablamos, paseamos por la casa, almorzamos...

Papel ¿qué te estoy yo diciendo? No me creas: no almorzamos.

¿Por qué no almorzamos ni Marién ni yo?

¡Es singular! Yo, acostumbrado a sufrir, a pensar y a meditar, porque éstas son tres manifestaciones distintas de un solo acto de mi alma; yo, acostumbrado a la desgracia de explicármelo todo, no me puedo explicar...

¿Qué inesperada luz me lo revela todo?

¡Ah! sí: ya me lo explico: no almorcé, porque miraba a Marién; la miraba porque la amo. La costumbre de la indiferencia y la desgracia; la costumbre de tener cerrado al amor mi corazón, me ha hecho en apariencia tan incapaz de amar, que yo mismo dudaba que tuviera un abismo insondable de ternura.

Y lo tengo: es indudable.

Yo no soy el que era: ya no hay en mi alma oscuridad: un rayo de luz la ha disipado.

Noviembre 29

El vacío es hermano del abismo, y por no haberla visto hoy, me está ahogando el vacío.

Desaliento, amargura, tristeza, todo ha desaparecido.

Me palpo, y no me creo el mismo: me busco en el fondo de mi alma, y no me encuentro.

¿Dónde se han ido mis largos días de incesantes pesares, de eternas meditaciones sombrías, de terror a la vida? ¿Qué mano poderosa me ha salvado del abismo? ¿Qué índice invisible me ha señalado el cielo?

Donde antes vejez anticipada, hay juventud; donde desconfianza y retraimiento, abandono y confianza; donde antes tristeza inextirpable, una dulce alegría melancólica.

Todo lo veo de color de cielo; todo me sonríe; todo me estimula al placer; la felicidad llama a mi puerta.

Y ¿por qué no respondo? ¿Por qué este temor? ¿Por qué esta esquivez?

Esquivez, temor, silencio de mi alma, yo os comprendo.

En los días de invierno, he visto al Sol pugnar por largo rato para lograr el paso de su luz por medio de la niebla: y tú, ¡oh alma mía!, necesitas luchar para ahuyentar tu niebla: estabas en invierno, y no sabías que hubiera primavera: empiezas a saberlo; y la larga costumbre de tu oscuridad te hace temer al Sol. ¡Alma! Tú te pareces a todo: y ahora, al pajarillo que aprisionado en su jaula largo tiempo, si recibe la libertad, ya no la quiere —¡ya no sabe volar!—; al prisionero, que acostumbrado a las tinieblas, ya no sabe ver al Sol: el prisionero vuelve a acostumbrarse a la luz, y el pajarillo a volar, ¿lograrás tú acostumbrarte a la luz, conseguirás volar?

El corazón dilatado por primera vez, te empuja.

¿Por qué vacilas y tropiezas?

Noviembre 30

Una sola vez la he visto, y la veo en todas partes: una sola vez ha conmovido su mirada mi interior, y desde entonces me siento conmovido; una sola vez me ha sonreído, y cada vez que miro al cielo, el cielo me envía su sonrisa: una sola vez ha extasiado su voz mi corazón, y yo oigo su voz a todas horas.

Si es amor lo que siento ¿es el amor cambio de almas?

Si es la suya la que tengo, mía será la que ella tiene...

¡Y no la hará infeliz, como me hizo a mí...!

¡Marién! ¡Dame mi alma! Recupera la tuya, y sé feliz.

Diciembre 1

Su dulce voz me dijo:

—¿Por qué no ha vuelto usted a vernos?

Yo bajé la cabeza por evitar de ver el rubor que la encendía, y daba una respuesta vaga, mientras mi alma respondía a la suya:

—Tengo miedo a la luz, y me he escondido: no he podido vencer, aunque he luchado: no he querido venir, aunque quería.

¿Por qué, sin yo saberlo, se atrevieron mis ojos a interpretar a mi alma?

Marién los vio, los comprendió, calló.

¡Y las lenguas humanas llaman silencio a la falta de palabras...!

Así estábamos, hablando sin hablar, cuando su madre entró.

Nuestras almas se retiraron de los ojos: los suyos perdieron luz, se oscurecieron; y sin embargo, los dos nos animamos, nos sentimos tranquilos.

¿Qué será?

¿Será que es un peligro el enseñar el alma, y el peligro nos turbaba, o será que el amor es pudoroso, y se esconde para toda otra mirada que no sea la luz reveladora?

¿Qué me importa? ¿Por qué he de perder en observar el brevísimo tiempo del placer? ¿Por qué he de descomponer una emoción que inunda mi ser en la más grata luz, por estudiarla y dar a mi razón el placer, que ella no busca, de saber que mi dicha es digna de ella?

La observación y el estudio ¿no matan la ventura?

—Sin embargo...

—¡Silencio, orgullosa razón! Calla tú ahora: harto has hablado.

Pocos momentos después de entrar su esposa, entró en la sala Guarionex. Tendiéndome la mano cariñosamente, pero luego, afectando un resentimiento que entonces no sentía:

—¡No merece usted —le dijo— el efecto que todos le tenemos: anunciar su marcha, no marcharse, y dejar de venir a casa cuatro días...! Me quejaré a Agüeybana; no sucederá otra vez: lo embargo: no sale usted de casa hasta que se marche de nuestra isla.

—Me marcho tan pronto, que sería cruel conmigo mismo si me acostumbrara a una compañía, de que después no querría y tendría que privarme.

Estas palabras eran un pretexto: el pretexto de mi delicadeza que, en voz baja, me decía:

—Te prohibo quedarte: acuérdate de las costumbres de los hombres.

¡Era un pretexto de mi delicadeza...! Pero recordaron con tal violencia a mi razón, la necesidad de partir, la necesidad de alejarme de Marién, de huir de mi felicidad, que al temer mi corazón lo que había temido, se apretó y recogió y me causó un dolor; el dolor sobrehumano que —si aún siente— sentirá en la capilla el condenado a muerte, cuando entregado al pensamiento desesperado de la vida, lo vienen a buscar para arrancársela.

Fijé los ojos en un punto, entreabrí la boca, sonreí sandiamente, y para desechar la idea abofiadora, necesité oír su voz.

Marién me dijo, mirándome rápidamente:

—¿Se va usted pronto?

Apenas pronunció esta palabra: apenas pronuncié yo ésta:

—Pronto.

—¡Oh madres! Las dignas de este nombre, comprended a la de Marién y admiradla.

—¿Vamos a pasear?

Nos dijo. Bajamos al jardín: la brisa de la tarde, el perfume de las flores, la melancolía del ocaso, cambiaron en un sentimiento de dulce languidez el dolor que la madre adivinó en su hija.

Yo también sentí que mi pena se trocaba en una suavísima melancolía.

Conversamos: contemplamos: admiramos, y ya era la noche cuando llegué yo a casa.

Diciembre 2

Yo no sé qué pensar, no sé qué hacer. Si pienso en ella, el recuerdo de la conversación de ayer, de aquella pregunta no acabada, de aquella ahogada respuesta, seguida de aquellas emociones dolorosas, me aterra y me detiene:

—Alma tan delicada —me digo con sinceridad— no puede soportar un choque con la mía, dócil un momento, rebelde casi siempre a la ternura. Si es verdad que ella me ama, lo que a pesar de mi razón incrédula me asegura su inocencia, amarla es una crueldad; amarla es prepararla a la desdicha; no amarla, ferocidad; almas como la suya huyen al cielo, cuando el alma a quien llaman no responde; afectar un amor...

—Y es preciso afectarlo, ¡miserable! ¿Y no lo siento implacable, furioso, inextinguible?

—Óyeme, Marién: ¡te amo, te amo...!

—¿Qué es amar?

—Obligarse a hacer feliz.

—¿Tengo yo felicidad que dar?

—Se busca.

—¿Dónde la encontraré?

—En ti mismo.

Yo he hecho infelices a cuantos me han rodeado, yo me he hecho infeliz.

Mi implacable razón no me abandona, y por no avergonzarse un día de un tropiezo, me niega la ventura que le pido. A tus instancias, oye lo que contesta, corazón.

—Tú estás condenado a no amar: si amas, haces infeliz: si no también: pero si amando resistes a tu amor y a buscar tu deber, que está llamándote, yo te prometo un día la luz más refulgente: tu deber te llama lejos de aquí: obedece: si vas, y te aman, sacrificas hoy...: ¡el tiempo cura: si amas y olvidas tu deber, acuérdate de tu conciencia!

¡Y yo, entre tanto, amo, no veo a la que amo, no digo cuánto amo, me privo de la luz: quiero quedarme, y me empujan; quiero partir, y me llaman...!

¡Y el amor es el cielo...! —me decía yo ayer.

¡Oh razón, oh razón, maldita seas!

Diciembre 5

¡Las pasiones del hombre! ¡Cómo nacen, cómo crecen! Una chispa las crea, un soplo las inflama.

Hace cuatro días, yo vivía: acababa de convencerme de que puedo ser amado y puedo amar: me entregaba, convertido en niño, al placer inocente de sentirme hombre, como lo son los hombres: amaba y me sentía amado; me bastaba: un solo pensamiento, un solo recuerdo de un deber turba mi calma; de risueño, me convierto en triste, y sufro y me angustio y desespero.

Mi corazón, que empieza a palpitar con desahogo, no quiere comprimirse, y se dilata, y estimula al alma; ésta consulta a la razón, que se acoge a la conciencia y me amenaza...

Y el amor se convierte en pasión; y la pasión aumenta, y cuanto más la amenazan la razón y la conciencia unidas, más furiosamente lucha, y más me abisma en el dolor y me tortura.

¡Y este tormento, todos los días, a todas horas, en todos los momentos!

¡¡Ah, patria mía!! Con razón temblaba yo al alejarme de ti: yo no debí alejarme: tu cielo, tu Sol, tu campo, tu cordillera, mi mismo corazón me amenazaban.

Yo soy un hombre errante en un desierto, y mi único oasis eres tú.

Yo soy un peregrino...

¿Necesito peregrinar?

Pues ¡adelante!

Diciembre 7

Hago bien en reírme amargamente: contra toda generosa decisión, un obstáculo cualquiera; en todo camino, una maleza, una piedra, un valladar.

¿Por qué, a medida que leo esta esquela, me sonrío, y mi sonrisa es plácida, dulce y expansiva?

—Perdóneme usted, querido Bayoán: cumplo mal con usted; no es culpa mía: mis quehaceres me embargan por completo; ¿pero es esa razón para que usted, estando aún en nuestra isla, deje de venir a vernos? Mañana tenemos un sarao; lo esperamos, mi mujer. Marién y yo

– *Guarionex*.»

¡Su mujer, Marién, y él...!

¡Marién...! Un nombre; escrito sin objeto!

¡Cómo retumba un nombre en un corazón! ¡Cómo alegra una esperanza: cómo cambia un pensamiento de amor!

Ya lo he olvidado todo: ya no gime el corazón; el alma resplandece; la razón está muda. ¡Has vencido, pasión!

Diciembre 8. Por la mañana

¡Para prepararme al día de hoy, me recogí temprano; quise con el sueño recobrar las fuerzas perdidas en mis inquietas vigilias; me propuse dormir; lo intenté y no pude; me puse a desvariar: cerré los ojos: en vano: la veía en mi interior:

me tapaba los oídos, pero oía; una voz melodiosa, que sin pronunciar palabra alguna, me decía tanto, me ofrecía tanto amor, me prometía tanta dicha...!

La voluntad era inútil, y no quise luchar; me levanté, y salí.

Despuntaba en el oriente el alba, ahuyentando las sombras de la noche; la brisa cuchicheaba con las plantas; murmuraba el arroyo; zumbaba, despidiéndose, el insecto.

Vagué, no sé por dónde, respirando la brisa con ansia, con placer, con avidez: la aurora iluminó el espacio: despertó a las plantas y a los pájaros, y anunció un día feliz.

Yo me sentía embriagado: dilataba la nariz, y respiraba esencias; dilataba el oído, y me extasiaba el canto de los mil pobladores del ambiente.

Necesitaba correr, y corrí, deteniéndome la dignidad, máscara a que nos acostumbramos tanto los que una vez nos la hemos puesto, que después, ni aun queriendo, la dejamos.

Fui niño, fui feliz: me preparé para la inmensa alegría que hoy espero, y si soy feliz, seré digno de serlo.

Diciembre 8. Por la tarde

Se va acercando la hora que yo creo de mi felicidad. ¿Por qué tiemblo? ¿Por qué busco pretextos para retardar mi ida? ¿Por qué he vuelto a encerrarme en mi cuarto cuantas veces he intentado salir de él?

¡Inmensa debes ser, felicidad, cuando tan cara cuestas!

Diciembre 9. Al amanecer

Campos, cielo, Sol, ¡qué hermosos sois! ¡Qué amable eres, vida! Y tú, ¡qué bueno!, autor de lo que existe.

¡Y tú, alegría; y tú, amor; y tú, Marién!

¡Cómo resplandecía anoche!

Llegué temblando a su lado, la saludé sin pronunciar una palabra: me contestó temblando. Al levantar los ojos, sorprendió los míos contemplándola con éxtasis, y se alejó fingiendo que salía al encuentro de una recién llegada.

Y empecé yo a sufrir.

—¿Por qué se aleja —me decía— abandonándome a mí mismo? «¿No ha visto el dolor que estoy sufriendo, la huella de las luchas que por ella he sostenido? Que nada me haya dicho al entrar, se lo agradezco: eso es amor; pero después, estando en su casa, es cosa tan fácil una palabra que cree una conversación.»

El temor de la injusticia me contuvo en mis quejas, y volviéndome contra mí, me hizo decirme: «¿Y no te avergüenzas? ¡Quejarte de la pobre adolescente, cuando tú, que debías haber visto, nada has visto: cuando tú, que debías observar, nada has observado; cuando tú, que debías remediar, no has remediado! ¿Cuál de los dos necesita más cuidado? ¿La pobre niña que comienza ahora a sufrir, o tú que ya has sufrido tanto y tanto, que un dolor para ti es una gota imperceptible en la copa de hiel que casi has apurado? ¿Cuál de los dos necesita ser mimado, contemplado, acariciado? ¿Amar es acaso ser feliz? ¿Es solo poder abandonarse y esperar que nos traiga la ventura el ser que nos aseguró que existe? ¡Ah! ¡Tú quieres ser feliz en todos los momentos!»

Un golpecito en el hombro, una palabra cariñosa, me distrajeron de mí mismo, y pensé en los demás, viendo a mi amigo Guarionex.

—¿En qué pensaba usted? ¿Algo de lo que le rodea le entristece? Dígamelo usted, amigo mío.

—No pensaba en nada, ni nada me entristece.

Guarionex, me miró: su mirada de duda me obligó a hacer un esfuerzo y a desechar mis ideas dolorosas, ingratitud entonces con el buen Guarionex, que se cuidaba del estado de mi alma, y digno por esto solo del esfuerzo que hice yo por desecharlas.

Me alegré, como me alegro yo, cuando estoy observando, y observado: hablé, reí, bailé.

Acababa de hacerlo con una joven sencilla y bondadosa, por bondadosa y sencilla, encantadora: Hablábamos, no sé de qué; pero con tal abandono, con tal sinceridad, que para mí era aquello la realización inesperada de un placer soñado: no creía a mis oídos y seguía escuchando con entusiasmo, con todo el entusiasmo que produce en nosotros un placer irrealizable.

Hacía mucho tiempo que había cesado la música, y nosotros aún nos paseábamos por la sala: una sonrisa sorprendida en unos labios, una mirada maligna interceptada, me dijeron lo que había olvidado: que estaba en medio de gente, aun siendo buena, inclinada a murmurar: dolíame hacer ver a la sencilla joven lo que su sencillez le había ocultado, y la invité a respirar el aire de la noche, a que nos convidaban los balcones, de par en par abiertos.

Nos dirigimos a uno, y me iba yo gozando con la idea de haber evitado un disgusto a mi pareja, cuando me persuadieron de mi error las miradas tenaces de unas jóvenes que formaban círculo; y destruyeron con una mirada todo el grato solaz de una hora, los ojos de Marién, implacablemente fijos en mí.

Sentí un sacudimiento: al verlos cada vez más tristes, una tristeza angustiosa.

En aquel momento comprendía mi pareja los cuchicheos de sus amigas, y sonriéndose, como se sonríe la inocencia, se acercó a ellas, diciéndome en voz alta:

—Bayoán, no olvide usted que una conversación hace un amigo.

Y me tendió una mano, que yo estreché con respeto.

¡Pobre Marien! Ella también se había equivocado, y padecía: lloraba: me lo dijo el movimiento de cabeza, que yo también he hecho cuando me han sorprendido entre el tumulto las pocas lágrimas que me ha concedido el corazón.

No pude contenerme, y me acerqué a la triste.

Yo no sé lo que dije: fue muy poco: el corazón no habla: yo estaba conmovido, y mis ojos no mintieron al expresar lo que entonces expresaron: no mintieron, no: el corazón no se engaña: Marién sonrió: yo vislumbré mi cielo, y mientras ella sonreía, la miraba: nuestros ojos... la luz de nuestros ojos, se encontró: nuestras almas se miraron.

¡En el cielo brillaban esos mundos que atraen con su sonrisa a nuestras almas: en la tierra...! ¡En la tierra, brillábamos nosotros...!

Oscuridad, ¡te desafío! ¡No te temo, existencia! Dolor, ¡estás vencido!

Ella me miro tímidamente: yo le hablé, le hablé de mi pasado, tan lleno de dolores, tan falto de alegría: le hablé del estado de mi alma, abatida, abrumada, sin amor, cuando la vi aquel día, eterno para mi alma: le hablé de lo que había sentido, de lo que había pensado, de lo que había luchado para creer que podía ser querido, para creer que mi corazón vivía aún para el amor.

Sus ojos, dilatados entre tanto como los ojos de la inocente infancia cuando miran un mundo en una idea, me interrogaban de continuo: yo les contesté, diciendo a Marién, con voz trémula y ahogada:

—Sí, alegría de mi alma, te amo.

Nuestras manos se encontraron; besé las suyas con transporte, y al ver una lágrima, pendiente de sus párpados, bendijo a Dios y la bendije a ella.

Diciembre 9. Por la noche

Vengo de su casa. Estaba pálida, estaba distraída; meditando, soñando, desvariando: levantó la cabeza, y sonrió.

—Pensaba en ti —me dijo su sonrisa.

—Me has sorprendido acordándome de ti —me dijo el encendimiento suavísimo de sus mejillas, solo a los ojos de su madre y a mis ojos, pálidas y encendidas sucesivamente.

Solo a los ojos de su madre y a mis ojos, porque solo su amante sabía que era amado, y solo su madre podía adivinarlo.

El amor es pudoroso, y solo a quien lo inspira se confiesa: el rubor, las miradas, las sonrisas son delaciones del alma, traiciones de los ojos y la boca; pero traiciones momentáneas, que solo una madre adivina, que solo un amante comprende.

La madre presentía y me observaba, velando por la dicha de su hija: yo sentía, y callaba: alguna vez miraba furtivamente a Marién, y si entonces sus ojos me buscaban, me creía feliz con solo verlos.

Se habló de música, porque siempre se hablan los sentimientos de lo que puede exaltarlos: rogué a Marién que tocara el piano: se levantó y tocó: regaló a mi corazón una melodía, y a mi alma una sonrisa, que me dijo:

—Para ti.

En aquel momento me sentí con anhelo de palabras de su boca —¡estúpida costumbre!—, de su alma, que la presencia de su madre le prohibía, y me decidí a hacer lo que durante el día, previéndolo todo, había pensado.

Acerqué mi silla a la silla de su madre, y le dije en voz que ella casi no oyó, pero que sintió:

—Amo a Marién: ¿me cree usted digno de ella? ¿Me cree usted capaz de amarla como debe serlo? Ella lo sabe, yo soy feliz: permítanos usted, a mí, que se lo diga, a ella, que lo oiga, porque solo así podré decírselo sin que me avergüence el ocultar a ustedes lo que ustedes, deben saber para que nadie lo sepa.

El corazón de la madre fue sensible a la delicadeza del amante.

—Gracias —me dijo—: las merece su conducta generosa: gracias por Marién; usted es digno de ella, y creo en la felicidad de ambos.

Me tendió una mano, y llamó a Marién, que adivinando nuestro secreto, corrió precipitadamente, y ocultó su cabeza en aquel seno, palpitante entonces de ternura, como aquel día en que la dio a luz.

La vida y el amor, segunda vida: he ahí los dos momentos sublimes de una madre. Mientras ellas sollozaban, la ternura inundaba mi corazón, que como no sabe llorar, se hubiera ahogado, si la madre de Marién, conteniéndome, no la hubiera ordenado que me abandonara sus manos: yo las cogí, y las besé: el beso se llevó los suspiros que me ahogaban.

—Ea, hijos míos —nos dijo con suavísima ternura—; ea, hijos míos, vamos a buscar a Guarionex.

Lo encontramos dando órdenes, y disponiéndose a volver. Nos acompañó a pasear por la hacienda, nos señaló los negros más activos, nos habló paternalmente de los ociosos a quienes tenía que perdonar, y decía a su mujer y a su hija, cuando un esclavo le pedía la bendición:

—Ese o ésa la merecen: ésos no.

Respiramos aquella atmósfera tibia y perfumada, nunca más perfumada ni más tibia que cuando el jugo de las cañas la agrieta; bendijimos a los negros que al pasar se arrodillaban: Guarionex dio el brazo a su mujer; yo, a Marién.

Oscureció: la Luna alumbró nuestro camino: Marién y yo íbamos delante: podíamos hablar, y hablamos de su madre.

¿De quién pueden hablar dos que se aman, mejor que de aquella que vela por su amor?

Yo siento hacia Marién más amor desde que me siento querido de su madre: desde que ésta lo ha creído, yo también creo que puedo hacer la ventura de su hija.

Me encuentro solo conmigo mismo, y no caigo en mis habituales meditaciones dolorosas; ¿es, pues, verdad que el influjo de la mujer a quien se ama, hasta lejos de ella es poderoso?

La paz reina en mi alma.

Diciembre 15

Han pasado los días, y la costumbre de la felicidad ha apagado hasta tal punto el fuego de mi imaginación, que las mil veces que he querido fijan un recuerdo, eternizar mis bendiciones a todo lo que me hace feliz, he tenido que desistir, he tenido que abandonar sus recuerdos a mi alma, sus bendiciones a mi corazón.

Han pasado los días sin una nube, sin una amenaza de dolor, llenos de paz, de alegría, de inocencia.

Y he querido pensar, y no he podido.

He visto que la felicidad produce los mismos efectos que el dolor: divagaciones, éxtasis, desfloramiento mental de todo lo que existe.

—Pero, y el rayo de luz de la alegría ¿no pinta de otro modo los objetos que el rayo sombrío del dolor?

Es verdad, es verdad: ¡qué ingrato soy! Ingrato, no; mal preparado para la felicidad: me cansa, casi más que el infeliz estado en que siempre he vivido cuando sufro, pienso; cuando pienso, vivo: me siento con fuerzas en la mente, en el corazón, hasta en los nervios: lucho y me animo: sufro, y sonrío: tengo la conciencia de mi infelicidad, y mi infelicidad me enorgullece.

La ventura me aniquila: me abandono, desmayo, languidezco: pienso en la previsión de Dios y descanso en ella. La imaginación necesita del fuego del dolor para impulsar a las otras facultades; el placer las enmohece, y las ruedas se paran.

¿Por qué he de callarlo, si la conciencia lo sabe?

La dicha ha sofocado al deber, y entregado al amor en nada pensaría, si no me avergonzara el olvido punible de mi porvenir: pero esa vergüenza es fugaz y me desespera verla pasar rápidamente, sin empañar mi dicha: entonces me convierto contra ésa; recorro la historia de mi amor; veo que solo de mi amor me acuerdo: que solo me acuerdo por la mañana, por la noche, y en mis sueños, de la que tan felices los ha hecho; que el recuerdo de mi patria se ha borrado; que la idea de ser digno de ella se ha apagado; que falto a mis deberes; que soy indigno de mí, porque solo pienso en no pensar, y me cansa una dicha de que no soy merecedor, puesto que no me resisto a sus encantos, y me entrego sin defensa a ella.

La misma Marién, mi mismo amor, el mismo anhelo de su eternidad, hacen amarga para mí la dicha que les debo.

—¿Soy digno de Marién —me digo— por solo amarla con pasión, por solo sentirme incapaz de una infamia, por solo tener en mi interior lo que puede hacerla venturosa?

Y pienso en mis deberes de amante, porque pienso en los de esposo, y me niego que éste pueda ser digno de la paternidad, si aquél se entregó al ocio, como me he entregado yo, pues entregarme al ocio es acariciar otras ideas que las que mañana nos harán felices, porque hoy nos han salvado del remordimiento.

Mal hijo de mi patria, mal ciudadano, mal hombre, porque me olvido de mi patria, que me necesita, de mis conciudadanos, que me llaman a servirla, de la humanidad, que como en todo hombre espera en mí ¿podré ser mañana esposo, padre?

Si antes de obedecer a mi deber, obedezco a mi pasión, ¿no me punzará el remordimiento de haber olvidado mis deberes? Y si no me punza, ¿no me avergonzará mi decadencia, indudable y segura, cuando mi conciencia y mi felicidad no sean armónicas?

Por mi misma felicidad debo pensar en mis deberes: mi deber es partir.

¡Ah! ¡este solo pensamiento me acongoja, y acabo de decir que la felicidad me cansa...!

¡Mi deber es partir!

¡Partir...!

¿Adónde...?

¿Para qué...?

¿Por qué razón...?

¿Porque creyera necesario en mis días de dolor que necesitaba volver a templar mi alma, sumergiéndola en la ciencia, en la sabiduría, en la gloria...?

¿Y qué necesidad tengo yo de la ciencia, de la sabiduría y de la gloria, si tengo felicidad que ellas no dan...?

¡Partir! ¿Para encontrar los medios de hacer feliz a mi infeliz Borinquen, para dar el ejemplo, y preparar el advenimiento de una patria que hoy no tengo...?

Y si tengo familia y amigos, ¿qué me importa la patria...?

¡Partir...! ¿adónde...?

¿A viajar por la América continental, a pensar en su porvenir y a provocarlo? ¿A Europa, a convencerla de que América es el lugar predestinado de una civilización futura? ¿Al mundo entero, a ver, a pensar, a meditar, para que llegue un día en que el conocimiento de todo me haga útil, y la satisfacción de serlo traiga a mi alma la paz...?

¿Y qué paz me hace falta, si hoy el amor me la da? ¿Para qué necesito ver, pensar y meditar...?

¿Para sentir el amargo sabor de la verdad...?

¿Para qué necesito convencer a Europa de que América merece ser feliz, si Europa no me oirá, o me tendrá por loco...?

¡O me tendrá por loco...!

Detengo mi pensamiento ante esta injusticia, ante esta pequeñez, ante esta miopía de los hombres, que llaman loco al que se siente sediento de verdad y de justicia, y olvidado de sí mismo, medita y anhela la felicidad, y me exaspero, y siento que la ingratitud de los hombres con el que por ellos se hace mártir, me da fuerzas y me empuja.

Quiero ser loco, quiero poseer esa razón suprema que conduce al escarnio, al sacrificio.

Partiré.

Quiero ver la verdad, y proclamarla. ¡Verdad! Yo te veré: desde su primer momento, mi espíritu te busca, y ha empezado a vislumbrarte.

Y a ti, justicia universal, que tantas veces exaltaste mi corazón de niño; que tantas veces has fulgurado en las tinieblas de mi alma; que me has dado el amor de la virtud, y esta incesante aspiración a Dios; que me has sostenido, cuando por seguirte en vano te buscaba en el egoísta corazón del hombre y vacilaba; a ti, justicia universal, también te busco.

Desde hoy seguiré rectamente el camino que un engaño feliz me invitó a abandonar, y llegaré a vosotras.

Diciembre 20

¡Ver la felicidad a su alcance, y no tomarla...! ¡Sentir el primer placer que mi razón no ha rechazado, y huir de él...! ¡Conseguir ver un ángel en la tierra y tener que cerrar el corazón a la luz que difunde...! ¡Ser feliz, y querer ser desgraciado...!

¡Estoy loco...!

¡Estoy loco...!

Mi cerebro palpita; arde mi frente; late mi corazón, los nervios me estremecen; mi respiración es angustiosa; mi cuerpo está convulso; mi espíritu suspenso...

¿Qué me está sucediendo...? ¿Qué tempestad me agita...? ¿Qué terrible convulsión me transfigura...?

En este instante, hay dos seres en mí: uno que se va, otro que viene: uno más fuerte que otro; uno que invade, otro que resiste: uno completamente nuevo, lleno de vida, de vigor, más joven; otro casi caduco, fatigado, sin otra fuerza que la que le dan su larga estancia, su largo arraigamiento en mi interior...

Luchan, y vence... ¡milagro misterioso!... el ser caduco resiste y se defiende. Sus armas son los recuerdos, la ventura lograda, la costumbre de morar y de sufrir ahí dentro...

Pero ya retrocede... ya se rinde...

Aparto los ojos del abismo, me distraigo, paseo...

Empeño vano: las piernas me flaquean; no puedo sostenerme.

Vuelvo a mirar en mi interior, y veo —¡espantosa visión que no me espanta!— un ser resplandeciente que lo cambia todo, que todo lo acomete, que no respeta nada: la luz con que brilla, yo la he visto en mis sueños; la luz de la verdad y la justicia.

¡Oh luz resplandeciente, me deslumbras!

Separo la vista de la brillante aparición, y veo una sombra que huye amenazando, un vapor que se disipa, una niebla que se rasga.

Tengo miedo, y no tiemblo; siento un dolor, parecido al dolor que me han causado las almas queridas al abandonarme, y no tengo fuerza para gritar; quiero llorar, y no encuentro una lágrima; quiero desesperarme, y a mi pesar, espero.

—Adiós, recuerdos, juventud, pasado...

Todo se ha consumado.

Tengo fuerzas, vigor, tengo una seguridad y nueva vida, una esperanza misteriosa y triste.

¿Qué extraña aparición veo ahí...?

Confusamente, sí, pero la veo.

Son dos cosas a un tiempo: un hombre colosal, envuelto en luz, que invoca, arrodillado, a un ser invisible en quien espera; y un pueblo, que lucha contra todos, e invoca la *libertad*, la *igualdad* y la *fraternidad*, que lo defiende: el hombre colosal acepta un cáliz, bebe en él, y bendice: el pueblo acepta su lucha gigantesca, y vence: el hombre colosal se sacrifica, y muere: el pueblo generoso vive, y veo que se dilata y se dilata y va invadiendo lo que antes lo invadía, y convirtiéndose de pueblo en mundo, mientras que el cadáver del hombre colosal se ha dirigido al cielo, dejando en la tierra una luz que antes no había...

¿Es esto una visión, o realidad...? ¿Qué significa esto...? ¿Significa que el hombre, como las religiones y los pueblos, tiene sus cataclismos, que en apariencia lo destruyen todo, porque destruyen las llagas que hacían soportable la costumbre, pero que era ya criminal no destruir...?

Estudiemos lo nuevo: veamos en el fondo de mi alma:

Aspiración a la virtud, amor a la verdad y a la justicia, resolución de buscarlas y enseñarlas... aun a costa de Marién, única luz que no ha desvanecido el brillo de las otras.

Un mundo negó la luz de Dios; le dio suplicio: los pueblos combatieron a otro pueblo, que les daba una idea salvadora...

¿Será esto lo que me tiene pensativo y triste...?

Diciembre 21

—¡Ah! ¡mi querido Bayoán! —me dijo, saliéndome al encuentro.

Yo le besé la mano con la misma ansiedad con que una vez, soñando que la sed me ahogaba, me arrojé a un arroyo salvador: le besé la mano, y permanecí largo rato inclinado sobre ella: levantó suavemente mi cabeza, me miró, me miró con sus ojos que empañaba el llanto y con una intranquilidad inolvidable, me preguntó:

—¿Qué tienes?

El tiempo es veloz y yo quería mirarla: no contesté.

—¿Qué tienes? —repitió.

—Mi alma está triste.

Y seguí mirándola.

—¡Estás pálido, agitado, demacrado! Por Dios, Bayoán, dime, ¿qué tienes?

Yo la seguí mirando, y vi desprenderse de sus ojos esa lágrima ardiente con que expresa el dolor su inmensidad.

Le cogí las dos manos, las apreté entre las mías, la miré largamente, y con acento solemne, que revelaba el valor de la pregunta, pregunté:

—¿Me quieres?

Aquella lágrima ardiente se secó; y tras ella corrieron a raudales otras lágrimas frescas, que inundaba de luz una sonrisa.

Iba a enjugarlas. Yo la contuve.

—¿Quieres borrar tu confesión? —le dije—: aunque tu alma lo adivine, no ve tu alma el efecto de tus lágrimas: déjalas correr, amada mía, y mientras las admiro, dime de dónde brotan, porque no lo sé, y es preciso que aprenda a encontrarlas.

—Si tú me amaras con este amor que lo suprime todo; con este pensamiento único, incesantemente fijo en ti; con esta suspensión de vida, que solo cesa cuando estás cerca de mí, encontrarías el camino de esas lágrimas, y no volverías a olvidarlo.

Yo contemplé aquella verdad increíble, aquel amor sobrehumano, aquel sueño, superior mis sueños, me contemplé por dentro, volví a ver lo que no había visto, y a pesar de sentirme enternecido, y lleno de pasión, y a pesar de sentir la *suspensión de vida*, sonreí tristemente, y me decía en silencio:

—Tú no la harás feliz, ni lo serás tampoco.

—¡Qué implacable tristeza, Bayoán! ¿qué tienes?

Iba a decirle la verdad, a enseñarle el abismo de mi alma; pero una voz interior me gritó:

—¡Piensa que las tinieblas amedrentan...!

Pensé, recordé, me estremecí.

Tuve compasión de aquel ser tan delicado, y dije:

—Mi alma está triste, amada mía.

—¿Y por qué no me miras y la alegras? ¿Por qué no la obligas a que se una a la mía? La mía le dará la alegría de mi amor, la suave tristeza que siente cuando no te ve, el amor que la mata y le da vida...

Nos sentamos en un banco, medio oculto entre el follaje: ella miraba al Sol, que se ponía; yo, mirándola, comparaba el ocaso del Sol con mi ventura.

¿Será verdad que también como el Sol, después de puesta, brilla...?

Marién se entristeció: yo quise consolarla: me transfiguré: oí el murmullo de un arroyo, respiré los perfumes de la brisa, oí ávidamente el trino del sinsonte, y viendo amor en todas partes sentí amor como lo siente la naturaleza, y traté de expresarlo como ella.

—Mírame, Marién; sonríeme, no llores; cree en mi amor como yo creo en el tuyo: perdóname las penas que te causo, las alegrías que acibaro, la ternura que yo no sé sentir, y mírame ahora, vencedor de mis tristes pensamientos y entregado al querido de quererte: ábreme tu corazón, vea yo en él mi imagen, para que así lo crea, para que así sea feliz: mírame, para que tu alma me diga que me quieres, para que la mía vaya a buscarla. ¡Marién, Marién! yo soy muy infeliz, cuando no puedo hacerte ver cuánto te quiero, con qué idolatría te amo, con qué fanatismo te adoro: tú, sin decírmelo, te quejas de lo que llamas mi indiferencia...

Cada vez que la sientas, preséntame tu frente...

Sonrió mansamente, y con su pura mirada, me decía:

—Ahí tienes.

Yo acerqué con unción mis labios a su frente...

¿Qué es un beso, que quema, que da sed de un amor, lleno de fuego, de llamas, de desmayos, de ansias, de torturas...?

Ella se alejaba: yo me quedé sondeando aquel abismo.

Cuando pocos momentos después de estar yo cerca de sus padres, salió ella de sus aposentos, se encendió su semblante en un fuego vivísimo, que a mí también me quemaba.

Me prometí no volver a besarla: me avergonzaba de verla avergonzada; me dolía el haber visto una sola vez en la faz de la inocencia el color del delito, y me creía infame, por haber revelado al ángel la existencia de la carne, a la virgen enamorada la mancha del amor.

Mientras oía a Guarionex, la observaba a hurtadillas, y una vez la sorprendí mirándome con una mirada inquieta, que decía:

—¿He perdido a sus ojos...?

¡Oh pudor, tú lo adivinas todo!

Sentía lastimado el corazón al verla intranquila y en zozobra: busqué en mi interior una palabra; pedí un consejo a mi razón; me despedí de todos, y al dar a Marién la mano, le dije con acento cariñoso y sonrisa paternal:

—Perdóname: no volveré a hacerlo... cuéntalo a tu madre.

Diciembre 22

Hoy he pasado todo el día pensando en ese beso, funesto para ambos: he meditado en las consecuencias de esa carnal prueba de amor: he sentido el fuego que ha dejado en mí; he contenido mil veces mi imaginación, que buscaba el contacto de aquella frente, la irradiación de aquellos ojos, y acordándome de ella, he pensado en los tormentos que, por probarle mi amor, le habré causado.

¡Pobre niña, lanzada repentinamente del paraíso de su amor al infierno del deseo; despertado cruelmente de su infeliz sonambulismo, para ver su asqueroso más allá; desviada de mí por atraerla a mí; obligada a temer por desear que confiara!

Aquel inocente abandono, aquella seguridad encantadora, aquel mirar nunca velado, o solo velado por lágrimas delatoras de su amor; aquella sonrisa casta, aquella incesante confesión de amor, habrán desaparecido hoy y en vez de esto, veré un contenido, pero visible reproche a mi crueldad; un encogimiento, que tendrá a mis ojos el encanto del pudor, que al delatar su sufrimiento, me obligará a sufrir, una mirada, una sonrisa...

Luces de mi alma, ¿cesaréis de brillar...?

Ah, no ceséis, ¡sois las únicas que alumbran mi camino tenebroso! Ese beso funesto...

Y, ¿qué es un beso, que tan amargos pensamientos trae, que tantos temores causa...?

¿No he oído mil veces a los hombres hablar de un beso, como del resultado natural de una palabra de amor...?

¿Por qué, yo...?

—¡Detente, miserable, que empiezas a arrepentirte de tus pocos pensamientos buenos!

¡Implacable conciencia...! ¡Implacable necesidad de obedecerla...!

Ya es hora: voy a ver a Marién: quiera Dios que vuelva a verla, como la he visto siempre.

Diciembre 22. Por la noche

¡Como siempre...! Me equivoco: cuando su madre contestando a mis temores, la llamó diciéndome:

—Volverá usted a ver la misma virgen con su misma aureola, con su misma pureza, con su mismo amor, la virgen no apareció a mi vista como siempre; su mirada era más límpida, su sonrisa más pura, su frente más casta, la luz que la rodea, más diáfana.

Y, ¿cómo no, si aquella luz, aquella frente, aquella sonrisa y aquella mirada, habían sufrido la prueba deleitosamente dolorosa del deseo, y habían salido vencedoras de la prueba?

¿Y su madre?

Estaba resplandeciente de alegría: miraba a su hija con el mismo orgullo con que debe mirar Dios a sus pocas criaturas dignas de él.

La besaba con enajenación, con la enajenación del alma que ve realizado su ideal. Y después me miró, y me tendió la mano.

Yo sentí coloradas mis mejillas por el ligero carmín que esparce en ellas la alabanza de una acción laudable, y bendecía mi desgracia que me ha hecho capaz de la virtud.

Si hubiéramos hablado, las palabras hubieran disipado mi encanto; pero guardamos un silencio religioso, y mientras que la madre meditaba, Marién y yo nos contemplábamos.

La tierra es un lugar en donde no hay ventura.

Si la hubiera ¿cesaría el estado de contemplación que eleva al alma y le inspira el horror a su cárcel, el anhelo de libertad y de volar? Si la hubiera ¿no nos sería dado morir y libertarnos cuando la muerte continuara nuestra dicha que ha empezado? ¿No hubiéramos, Marién y yo, pasado del éxtasis momentáneo, al éxtasis eterno?

Son necesarios los sacudimientos dolorosos, tuvimos uno: se presentó una familia amiga: eran dos jóvenes y su madre: ésta conversó con la de Marién, Marién con aquéllas: yo, conmigo mismo. Y me decía:

—¡Fatalidad más cruel...! ¡Impedirme apurar un placer tan lleno de tranquilidad, de dulzura, de paz, para presentarme a los ojos de extraños, y a los de esa joven, sobre todo, que nos mira, a Marién y a mí, con sonrisa maliciosa...! ¿Por qué no impide Dios que el sagrado del amor sea impenetrable para los que con su ligereza, con su malignidad, con su ironía, lo profanan? ¡Y sigue mirándome! Me desconciertan esas miradas en los ojos de una mujer, me repugnan en los ojos de una joven... Ya no sé yo qué hacer: me marcharía si mi marcha no llamara la atención.

Interrumpió mi soliloquio el movimiento de las jóvenes. Las tres se levantaron: a mi pesar las seguí con embeleso: era un grupo lleno de gracia y de armonía.

Se dirigieron al piano: tocó Marién la misma melodía que acostumbraba tocar, si yo la oía, y me recompensó de mis disgustos, que ella adivinaba, con una mirada furtiva.

Las señoras con quienes entonces conversaba yo, me invitaron a acompañar a sus hijas, y yo acepté porque debía, mucho más que por placer.

Al llegar cerca del piano: lo ocupaba la mayor de las jóvenes; la que había observado, mirado y sonreído con malicia: tocó, yo no sé qué, yo no la oía: estaba observando los esfuerzos de Marién por ser cariñosa con la otra, y gozándome en ellos cuando tenían un éxito feliz. Todo ocupaba nuestra imaginación con el objeto amado, cuando anhelamos la ventura de alguien y la nuestra; y cuando esas pequeñas cualidades, que solo un ojo amante o un ojo observador sorprende, están unidas a grandes cualidades; cuando llegamos a comprender que el objeto de nuestra amorosa admiración es digno de ella, porque las grandes virtudes, a sus cualidades elevadas, a su carácter generoso, reúne esas pequeñas virtudes de todos los momentos, esa delicadeza incansable, esos tiernos cuidados para todos, y cuando en fin, sentimos que aquel ser merece la eterna ocupación del nuestro, no pensamos más que en él. Y aun no queriendo, nos olvidamos de los otros.

Diciembre 25

Se ha presentado un buque para España, y estoy resuelto a aprovecharlo: es necesario de una vez cumplir con mi deber.

Me acomete el mismo sombrío pensamiento que he rechazado cuantas veces, luchando con mi amor y mi deber, he optado por el último.

Aquí está este pensamiento, que ahora mismo, allá en el fondo de mi ser interior, me está punzando.

¿Qué es cumplir con tu deber? ¿Partir para Europa, y entregarte allí a tu presuntuoso anhelo de verdad y de justicia, porque te crees llamado a proclamarlas, y hacer con ellas feliz a la humanidad, glorioso tu nombre, el de tu patria? ¿es tu deber abandonarlo todo por buscar una luz que a ti te quemará y a nadie enseñará un camino nuevo? Medita antes de obrar: estás entre la felicidad de los seres a quienes debes y puedes procurarla, y la quimérica del mundo, que no conseguirás jamás.

¡Separarme de Marién, huir de mi felicidad...!

¿Puedo yo hacerlo?

¿Puedo suicidarme? Si no tengo el derecho de mi vida, no tengo tampoco el de mi dicha: huir de ella, es matar a mi alma, es prepararme una vida de injusticias, porque no encontrando en el mundo lo que busco, no logrando realizar mis sueños de felicidad para los hombres, porque ellos mismos se opondrán a ellos, me indignaré, me desesperaré, y volviendo mi memoria a la dicha abandonada, sentiré remordimiento, y haré de la humanidad, por dolor y por despecho, el principio de la maldad, la vergüenza de Dios.

Iré poco a poco aborreciéndola, la haré responsable de mis males: no pudiendo vengarme de los hombres, a quienes atribuiré mi desventura, me vengaré de los que me rodeen, seré injusto, y yo que maldigo la injusticia, tendré que maldecirme, y no solo seré desventurado, sino también infame.

Y luego ¿puedo yo disponer de la dicha de los otros?

Si Marién me ama, ¿mi partida no la hará infeliz? Aun cuando yo le ofrezca volver, porque ya me lo he ofrecido, porque es el único voto de mi alma, y aun cuando al volver, con solo volver la haga feliz, ¿valdrá esa felicidad tardía la que ahora le arrebato, los dolores más terribles, por ser nuevos, las penas acabadoras, la zozobra incesante, la perpetua caída de la gota de hiel dentro de su corazón?

Y aunque me diga, con la extraña crueldad de mi alma compasiva, que entonces la dicha será para ella de más precio, porque su corazón no la esperaba, porque el dolor, la atmósfera del alma, la habrá purificado y preparado para ella; y aun cuando me asegure, con la dolorosa tranquilidad que la larga costumbre del dolor me ha dado, que solo hay felicidad tras de la prueba, como solo hay una palma después del martirio ¿con qué derecho, que Dios me ha otorgado, someto yo esa alma al sacrificio?

¿Y si, frágil como es, estalla y muere...?

Acaba de caer sobre mi corazón un peso; acaba de aguijonearme la conciencia: me aprieto el corazón, pero me duele; quiero seguir pensando, pero la conciencia detiene el pensamiento, y dice:

—¿Podrás entonces vivir en paz?

Siento que no, porque siento que no puedo privarme de la dicha, y entonces no podría matar mis recuerdos: siento que no, porque no puedo pensar en la infelicidad del Marién, sin sentir un oculto torcedor...

¡Pero siento también, que no tendría remordimientos, orgullosa conciencia, que pretendes con tus eternas amenazas detenerme en el camino que anhela seguir mi inteligencia!

¡Pero privarse de la dicha...! ¡Pero privar de ella a un alma que la espera de la mía...!

Este, éste es el abismo.

¡Abismo verdadero, al cual no me acerco sin temblar!

¡Me siento desvanecido, vacilante, al cual no me acerco sin temblar!

¡Humana presunción! ¿No sentía yo, al meditar otra vez en el objeto de mi venida al mundo, la seguridad inquebrantable que me daban mi amor a la verdad, mi anhelo de justicia? ¡Hoy, lo mismo que entonces...!

¿De qué sirve el sondear estos abismos?

¿Estamos condenados a no poder dar un paso, sin tener un tropiezo, una caída, una valla intraspasable, una nube, una noche, un caos perpetuo?

Diciembre 25. Por la noche

Necesitaba aire, y salí a respirarlo; la naturaleza es una madre cariñosa, siempre dispuesta a calmar nuestra agitación, a endulzar nuestra amargura: nunca he dejado de admirarla, y me es propicia: todos mis pesares los convierte en la misma benéfica tristeza en que los ha convertido hoy.

Ingrato como soy, me olvido de su bondad, y en vez de buscarla cuando sufro, solo la busco cuando he perdido las fuerzas para sufrir, la esperanza de vencer mis sufrimientos: ¡si yo no fuera ingrato...!

Debo, profundizando más, buscar, en vez de un flaqueza de mi corazón, un vicio de mi espíritu: encontraré soberbia: soberbia en esa tensión interior, ese desprecio de ayuda, que a medida que es mayor el sufrimiento, más dolorosa la excitación moral, más angustiosa la pérdida de fuerzas, me obliga a encerrarme en mi interior, a luchar, a procurar el triunfo.

Si yo, en vez de esa soberbia, tuviera humildad, confianza en otras fuerzas que en las mías, fe en otros consejos que en los de mi razón, obediencia a otro espíritu que al mío, el espíritu que hay en la materia, el «algo» flotante eternamente en el aire, en la tierra, en las plantas; el espíritu que tantas veces he invocado con el nombre de «naturaleza», descendería a mi interior y le traería la paz; no la paz; no la recibe el alma cuando ha encogido sus alas y lucha contra todo y se exaspera, porque no encuentra luz; pero sí la tristeza, que es como la tregua entre pelea y pelea, tristeza que comienza por suspiros, por exhalaciones del alma que busca su principio, y termina por la grata languidez con que termina toda aspiración y ha terminado hoy la mía.

¿La mía ha terminado...? Y esta sonrisa vaga, y este halagado recuerdo de Marién, y esta anticipada fruición del goce que voy a buscar a su lado ¿no son nada, no son la continuación de mi tristeza?

Diciembre 26

Marién había salido con su padre; me alegré: pensaba en mi viaje, y quería hablar de él, explicar su necesidad, su objeto, a la noble mujer que me cree digno de su hija: Me senté a su lado, y empecé a no pensar, que es como empieza a anunciarse una decisión incomprensible.

En vano buscaba una palabra; al ir a pronunciarla, sentía que el corazón se me cerraba, que la palabra, convertida en cuerpo, me apretaba la garganta y se negaba a pasar. Al fin, mis esfuerzos vencían, cuando notando la que me ha llamado hijo, las angustias que a mi pesar se señalaban en la cara, dijo:

—¿En qué piensa usted, que tanto sufre?

—En mi viaje.

Y con esta palabra le expliqué mi situación.

—¡En su viaje...! ¿Y a dónde?

—A España.

Ella se inmutó; pensaba en Marién. Yo le dije con voz entrecortada:

—¡Por Dios! No haga usted que su dolor aumente el mío: no haga usted señora, que me arrepienta de una resolución, para nadie más cruel que para mí; yo la he tomado, porque así obedezco a la necesidad que siento de hacer el sacrificio de mi felicidad actual, para merecerla mañana: usted lo sabe, señora, yo lo he dicho; soy pobre, no tengo un lugar en el mundo, porque no he sabido buscarlo o porque he perdido mi tiempo en sufrir y soñar: cuando ya no esperaba encontrarla, cuando más amarga era mi desesperación, he encontrado la realidad de un sueño, he encontrado a su hija: usted que por amarla, me ha sondeado, usted sabe, señora, si la amo, si necesito de ella, si al alejarme de aquí, tendré que pedir fuerzas para hacerlo. Pero, ¿he de quedarme, he de unirme a Marién, no siendo digno de ella? Porque yo quiero absolutamente que el mundo lo crea, como ella, usted y yo; y solo cuando tenga un lugar en ese mundo, cuando mis compatriotas y mis conciudadanos no tengan razón para echarme en cara mi inutilidad, solo cuando mi patrio no me necesite, solo entonces me uniré a Marién. Si ustedes y ella no piensan como yo, dudaré de su afecto; de su afecto, no: dudaré de lo que aumenta el mío; de esa admirada armonía de su razón y de sus sentimientos, tan amada por mí, que solo he amado, cuando la he visto realizada. Y luego...

—¡Y luego —me interrumpió aquella madre, adivina porque es madre— su sed de gloria, su ambición de nombre, su loco anhelo de ser venerado por los hombres, ese gusano que le roe el corazón, Bayoán, que lo ha matado... porque usted no lo tiene, o de tenerlo es monstruo, satánico, maldito...!

La ahogaba la desesperación, la angustiaba la dicha de su hija que se iba, y se detuvo.

Yo, entre tanto, no podía negar mi admiración a aquel dolor augusto; y mientras admiraba, con la abnegación que me ha dado la desdicha, me sentía espantado, al recordad aquellas palabras, que retumbaban como un eco en mi interior, porque otra vez las había oído.

El pasado surgió de sus tinieblas: me agobiaba, y bajé la cabeza.

—Hace usted bien: mire usted frente a frente a su conciencia, y vea, si perpetrado el crimen, se lo perdonará esa conciencia que hoy le ensorbebece: sienta usted anticipadamente los remordimientos que acompañan al crimen.

Iluminó su rostro la luz de la esperanza, sonrió largamente y con tono dulcísimo, me dijo:

—¿No es un crimen, mi querido Bayoán, lo que usted ha resuelto? ¿No es un crimen convertir la esperanza en desesperación, la inocente alegría en honda pena? ¿No es un crimen matar la felicidad de esa criatura, ya bastante infeliz con ser tan delicada? ¡Hacer desgraciada a mi hija...! ¡Y ella lo ama! ¡y usted nos dice con sus palabras y con la afección de su conducta, que es compasivo y es bueno...! Es verdad, yo lo sé; usted es bueno: ahora mismo lo veo... esconde usted la cara para esconder sus lágrimas... ¡Ah! ¡abráceme usted...!

Los dos llorábamos: la santa madre, más felizmente que yo: su llanto era abundante; el mío era difícil.

¿Hay fuentes acaso en los volcanes...?

—Ea, se acabó; ¿no es verdad?

Me sonreí tristemente, y así a la heroica ilusa, que dejó de enjugarse los ojos, porque volvía a la lucha, y dijo con entonación vibrante:

—¿No...? ¿Es eso lo que quiere decir esa sonrisa? ¡Pues bien, Bayoán; yo se lo digo: será usted infeliz toda su vida, porque usted no ha tenido compasión de la felicidad de un ángel: Marién morirá, y usted vivirá para sufrir, para apretarse el corazón inútilmente, para oír mientras viva la voz de su conciencia, que le preguntará por ella...! ¡Oh! ¡y esto no es una amenaza vana; yo siento una voz que me lo dice...!

Se secaron sus lágrimas, se encendieron sus ojos, se apagó por completo su sonrisa, y esta desaparición de toda luz, y aquella aparición de un fuego oculto en unos ojos perpetuamente brillantes de cariño, me causaron pavor. Temí las amenazas, y temblé: fijóse en mi cerebro el cuadro, lleno de sombras, que la profética voz de una madre, pidiendo la dicha de su hija, le había presentado, y sentí convulsiones interiores.

Pero fue lentamente borrándose aquel cuadro, cesando aquel estado doloroso, y apareciendo en mi interior el cuadro, tan soñado, de mi gloria, conseguida con la revelación de verdades ocultas; de ideas menospreciadas, de justicia rehabilitada, y en vez de estremecerme de dolor, me estremecí por placer.

La infeliz madre me observaba, y me dijo:

—¿Aceptará usted un porvenir sombrío, en vez de un presente feliz? ¿Tendrá usted valor para romper el vaso de cristal, lleno de esencia, que le presenta Dios, por apurar la hiel del que le ofrece su soberbia? ¿Por ventura piensa usted que el tiempo espera, y que llegará un día en que se realicen sus sueños, y descanse en el amor de Marién, de los terrores de sus pesadillas? ¡Desgraciado de usted, Bayoán! El tiempo no espera: se presenta, se detiene un instante, sigue andando, y ha desaparecido cuando queremos detenerlo, la felicidad es lo mismo que el tiempo: y ahora, el tiempo es la felicidad: medite usted.

Iba a salir del aposento: la detuve.

—¡He meditado, señora: se trata de la felicidad de un ángel, de la de ustedes de la mía, y yo que otorgo meditaciones a las pequeñeces, no he podido ahora resolver sin meditar: sí, he meditado, y largamente, señora, largamente: he pasado en meditar noches enteras: he pasado en destruir esa funesta idea los días más hermosos que me ha dado Dios: mis ojos se han hundido, la naciente alegría de mi amor se ha retirado, el acíbar de mi desgracia ha amargado los momentos más felices de mi alma, porque no he cesado de pensar, de ahondar, y de ahondar, esa idea...! Todo en vano, señora: si usted me conociera, si usted pudiera ver donde yo solo veo, si usted pudiera penetrar los misterios que solo yo penetro, me tendría usted lástima, o se espantaría de lo que hay aquí dentro. ¡Si usted me conociera...! Si usted me conociera, comprendería la necesidad en que estoy de llevar a cabo mi resolución, porque solo con ella puedo lograr la paz futura y la felicidad de Marién. ¡Busque usted una luz, y mire aquí adentro! Vea si es posible que yo haga lo contrario de lo que pienso, y asegúrese que mis resoluciones son el efecto natural de mis sentimientos más queridos; muchas veces, adivinación de una cosa fatal, que nadie ve... Óigame, señora oiga usted la verdad. Me uno a Marién; se realizan mis temores, sufro, la martirizo a ella, convierto en infierno el paraíso, porque no pudiendo vengar los ultrajes hechos a la verdad, si me calumnian, ni vengar las injusticias con que me abrumarán, acibaro mi carácter, mino mi corazón, me hago colérico, caigo en la injusticia, y sufre el más próximo; primero, yo:

después, Marién: ¡ah! señora, me conozco: por eso veo de lejos... No pretenda convencerme de un error que no existe, no hay error: óigame usted. Me uno a su hija, único ser a quien he amado con este amor que una vez ha anulado a mi razón: no se realizan mis temores: la gente no se ocupa, y se olvida de mi nulidad social, se olvida de que soy pobre, y de que estoy unido a una mujer que no lo es; la gente olvida mi presunción pasada, mis proyectos de gloria y de grandeza, no se burla de mí; pues bien, señora, entonces soy yo quien me hago desgraciado: me digo que conozco el mundo, que el mundo no perdona que un hombre que pretendió perfeccionarlo se convierta en un hombre cualquiera y haga lo que un cualquiera, buscando honores, posición, riqueza, no en su propio trabajo, en el trabajo ajeno, en su unión con quien, sin recibir nada, lo da todo: me digo que me calumnian en silencio, me digo que si no estallan, no es por respeto a mí; la necesidad de ser respetado no satisfecha me persigue; mi vida es un temor; mis días son angustias: padezco, y como amo la justicia, a nadie culpo y callo: me niego a revelar la causa de infortunio a la compañera de mi vida, y ésta sufre, porque sufro; duda de mi amor porque le oculto mis dolores; es buena y calla; se hace mártir. Y no hay remedio, señora; si obedezco a mi corazón, sucede esto, o caigo en el desprecio de mí mismo, que en momento primero en lo que lo sienta, me causará la muerte: medite usted señora.

Me miraba con ojos asombrados. Se decía:

—Está loco.

Entregándose después a la idea que la abismaba en la tristeza, prorrumpió en alta voz:

—¡Pobre hija mía! ¡Qué desgraciada eres!

—¿Y por qué? —dije yo con ternura—: ¿es imposible acostumbrar a Marién a la idea de nuestra separación? ¿No sentirá su alma lo que siente la mía, la necesidad de ser hoy infelices para no serlo mañana? Usted es madre y tiembla, no medita: la admiro, pero reclamo la decisión de Marién: prepárela, mi santa amiga, y después de usted le hablaré yo.

—Pero ¿es preciso? ¿Persiste usted? ¿Llevará a cabo esa cruel resolución?

—La llevaré.

La saludé dulcemente, y me alejé, volviendo la cabeza: al hacerlo una vez, la vi caída en una silla, con la cabeza inclinada, y sollozando.

—¡Pobre madre...!

—¿Y yo...?

—¡Ah! ¡yo...! Yo no tengo corazón: lo dijo ella, y una madre no se engaña: no tengo corazón, pero tengo aquí, dentro del pecho, un pedazo de carne —que se anuda, que se enrosca, que me muerde— anudado, enroscado, y mordiéndome ahora mismo, como me mordía hace poco cuando encontré a Marién.

Se retiraba a su casa con su padre: los acompañé hasta la puerta de la quinta.

Felizmente, Guarionex me estima, y se complace en conversar conmigo: conversando, me impidió hablar en voz baja con su hija; pero no el que ésta observara mi palidez sombría, las señales de cruel agitación que había en mi frente, en mis ojos y mejillas.

—Es un vaso de cristal, lleno de esencia.

Tiene razón su madre; al menor roce, estalla, y se esparce su esencia, el dolor. No pudo ocultar el que sentía, por solo imaginar el que yo había sentido, y la vi enjugarse una lágrima, que todos sus esfuerzos no lograron contener.

Una lágrima me haría bueno, si yo fuera malvado; me hizo tierno.

—¿Qué tienes, alma mía? ¡No llores, por Dios! Yo te lo ruego; mira que tus penas me despedazan el corazón; mira que creo que mi amor te hace infeliz, y maldigo mi amor...

¡Sagrado talismán...!

Se serenó, y unió sus manos en actitud de súplica, tan viva, tan vehemente, que yo la hubiera idolatrado desde entonces, si nunca la hubiera idolatrado.

—Perdóname —me dijo luego, con amorosa humildad— perdóname: te hago sufrir con mis lágrimas, ¿no es cierto? Lo evitaré; pero cuando te veo como estabas hace poco... ¡Si siempre estuvieras como ahora, mirándome y sonriéndote así...! ¿No me dirás qué has tenido? Dímelo, ¿eh...?

Y me acariciaba con los ojos, y hasta me acariciaba con la boca.

Yo le contesté, apretándole una mano.

—Nada tengo.

Me acordé del estado en que dejé a su madre, en que ella la hallaría, y añadí:

—He contado a tu madre una historia dolorosa, y ya sabes que sufro cuando hablo del dolor de los demás.

—¡Ah! sí; lo sé.

Y me estrechó la mano, y me miró, y penetró en la casa.

Enero 7. Por la mañana

¡Un día nada más...!

Y llegará, y otra vez para mi alma la amargura; la sonrisa que desgarra el corazón; la indiferencia para el mundo, y la dolorosa atención para mi espíritu.

¡Y yo soy hombre, y vivo como los hombres, y llegaré como ellos a la nada!

¡Y mientras tanto, Marién y su madre y cuantos me han querido, deberán su desdicha al que más ha deseado su ventura, al que más la desea, al que la busca para ellos, seguro no hallarla para sí!

¡Un solo día manda más...! ¡Un solo día, para verla, para saciarme de mirarla, para prepararla al dolor, para despedirme de ella, para dar un adiós a mi ventura!

¡Qué implacable es el tiempo...!

¿Y yo...?

¿Por qué he de imitar a los hombres, a quienes tan poco imito, en lo que tienen para mí de más mezquino, en su injusticia con lo que llaman fatalidad, que está para ellos en todo, hasta en el tiempo?

¡Ah! ¡Los imito, porque me tengo miedo, y necesito como ellos algo que me distraiga de mí mismo y me haga culpar a cualquiera cosa, con tal de no culparme a mí!

¡Que el tiempo es implacable...!

¿Y qué soy yo, que sacrifico a una idea la realidad; a un oscuro mañana un hoy feliz?

¡Y si solo fuere esto...!

Pero yo dije ayer a la doliente madre, sacrificando así la ventura de muchos a un temor:

—No hay remedio, señora: seremos desgraciados de cualquiera manera: si murmuran las gentes, porque no podré soportar la calumnia; si se callan, porque creeré que el silencio es hipócrita.

Yo le dije, y no me conmoví, al ver aquel dolor desesperado, y no me arrepentí no me arrepiento.

Enero 7. Por la noche

¡Qué seis horas, pasadas a su lado!

Estaba en el balcón, esperándome con ansia; cuando llegué, en el jardín: estaba pálida; pero sus ojos, en los cuales veo su alma, llenos de una seguridad que nunca he visto en ellos: como siempre, sonreía; pero con una sonrisa, en que en vano quería ocultarse el sacrificio.

—He bajado al jardín, para que hablemos: no te enojes, me lo han permitido nuestros padres; desde ayer no hemos cesado los tres de hablar de ti... y de tu viaje.

Y pronunció esta palabra mirándome atrevidamente, como queriendo asegurarme su valor.

La pobre niña no sentía la lágrima que de sus ojos pasó a mi corazón.

A mi pesar, me estremecí: callé, ella siguió:

—Sí: hemos hablado de ti: verás por qué: cuando nos dejaste en el zaguán, subimos y encontramos a mamá llorando: por más que la abracé y la besé, siguió llorando: una vez, en que le dije que no me quería cuando seguía afligiéndome, levantó la cabeza y me miró de una manera singular, tan cariñosa y tan triste a un mismo tiempo, que sin saber por qué me entristecí, y me puse a llorar pensando en que tú eras la causa de aquel llanto, y presagiando en él alguna desgracia para mí, porque solo mi desgracia podía afligirla tanto, y solo tú puedes hacerme desgraciada: le pregunté, sobrecogida de no sé que terror inexplicable, lo que le habías dicho, lo que habíais hablado de mí, sí... ¡Qué sé yo! no qué puedo yo decirte ahora lo que le pregunté. Ella no me dijo nada: me dio un beso en la frente, y salió. Inquieta con su ausencia y su tardanza, me dirigí al aposento de mi padre. Al acercarme oí una conversación agitadísima. Mi padre hablaba con calor, diciendo:

—¡Lo comprendo, aunque lo creo imposible: un hombre que ama... —yo temblé, Bayoán— no es capaz de ese sacrificio: y ama, es indudable: esa misma resolución me lo asegura: pero de resolver a obrar, de pensar a ejecutar!... A pesar de mis temores no puedo negar mi admiración a un hombre que es capaz de rechazar la dicha por temor de no hacerla duradera... No te aflijas: aun cuando sucediera lo que temes, no tendrías razón para afligirte: debemos alegrarnos de haber hallado para ella el único hombre...

—Que la hará infeliz —clamó mi madre—. Tú no la ves como yo la veo; tú no la observas como yo la observo; tú no la oyes cuando duerme, murmurar su nombre, tener pesadillas espantosas, en las que siempre se presenta la imagen de ese hombre.

Yo no puedo seguir, Bayoán.

—¿Por qué? Sigue contando, para que yo siga oyendo de boca de tu madre la confesión de tu amor: sigue contando...

—No seas cruel, Bayoán, y no añadas el dolor que me causan tus dudas, al que me ha causado la resolución de matarlas para siempre: comprendí mi desgracia, y la acepté, porque tú así lo quieres: te admiro, y te imito, porque te quiero más que nunca...

Era una lucha superior a sus fuerzas: la pobre niña, mientras me manifestaba su heroica resolución, se deshacía en lágrimas: las lágrimas vencieron, y me dijo con ternura solemne:

—¿Pero no puedes sacrificarme tus deseos, no puedes sacrificarme tus ideas? ¡No temas, Bayoán: no sucederá lo que tú temes: la gente te respetará, y no pensará lo que hoy no piensa: y si sucede, yo te probaré cuánto se puede contra el mundo cuando se tiene un pensamiento único, cuando en nada se piensa... más que en ti! ¡Y yo he podido sonreírme, lleno de una felicidad tristísima, y he podido resistir al imán de su pasión...! Esperaba una palabra mía, que no obtuvo, porque al mirarla como entonces la miraba, le decía cuanto podía decirle.

—¡Sí, yo sé que me quieres...! ¿Viviría, si lo dudara? Pero tu amor es cruel; yo no quiero ese amor, quiero otro amor, el amor que yo siento por ti, que acallaría a mi razón si llegara un momento en que él y la razón desacordaran: yo quiero que me ames... yo no sé cómo decirte lo grande del amor que yo deseo... ¡ah! ¡sí: mira el cielo: así quiero tu amor, como ese cielo, inmenso; más todavía; mira mi alma; como mi amor, frenético: yo no quiero para nada tu razón; yo no quiero para nada las facultades que los hombres admiran; yo quiero tu alma, tu alma, porque tú tienes la mía...!

¡Y es tan cruel quien haya puesto el corazón dentro del hombre, que después de hacerlo sufrir como no es posible que sufra, si una fuerza cruel no le da fuerzas, lo condena a vivir...!

¡Y es tan cruel quien me prueba, que me ha dado valor para sufrir estos transportes, para sentir estrujado el corazón, desesperada el alma, y no me ha dado una fuente de lágrimas que refresque este fuego interior que a mí me quema y nadie ve!...

¡Y es tan cruel mi razón, que persevera cuando ve otra razón que la convida al paraíso de la locura del amor!...

¡Y es tan cruel mi alma, que sabe contenerse y no imitar otra alma que la incita y le ofrece la ventura!...

¡Y soy tan desgraciado, que, muerto como está mi corazón, le piden vida...!

¡Conciencia! ¡Maldigo la hora en que te prometí obediencia; maldigo el momento de soberbia en que te prometí la confesión de los secretos de mi alma!

No bastaba sufrir; era preciso repetir el sufrimiento: no bastaba sentir un infierno en mi interior; era preciso estudiarlo, contemplarlo con frialdad, con la mirada orgullosa del observador. Cruel como eres, te dijiste:

—Día llegará en que te arrepientas; día llegará en que no podrás explicarte el misterio de tu vida, la razón de tus dolores, tu extraña desventura, y querrás negarme lo que sientes, y no puedas; poder negarlo sería tu felicidad, y no es posible que tú seas feliz a sabiendas.

Alégrate, conciencia: ese día ha llegado: yo no puedo decirte lo que siento, y no puedo dejar de decírtelo: desde que he empezado a relatarte mis tormentos de hoy, he arrojado mil veces la pluma, he sofocado mis recuerdos, he apretado mi corazón para acallarlo, he salido, he huido del papel, y al fin he vuelto: necesito descargar en algo el peso que me agobia, y solo tú, conciencia, lo recibes: no tengo a nadie a quien decir:

—¡Mira!

No acostumbrados a ver en mi interior, nada verían; y entonces, el disgusto de haber abierto mi sagrado a un ojo ciego hubiera aumentado mi martirio.

Solo tú, conciencia, solo tú sabes mirar ahí adentro: mira, pues: si te da lástima, líbrame de ti; escucha.

Siguió la adolescente olvidándose de sí misma, entregándose a la desesperación, retorciéndose las manos, luchando por detener la dicha que creía perdida.

—Mira —me dijo—: si nada puede mi cariño con eso que llamas tú razón; si nada puede la seguridad de mi desgracia, piensa en mi madre, que te quiere tanto, que sufre, que... ¡Maldito pensamiento...! ¡No, eso no sucederá, o yo te olvidaré...!

Esta amenaza suprema hizo flaquear mi corazón.

—¿De veras? —le dije, casi llorando—: ¿serás capaz de olvidarme, y cuando vuelva a buscarte, dentro de pocos años, digno de ti, digno de ser feliz, me volverás la espalda, y fingirás no conocer a aquél a quien has hecho conocer los suplicios del amor...? ¡Marién, dime que te arrepientes, dime que es imposible que me olvides: mira, Marién, que si tú me olvidas, la soledad de mi alma va a matarme!

Sus ojos buscaban en el cielo un testigo de su amor, y desvariaba al decir con voz ahogada:

—¡Que no lo olvide...! ¡Señor! ¿Eso es posible?

—Sí, es posible: creyendo que no quiero felicidad, porque no quiero amor, no querrás esperarme, y sufrirás por todo: se sumergirá tu existencia en la amargura, y aun cuando tu razón no quiera culparme, tu amor me culpará; y creyéndome autor de tus desgracias, acaso me olvidarás: luchará tu amor con tu naciente odio, y el paso del tiempo y la separación traerán consigo el olvido: y yo, pensando mientras tanto en ti, me sacrifico por volver más pronto, y al venir a recibir la palma, me encontraría sin nada, con una mirada indiferente, colérica tal vez, con una sonrisa irónica, con un ángel caído.

—¿Y quién será el culpable?

—¿Quién ha de serlo? El que quiere en el mundo cumplir con su deber a toda costa; el que quiere satisfacer las ansias de virtud de su conciencia; el que quiere elevarse a los ojos de aquellos de quienes es amado, para merecer ese amor; el que a pesar de sus dolores sobrehumanos, hace lo que la voz infalible de su interior le ordena, y se resigna a soportar el amargo pesar de verse mal juzgado, de verse culpado de los crímenes que ha querido evitar...

—Perdón, Bayoán; perdona las quejas que tanta amargura te han dado, en gracia del amor que las inspira.

—¡Del amor...! Basta ya: no hay amor donde hay tanto egoísmo; no hay amor donde no hay el acatamiento de las sagradas decisiones de una conciencia pura: una vez por todas,

Marién: sabe que yo no comprendo el amor de esa manera; que no lo quiero así; para mí, el amor es previsión de lo futuro, adivinación de las penas que sus alegrías de hoy pueden causarnos, disposición al sacrificio: en donde no hay más que fuego, en donde no hay más que el pensamiento del objeto amado, no hay para mí más que el pensamiento del objeto amado, no hay para mí más que el amor que he visto, no el amor que yo busco.

—Pues tendrás ese amor; ése te he dado; yo comprendo tu alma y admiro su grandeza; he adivinado tu resolución y la he acatado; pero al decírtelo, he sentido que una voz interior me amenazaba con la desgracia, si hoy veía huir, sin defenderla, la felicidad que me ha dado tu amor; y por amor, por miedo de perderlo, por una angustia que me retorcía el corazón, por una agonía en que ha muerto para siempre mi contento, me he quejado de lo mismo que aumenta mi cariño.

Marién lloraba con un llanto misterioso, en el que mi corazón adivinaba todos los torcedores de un dolor inmenso, todos los tormentos de un suplicio cruel, todas las amarguras de una dicha que se va.

En el fondo del abismo que llevo yo conmigo, lo había todo: yo lo estaba sondeando, cuando oí una voz. Era la voz de Guarionex, que nos decía:

—Alegraos, hijos míos: el buque no sale ya mañana.

Cuatro palabras. ¡Que produzcan convulsiones tan violentas unos cuantos sonidos...!

Marién y yo nos transformamos. Ella brilló: su alegría era inmensa; inmensa, como su dolor; aún más, porque tal vez le dirían esas voces interiores que todo lo dicen; lo anuncian:

—¡Es la última...!

La mía, inmensa también, porque luchaba con una tristeza invencible.

Marién me cogió la mano, y despidiendo rayos de alegría, me dijo:

—Dios no quiere que te vayas; ¿lo ves, amado de mi alma...? ¡Te quedas, te quedas, te quedas! ¡Voy a decirlo a mamá: ya verás su alegría: hoy vamos a volvernos locas!

Y lo miraba todo, y a todo sonreía, y me llevaba de la mano, como lleva en el mundo la alegría al pesar, un placer volandero a un gran dolor.

Cuando aquella madre, reflejo de su hija, vio la alegría de ésta, y supo su motivo, imitó a Marién; la besó con transporte, la abrazó con enajenación, se la sentó en la falda, se reía con ella y como ella, me miraba, me tendía la mano, hablaba con su esposo, conmigo, me repetía mil veces que ya no me marchaba, se lo decía a Marién, con una inocencia que arrancaba lágrimas, porque así le decía:

—No temas, hija de mi alma: ya eres feliz.

Previsora mi alma, se entristecía, diciendo:

—¡Alegría, transportes, felicidad momentánea, todo inútil! Llegará mañana, y mañana el dolor será más agudo, tendrá más púas, tendrá más aguijones.

Tuve la crueldad de decir lo que pensaba: arrojé un pedazo de hielo en una hoguera: el fuego se esparció, chisporroteó, hizo llamas: mis palabras apagaron la alegría; después, la alegría luchó contra ellas, y al fin venció. Yo me dejé arrastrar de estas palabras de la madre:

—¡Y qué! ¿dejaremos de gozar, porque haya en un alma la estéril previsión de que esta alegría pasará?

—Es verdad, es verdad. Marién, disipa mi tristeza: quiero imitarte, estar alegre, loco de alegría: ven, toca en el piano aquella melodía que tantas veces me ha enseñado el fondo de tu alma.

Y así decía mientras la llevaba del lado de su madre, al piano. Me senté junto a ella: me puse a oír... era inútil: mi alegría quería poseerme, y tenía la tristeza de los recuerdos con que embargaba la música: me impidió, pues, oír.

Marién me comprendió; se levantó del piano, y casi corriendo, bajamos al jardín. Perseguimos una mariposa; nos cansamos. Buscamos flores; nos las dábamos a oler, ella a mí, yo a ella, las besábamos, y así consagradas, las guardábamos como un recuerdo, más duradero que las pobres flores. Íbamos cogidos por la mano; charlando, no hablando; riendo a carcajadas, no riendo. Hubo un momento, en que, al inclinarnos ambos para coger una flor y regalárnosla, se rozaron los hombros, el pelo, las mejillas. Apareció en ellas el carmín, y resonó en el aire la primera melodía del sinsonte. Para nosotros, la melodía era un efecto natural de aquel roce involuntario, y quedamos suspensos, ella mirándome, yo sonriéndole.

—¿Vamos a oírlos?...

Los buscamos, y oímos más cerca de nosotros los trinos amorosos y ese rozamiento de alas y hojas que tantas veces me ha inspirado el deseo de besar. Nos acercamos, ¿y vivimos?... Ella, nada; sentía desvanecida la vista; yo, el mismo banco, medio oculto entre el follaje, en donde por única vez había besado a Marién, y la palidez de ésta, y su turbación, a mi pesar, incitadora.

Así permanecimos largo rato, ella turbada, fascinada por el recuerdo de aquel día; yo enamorado, y a mi pesar, anhelante de caricias.

Otra vez suspendieron nuestras almas las melodías, más tiernas cada vez de los sinsontes. El aire jugaba con las hojas, el velo de la tarde nos rodeaba; el Sol centelleaba y se ponía.

Marién miró a su alrededor.

—Vámonos, vámonos —me dijo, más suspirando que hablando.

—¿Por qué, alegría de mi alma? ¿No estamos bien aquí? ¿Tenemos el trino de los pajáros, el rumor de las hojas, la voz de la naturaleza, que están hablando de amor? ¿No te causan envidia esos sinsontes? A mí sí: oigo ese gorjeo ahogado, que es la palabra de amor de la hembra, y envidio al pájaro feliz que es tan amado.

Marién volvió la cabeza, huyendo de mis ojos. Yo estreché suavemente su cintura, y con voz más trémula, le dije:

—Marién, por Dios; no me niegues la luz de tu alma, la única luz que me ha guiado; mírame, como se miran esos pajarillos, como se miran esas flores, como se miran las estrellas; háblame, oiga yo tu voz; cántame, como el pájaro al pájaro, como la brisa a las plantas, como el arroyo a las flores; ¿no oyes?... ¡Es la voz del amor universal; todo se ama, todo arde por todo; esos rumores, ese vago cuchicheo son una confesión de amor; ese grito del pájaro, es un beso; ese suspiro de la rama, una caricia; y solo tú te niegas a mi amor; y solo tú te esquivas, y solo tú me huyes!...

—¡Por Dios, Bayoán!...

No era una voz; era el preludio de la suave armonía de los cielos. Yo la traje hacia mí.

—Dime: ¿me quieres?...

—¡Bayoán, Bayoán!...

Y todo en la tierra y en el aire suspiraba.

La estreché por completo entre mis brazos, y estallaron mil besos silenciosos, y en el fondo del alma, la armonía de la tierra, del aire, de los cielos.

Marién estaba desmayada; yo enajenado, solo pensaba en besar aquella cabeza, reclinada en mi hombro, y la besaba con delirio, con pasión, con avidez.

¡El desmayo de amor!... ¡Feliz desmayo, deleitoso abandono de fuerzas, vencimiento feliz de la razón que huye!...

¡Y de esa vida celestial, se vuelve a esta otra vida!...

Marién volvió: al abrir los ojos, y ver en dónde estaba, se encendió y palideció, y por una timidez que me dio los deleites purísimos del cielo, volvió a reclinar en mi hombro su cabeza. Yo la besé otra vez, y otra vez y otras mil lo hubiera hecho, si no hubiera sentido el estremecimiento doloroso de aquel cuerpo delicado y frágil. Levanté su cabeza, y la miré.

—¿Qué tienes, alma mía?

—Nada.

—No me lo ocultes. ¿Por qué sufres?

—Yo no sé.

—Pero sufres, ¿no es cierto?

—¡Ah!...

Y tras el suspiro, vinieron las lágrimas llenas, abundantes, tranquilas, que eran a mis ojos, más un pesar de la felicidad sentida, que un temor de una conciencia tímida.

Cuando poco momentos después nos dirigíamos a su casa, conteniendo la respiración para no ahuyentar la dicha, oímos murmurar la brisa, las hojas, el agua en sus ensueños, y vimos fulgurar miles de estrellas.

Encontramos a Guarionex y a su mujer: nosotros nos miramos; nos enviamos el recuerdo de nuestra ventura, y la encerramos en el fondo de nuestros corazones.

Cuando volvía a casa, no me cansaba de mirar al cielo, y descubrí que había una armonía misteriosa entre el cielo y mi alma.

Enero 9

Felicidad es juventud del corazón; la juventud es fuerza; me siento ágil, vigoroso, fuerte.

Voy a verla.

¿Por qué he de temblar, si ya la dicha de un momento ha preparado mi corazón para el dolor?

Pensemos, pensemos en el viaje; antes de verla, sepa yo cuándo debo partir.

Enero 10

¡Terribles sacudidas, que no sé como dejan intacto el corazón!

Temía, pero esperaba que el buque no saliera hasta pasados algunos días, los suficientes para acostumbrar a mi alma a la idea de partir. Me decía:

—¿Es posible que el buque se marche, así, al día siguiente de haber yo adivinado el cielo, sin darme tiempo de saborear mi dicha? No es posible: no es posible.

Pregunté.

—Sale mañana.

Me dijo la impía indiferencia de un cualquiera. Me quedé anonadado. Me hablaban, y no oía: abría los ojos para ver, y no veía: sí, veía: veía una cosa que volteaba ante mi vista, y que no obstante, sentía dentro de mí: logré tranquilizarme, y pedí pormenores, de los cuales no recuerdo nada: solo sé que me arrepentí muchas veces de mi viaje, y que otras muchas volvía a resolverme.

En este estado, fui a la quinta. Ya se sabía la salida del buque. Hablamos poco: apenas nos atrevíamos a mirarnos.

Suspirábamos, y nuestros suspiros retumbaban en nuestros corazones. Estábamos poseídos de esa tristeza que otra vez en mi vida me ha embargado, que como hoy me ha sujetado el corazón, suspendiendo mi vida.

Marién, más delicada que su madre y yo, necesitó de un estímulo exterior, y se puso a tocar la melodía, con cuyas primeras notas se confundieron nuestros suspiros, nuestra respiración, ya más fácil, algunas lágrimas furtivas, latidos vivísimos del corazón.

Yo me acerqué al piano, y cuando ella volvió a repetir la melodía, mirándome:

—No temas —le dije yo, contestando a su mirada—; no olvidaré esas notas que resumen la historia de nuestro amor, y cuando, dentro de pocos años, vuelva, Marién, a buscarte, mi voz te recordará nuestra querida melodía.

—Volverás pronto, ¿no es verdad?

—Muy pronto; pensaré, trabajaré, conseguiré un puesto en esa sociedad que se niega a respetar lo que no da, y dentro de tres años, volveré: tú, niña todavía por los años, serás ya mujer por tus ideas y por tus sentimientos invariables. Nos uniremos para siempre. En vez de la ostentación, buscaremos la modestia: una choza no llama la atención; una quinta, un palacio, atraen la envidia: viviremos muy cerca de tus padres; los veremos, nos verán todos los días: nuestros hijos, que se parecerán a ti...

(Para contarte esto, quisiera, papel, rayos de luz: cono un remedaría su mirada, su rubor y su sonrisa, que han dado a mi alma tanta luz, que con ella me alumbraré en el camino sombrío que empiezo mañana a recorrer.)

—Sí, luz de mi alma; se parecerán a ti, y serán buenos, inteligentes, sensibles como tú, frenéticos por ti, como su padre.

Nuestras miradas se confundieron. El tiempo pasó: se acercaba el momento, y nosotros mirándonos, nos olvidábamos del tiempo.

Sonó una hora, y nos estremecimos: a la siguiente, tenía yo que alejarme: quisimos hablar, y no pudimos: nos mirábamos, y huíamos de nuestras miradas por temor de llorar.

Guarionex interrumpió el silencio: venía muy agitado.

—Me querido Bayoán —me dijo— resuelto a partir, tenga valor: el fin que se propone es virtuoso, y Dios protege la virtud. Suceda lo que quiera, nos tiene usted aquí: siempre los mismos, amándolo a usted como lo amamos, estaremos dispuestos a todo en todo tiempo: sí, hijo mío; nuestros brazos lo esperan; vuelva pronto.

El generoso amigo ocultó una lágrima, y calló. Su santa esposa, luchando por la felicidad actual de su hija, se esforzó, y me dijo:

—Pero si es posible, Bayoán, quédese usted.

Su voz humilde y dolorosa agitó mi corazón: Marién gemía: Guarionex, compadecido del dolor de aquellos dos seres delicados, volvió a hablar, y me dijo:

—Aún es tiempo, hijo mío: si usted tiene valor para ahogar sus ideas, si lo tiene para ser feliz sin realizarlas, quédese; el tiempo calmará el fuego de su imaginación, sosegará los afanes de su espíritu, curará sus delirios, cuanto más generosos, más delirios, y le permitirá el goce tranquilo de una felicidad sin brillo, pero tal vez por eso, segura y duradera.

Sonaron las cuatro de la mañana. Me estremecí; me arrojé en los brazos de Guarionex y lo abracé; después, a su esposa, largamente, y en una convulsión a Marién.

Tuve valor para andar; pero al llegar a la puerta, vacilé, di un paso atrás, recibí un abrazo de Marién, que quería detenerme, y corrí, y corrí, sin ver, sin oír, sin sentir.

A bordo

Son las nueve: en vano buscan mis ojos aquel punto de la tierra donde tanto he sentido: las últimas casas de la costa se alejan lentamente; los arboles se borran; la playa se envuelve en una nube, y la mar nos rodea.

Busco la expresión de mi dolor... no encuentro nada: ni un suspiro, ni una queja, ni una lágrima.

Mi corazón ha muerto.

La costa es una línea, el contorno de la Isla...

¡Adiós, adiós, lugar donde he amado...!

Fijo la vista en el mar; quiero sondearlo con mis ojos...

¡Loco!... ¡El mar es como mi dolor, inmenso!...

Enero 11. A bordo

Anoche cambió el viento, y el capitán de la fragata, no queriendo luchar, ha seguido el rumbo que el viento deseaba. Navegamos al norte: el viento es fuerte; el cielo está nublado: el mar, sombrío. Más sombrío que el mar, más nublado que el cielo, mi interior.

Apoyado en la borda, contemplo las dos inmensidades: ni el cielo me ofrece un punto azul, ni un puerto el canal peligroso del Bahama.

Pienso en ella, en la inmensidad de su dolor, y en la del mío, y nada ven mis ojos que pueda animar mi corazón; nada mi alma que pueda disipar sus sombras.

El buque, más feliz, encontrará su puerto: yo, todavía tendré que navegar y navegar...

Buque, te envidio.

El mismo día. A bordo

Cada vez más negro el cielo, cada vez más negro el mar, cada vez más fuerte el viento.

Me olvido de mí mismo: admiro.

Admiro el silencio, que a pesar del rugido del viento y de la mar, reina y espanta: admiro esta oscuridad que nos rodea; admiro esta soledad, donde hallo a Dios.

No me inquieta el temor del capitán; no me asusta el silencio de los marineros; no me espantan los diálogos callados de esos felices pasajeros que temen por su vida.

Busco en el horizonte los relámpagos... allí hay uno: ¡qué extraño efecto produce esa rápida luz en las tinieblas!... ¡Magnífico está el mar!... ¡Ola tremenda!... ¡Y me mojó!... No es nada...

¡Siniestra es en verdad la armonía del vendaval!... Pero me agrada: presto oído, y la escucho: ¡cómo tiemblan a su voz los mástiles!; las jarcias se estremecen, el buque se conmueve...

Y a esas gentes ¿también las amenaza?... ¡Palidecen, y bajan a esconderse: como si con esconderse!... Esas gentes no saben gozar; serán felices. ¡Si fueran desgraciados encontrarían aquí lo que en ninguna parte; huracán, para el huracán de su cabeza; tinieblas, para las tinieblas de su alma; abismo, para el abismo que todos llevamos con nosotros!...

¿Quién piensa ahora en los hombres?...

¡Magnífico placer!... ¡Así, huracán: agita mis cabellos, dame aire, si también me impulsaras!... ¿Por qué no lo haces? ¿Soy indigno de ti? Aunque lo sea, impúlsame: llévame lejos, allá donde tú vayas...

¡Parece que se ríe!...

¡Ah! son las jarcias... Ni una vela; a palo seco.

Voy a inclinarme sobre la borda para ver correr el buque. Esto no es navegar, esto es volar. Vienen dos olas formidables... A mi pesar, las temo: van a inundar el buque...

¡Terrible sacudida!... La fragata es más fuerte que yo: ha resistido...

Débil cuerpo, ¡no vuelvas a caerte!...

Me inclino otra vez sobre el abismo... ¡Cuántas cosas en él!... Si no lo temo, y tengo sed de lo desconocido ¿por qué no he de buscarlo...?

Retirémonos de aquí; me desvanezco... Tengo una nube delante de los ojos. Esa sima fascina.

Así sentado, se ve todo mejor: se mira, porque yo nada veo.

¿Dónde está el cielo?... ¡ah! Allí está, porque solo de él salen relámpagos. Son más frecuentes cada vez, más siniestros también...

¡Ea! Veamos venir la tempestad.

Un trueno... ¿Por qué tienen los truenos el eco que en mí tienen?... Otro trueno; pero son lejanos. La tempestad no viene, va de paso: ¿a dónde irá?... ¡Como todo!... A buscar a lo que no la busca, a perseguir a lo que huye de ella...

Pero no; parece que se acerca: allí está la nube que la trae: la veo, porque despide rayos: la veo rasgarse, iluminar el mar, lanzar la exhalación mortífera...

¿Por qué me he encogido y agachado?... ¡Yo también!...

Yo soy un hombre...

Es verdad, es verdad: se me olvidaba.

Ahora que ha pasado la temible nube, ¡engríete, gusano!

Enero 13

¿Dónde estamos? No lo sé: la aguja nos dice que navegamos al N.E.: el Capitán calla, y oculta nuestra situación. Hace bien: así, los unos creerán en lo mejor, y esperarán en todo: así podré yo comparar mi ignorancia presente a la futura...

¿Sabré yo acaso alguna vez en dónde estoy?

Mi ignorancia presente, a la pasada... a la pasada, no...

Yo he sabido una vez en donde he estado... ¡Marién!... ¡Marién!...

Enero 15

El mar es inconstante como el hombre: ayer la oscuridad, hoy luz: ayer lo negro, arriba, abajo: hoy lo azul en las dos inmensidades: si el contento es azul, azul está esa gente; ella también, como el mar, refleja el cielo.

Hay aquí quien la mira, y la envidia; quien observa, y la admira. Ayer se escondía, y callaba; hoy se presenta, lo mira todo con seguridad, se encoge de hombros, vocea, ríe, se olvida de sí misma, forma castillos en el aire, sueña, piensa en el puerto, prométese placer, espera.

Yo quisiera imitarla: es imposible; imposible, porque me veo y la veo, y si yo me inspiro miedo, ella me inspira desdén. ¡Y tener que observarla a mi pesar!

¿Qué he de hacer, si es mi eterna pesadilla? A todas partes me persigue; en todas partes ultraja con su burla, con su risa, con su indiferencia, mis ideas, mis sentimientos, mi dolor: me mira, y me siento turbado: me observa, y me molesta: como yo no me río, no se acerca; como yo pienso siempre, no me habla: mi esquivez la disgusta, y sin pensar en su razón, murmura: se unen contra mí, me martirizan; me hincan con el alfiler de sus miradas maliciosas, me punzan con la espina de su sonrisa irónica, me aguijonean con el dardo de su superioridad numérica: y si pienso y medito, me señalan: y si contemplo y admiro la grandeza que entre el mar y entre el cielo nos rodea, cuchichean y se ríen; y si paseo de popa a proa, porque paseando sueño y los olvido, oigo la voz del que me llama loco.

Esto me espera: por eso temo la luz, por eso el azul del cielo, por eso la mar bonanza. Cansados de ella, se acuerdan de sus hábitos; se buscan, se reúnen, se atraen con saludos y sonrisas, se ven todos en todos: se consultan, se escuchan pareceres; se combate el fastidio, se murmura, se halaga al Capitán; éste, vencido, ofrece como un favor lo que les debe; les promete una navegación alegre, días breves, noches cortas.

Y el mar y el cielo siguen su marcha indiferentemente, y solo yo tengo que oír, tengo que ver, tengo que soportar, añadiendo a la carga que me agobia, el paso con que abruma el estudio de la noble humanidad.

Enero 18

Viento contrario: bordeamos: y lo hacemos en medio de los millares de bancos, de escollos, de peligros del gran banco de Bahama. Este peligro, que se ve, que se acerca lentamente, y en un momento, cuyo fin nadie alcanza, atrae, fascina, devora; este peligro que apenas amenaza, que ni silba ni brama ni sumerge, como el viento y los olas, me da miedo: más que miedo, repugnancia. El huracán me anima, la tempestad me inflama: un naufragio en el momento de aspirar el alma, haría más fácil su ascensión a Dios; pero un banco, que rompe una costilla al buque, y lo destroza si se para, o si sigue lo sumerge poco a poco; un escollo, un peligro insidioso, me repugnan como la cobardía del hombre, me indignan como su crueldad.

Un pasajero se me acerca, mientras observo unas rompientes lejanas.

—¿Hay un banco? —dice.

—Mucho lo temo.

—¿Usted sabe?...

—Nada, señor mío: he oído hablar de las olas que se rompen contra un banco, y lo temo, porque las veo romperse.

—Debe ser un peligro espantoso.

—Debe serlo.

—¡La gente tiene un miedo!...

Yo oculté una sonrisa.

—¿Ha consultado usted al Capitán?

—No lo consulto nunca: no conozco a esa gente.

—Es verdad: ni con él ni con nadie habla usted y eso extraña, y es malo.

Yo oculté otra sonrisa. Sumergí la vista en la profundidad del mar; comparé mentalmente los escollos que amenazaban al buque, con los escollos que a mí me amenazaban, y le dije:

—Fragata, si un escollo te echa a pique, todo acaba: si yo me estrello en uno, tal vez me salvo para estrellarme en otro: tú, uno solo, fragata; yo dos, ciento ¿quién sabe?...

Enero 21

¿De dónde salen esas islas?

De dónde salieron para el loco inmortal que probó que los sueños son verdad.

Allí está Guanahaní.

Con la misma ansiedad con que Colón la esperaba, yo la espero: la veo aparecer, y la bendigo. Ella fue la que premió al genio: ella fue la que le dio aquella alegría misteriosa, que probada por un hombre, hubiera sido muerte, que probada por el genio, fue su vida. Ella fue la que oyó la tercera bendición, digna de Dios, salida de los labios de los hombres; ella fue la que enseñó la luz que aquel ojo tenaz vio en las tinieblas: ella fue la que con solo presentarse castigó la ceguedad humana, que nunca quiere ver lo que ve un hombre: ella fue el oasis tranquilo en donde descansó de sus fatigas aquel sublime peregrino, cansado del desierto: ella fue el mundo de que ya dudaban. Apareció y creyeron. Pedestal de Colón, yo te saludo.

El buque se abriga con la isla, y bordea, mientras que yo busco la huella del coloso: busco en vano. ¿Por qué no hay una estela que la marque? Todo, todo se borra.

¡Y para eso viene al mundo un hombre que, víctima primero de su fuego interior, lo es después de los hombres, de la burla grosera de los pueblos, de la sonrisa del sabio que no sabe, del desprecio del magnate, de la indiferencia de los reyes!

¡Y a eso viene al mundo un hombre que mendiga para dar, que sufre para hacer feliz, que se empeña en ofrecer lo que no quieren, que a pesar del sarcasmo del mundo, le da lo que no tiene!...

¡Ah, Colón!... Mi pensamiento vaga por la región de la verdad, y anhela verla: tú, lo sabes, contéstame: ¿no es cierto que toda tu vida dolorosa, que tu largo martirio, que las tinieblas palpables que envolvían la luz que tú buscabas fueron irresolución de Dios, que obligado por sus leyes fatales a dar al mundo lo que faltaba al mundo, vacilaba, y dudaba en entregar al mundo su obra más perfecta, la que mejor lo revela?

¿No es verdad que tú sentiste, más de una vez, haber poseído tu intensa adivinación, merced a la cual tuviste la desgracia de decir verdad y hacer escenario de pasiones viles, el lugar de la inocencia y de la paz?...

Estos pensamientos me angustian... Miro la isla y nada veo.

¿Está habitada?... No lo sé.

¿De quién es?... ¿Qué me importa?

Si está habitada, ¿lo está por la raza generosa que veneró a Colón? ¿lo está por los seres sencillos que amaban al hombre, a su patria, a Dios? ¿La habitan los recuerdos de aquel hombre inmenso?...

Si está habitada, yo me tapo los ojos para no saberlo: no quiero ver lo que he visto en todas partes: nada de lo que había, ni virtudes sencillas, ni bondad, ni vicios sin embozo: todo lo que no había; virtudes aparentes, embozada maldad, civilización de vicios, egoísmo, es decir, sociedad; codicia, es decir, comercio, agricultura, industria; felonía, es decir, leyes sociales...

¿Qué me importa saber de quién es?

Estoy seguro de que no será de la nación a quien Colón la regaló. Claro está... una islita, que nada tiene, que nada puede dar...

—¡Esa isla es un símbolo!...

—¡Silencio, pequeño corazón! Los símbolos se han ido: no hables de ellos: se reirán de ti.

¿Murmuras todavía?... ¿y qué te importa que pondere sus glorias ese pueblo?...

¿Es una gloria un pedazo de tierra en el canal? ¿es una gloria un recuerdo?

¡Los recuerdos!... Ya los tiene: yo he visto las cadenas que sujetaron las manos que dirigieron las carabelas a este mundo: esos son verdaderos recuerdos, recuerdos materiales.

¡Loca imaginación, también tú hablas!...

¡Que quieres la estatua de Colón en esta isla!...

¿Y necesita él de un recuerdo mezquino?

Silencio, ¡vive Dios! nada del hombre le conmueve ya; ya es tarde: si fuera posible que el mundo se enmendase, su enmienda más grata a los ojos del genio serían los aplausos al infeliz que lo imite; que busque como él; que como él, padezca; que dé sin esperar; que se atormente y muera, sin recibir más que en la muerte el premio de su vida. El mundo no dará eso jamás: él, nada pide.

Guanahaní, envía en alas de tu brisa perfumada mi admiración al semidios de que eres templo: haz que no la desdeñe.

Guanahaní, adiós.

La fragata se aleja ¿a dónde va?

A la infeliz España.

A bordo: 24

Desde que salimos de las Lucayas, el viento ha sido favorable; pero flojo: hemos, pues, andado poco: nos hemos salvado de los peligros del canal viejo: ahora nos quedan los de la estación.

Hablo poco, leo, escribo, paseo, me disgusto de mis compañeros de viaje, y por tener algo de común con ellos, como y bebo.

Me ha entristecido un enfermo que viaja con nosotros: lo he visto en mis paseos de popa a proa: va en la última: más que va, lo han tirado: he temido que una observación indiscreta le dañara, y apenas lo he observado; pero pienso en él y en cómo he de ofrecerle mis cuidados.

Día 26

Viento del norte: como el Capitán es un hombre que no lucha, caminamos al sur; y llegará un día en que cerca del puerto, si cambia el viento, sea capaz de volver a lanzarse al altamar.

—Que el tiempo es malo, y que una borrasca, después de los choques sufridos por el buque, le sería fatal...

—Pues que haga lo que la náutica aconseja; que se mantenga bordeando.

—Se pierde mucho tiempo.

—Más se pierde corriendo al viento que sopla; no estamos en la Corte... ¡Rumbo al este, y navegando al sur...!

Yo hago mal en molestarme. Imitemos a la gente: todo lo que hace el Capitán, es bueno, por más que algunos cuchichean en voz baja y por más que murmuren los mismos que ahora aplauden sus medidas: todo les parece bien, si no les causa miedo: navegarían contentos, si el mar no fuera, como ellos dicen, tan *monótono*...

Conversación entre uno de esos seres felices y yo:

—¿No le cansa a usted el mar?

—No, señor; me encanta.

—¡Es una cosa tan pesada! ¡cielo y mar, cielo y mar...! Siempre lo mismo.

—¡Lo mismo! Disimúleme usted; pero yo creo que ustedes no ven bien. ¿Es lo mismo el cielo de estas horas calorosas[7] en que lo enciende el Sol, que el cielo de la mañana, que el cielo de la tarde? ¿Los ortos, los ocasos, los nublados, son

---

7   Sic. (N. del E.)

lo mismo? ¿Ese mar tan igual en apariencia, es lo mismo, tranquilo como está, que cuando está colérico? ¿No ha observado usted las calmas...?

—Todo eso es poesía.

—¡Qué...! ¿es poesía tener ojos en la cara...? Usted tiene razón, eso es poesía. Para ver ciertas cosas se necesitan otros ojos; los ojos del espíritu, y hay espíritus ciegos y con vista.

¡Gente miserable...! ¡que les cansan estas dos maravillas de la bondad de Dios...!

Tú tuviste razón, ¡oh ser inmenso!, con aquella parábola que eternizó San Mateo: «Dios ha dado a los hombres sus tesoros, y los hombres, como el cerdo, se vuelven contra Dios».

No me canso de indignarme...

¿Qué busca el hombre en el mundo? Ve los cielos, ve los campos, ve las flores, oye a las fuentes, oye a los pájaros cantores, respira la esencia de las plantas, tiene un Sol, tiene mundos que pueblan la bóveda celeste, tiene un mar que con el cielo y su propio corazón forma las tres inmensidades; tiene una imaginación para aumentarlo todo, una fantasía para verlo al través de un velo incitador, una conciencia que le anuncia a Dios, y en nada de esto piensa: solo piensa en sí mismo. Era libre, y se ha hecho esclavo. Ha podido gozar, no sabe hacerlo: ¿cómo ha de gozar, si gozar es suspender el alma de un algo que la atraiga y admire a la razón, y ellos buscan la ceguedad de la razón, la ocultación del alma? Divertirse, es decir, olvidarse de lo que distingue al hombre de los demás mamíferos, y suspender sus sentidos de algo que ahuyente a la razón; eso, lo sabe el hombre; eso, lo hace. El tiempo es una carga: la soporta, si en su hogar se dedica a sus hijos, a sus padres, a su patria, pensando, estudiando, abogando, curando, haciendo zapatos, sombreros o barriendo; pero cuando fuera de su hogar o lejos de su hogar el pensamiento, se acuerda de que es hombre, y preguntando a los otros por el objeto de su vida, ve que es el de buscar la dicha y ve que la dicha no se encuentra satisfaciendo los deseos del espíritu, cumpliendo con su deber, el hijo, el padre, el esposo, el ciudadano suprimen su libertad y su razón, imitan; hacen lo que ven, nunca ven lo que hacen, no se avergüenzan, reinciden, y han adquirido una costumbre; la costumbre de no pensar más que a sus solas; la costumbre de ser hombres, solo en casa; la costumbre de ocuparse de los otros, porque así el fastidio huye de ellos, en vez de ser ellos los que huyan del fastidio, la costumbre... y basta ya, de las malas costumbres.

Estos hombres se encuentran un día frente a frente de un prodigio; su alma se conmueve: diez minutos después, ya no hay prodigio; el prodigio les cansa: esos hombres, sin embargo, se ven todos los días, se saludan, se hablan, se babean, se divierten mirando lo que mira un tonto, no se cansan de ver la misma gente en los mismos paseos, en los mismos espectáculos, de admirar boquiabiertos lo mismo que admiraron hace un año, porque hace un año su admiración era la misma; la que otorga a las pequeñeces una razón pequeña.

¿Es éste el hombre...?

Y tras la pequeñez, la infamia; la infamia y la maldad y la ignorancia... Ignorancia distinta a la mía: yo sé algo, muy poco; que cualquier ignorante lo es menos que yo, porque sabrá cómo han ido formándose las ciencias, y el punto en que se hallaban en tal época histórica, en el que hoy se hallan; pero ¿sabe quién es él, quién es el otro, quiénes son todos, qué es el hombre?

¡Oh sabiduría de los hombres, prefiero mi ignorancia!

Me confieso humildemente, que para tanta salida de hiel, ha influido ese círculo de gente que me mira y me observa y desconcierta.

Las verdades eternas las descubre la casualidad: las verdades sociales, un momento de enojo, una injusticia, la indignación, su compañera.

¡Ocuparme de los demás, cuando con solo mirarme interiormente tengo yo ocupación para mi vida...! ¡Dar un lugar a los hombres en mi diario, cuando apenas tiene el papel espacio para mí...!

Meditemos un poco.

¿Puedo yo hacer abstracción de los demás, cuando ellos han contribuido a hacerme lo que soy; buque sin rumbo, pájaro sin nido, cuerpo sin centro donde reposar? ¿puedo yo no pensar en la cadena, eslabón como soy a ella sujeto? ¿puedo yo...?

¿Yo...?

Nada puedo: lo que hay en mí, a pesar de mi orgullo lo confieso, es de ellos: las ideas, los pensamientos, la verdad, son una atmósfera, producida por la vida intelectual, como lo es por la vida animal el aire que respiro: envuelto en ella, tengo a mi pesar que respirarla y dar a mi pesar, a mi razón, a mi fantasía, a mi ser interior, las sombras y la luz, la confusa claridad y las tinieblas que exhala la vida intelectual de los demás. Me ahogaba en esa atmósfera, quise purificarla con lo mío, y he visto con dolor, y veo, que estoy condenado a que la atmósfera que forma mi alma se mezcle y se emponzoñe con la otra.

Confieso mi impotencia; nada puedo: lo que hay en mí, me viene de los otros; y por más que al pensar en lo que son y han sido, por ellos y por mí sienta vergüenza, por ellos y por mí quiero evitarla, procurando la venida de aquel día en que sea la humanidad digna de Dios, me digo de antemano que es inútil mi empeño, que es *fatal* lo que sucede.

* * *

Hay en mí en este instante una claridad que nunca he visto: voy a estudiarla.

Amo a la humanidad por egoísmo; por ese egoísmo misterioso, que es al equilibrio social, a la eterna armonía del espíritu, lo que las leyes de atracción universal para los mundos: amo a la humanidad; la amo por mí; porque sin ella, un hombre aislado es un cuerpo caído: un aerolito.

Hasta aquí, la humanidad conmigo: todos amamos lo mismo, *fatalmente*: pero llega un momento en que el átomo se exalta, se dilata, se engrandece. Busca su expansión, y lo comprimen; lucha, y lo vencen; débil, lo anonadan, lo asimilan; resistente, lo ahogan: pero el átomo, comprimido y ahogado, encuentra aire: lo busca, y el aire lo sostiene: así el hombre, exaltado su egoísmo, dilatado el horizonte de su vida, engrandecido su amor a sus hermanos, los ama por sí mismos, no por sí; busca lo que ve que falta; y aunque ellos no quieren, a pesar de ellos lo busca; y lucha si lo atacan y comprimen, y vencido, es decir, y desgraciado, quiere para la humanidad lo que para sí ha perdido: la lucha le da fuerzas: las fuerzas del hombre son el verdadero orgullo, su persistencia en lo que cree que es bueno, su aspiración al bien, a la verdad, a una ventura, más digna del hombre que la que el hombre busca.

Mira, y se mira... ¡desarmonía espantosa...!

Los hombres no son él; no hay equilibrio: los hombres no piensan; él medita: los hombres no reflexionan; él se abstrae: los hombres aceptan lo que encuentran; él busca lo que no ve: los hombres indiferentes se encogen de hombros y siguen caminando; él arruga la frente y se detiene; los hombres ven su felicidad tras de los vicios, en los pasatiempos, en el fácil deslizarse por la vida; él ve la felicidad tras la virtud, en el sacrificio, en la difícil resistencia de los males que halagan y seducen: los hombres viciosos por irreflexión y por fastidio; él, vicioso tal vez por debilidad, por despecho o por contagio, pero enemigo del vicio: él, amante del bien, porque ha visto en toda su grandeza la razón de su venida al mundo; los hombres indiferentes al mal, porque lo creen ingénito en el hombre.

El hombre, el átomo busca el aire que le falta, la atmósfera de virtud y de grandeza moral e intelectual que esperaba encontrar entre los hombres, y no encuentra, y sostenido en el aire en que los hombres no quieren respirar, se empeña en atraerlos hasta que al fin, falto de fuerzas, o se hunde y desvanece, o vuelve a ocupar el lugar, el centro que ocupaba entre los hombres.

* * *

Veo un mundo fantástico, semejante a la tierra: en las llanuras, en las vegas, en las costas, en todo lo que se parece, es igual y está a un nivel, atmósfera tranquila: en los montes, neblinas; en los Andes, nubes eternas, sombrías. Los hombres son los llanos, las playas, lo a un nivel; el hombre que se eleva, el Chimborazo, ardiendo interiormente en fuego eterno, cubierto exteriormente de nubes perdurables.

—¡Medita en la alegoría...!
—Tímido corazón, ¡no tiembles! Mi razón, mi conciencia, mi espíritu, hechos de otra cosa que de carne, no quieren descender.
—¡Todos los años hay en los Andes cataclismos: uno de ellos...!

—Bien está: la carne muere y se corrompe...

—¿Y si el espíritu es un gas, y la carne, la materia corrompida, es quien lo forma...?

—¡Miserable...! El Espíritu es Dios...!

* * *

Me dolía el cerebro, y levanté la cabeza; vi el azul del cielo, y tras él, una atmósfera lejana, transparente, sutil, impalpable: detrás de ella, Dios.

Los hombres en el barco cuchicheaban, reían, no pensaban: el viento empujaba a la fragata, y la fragata andaba como ando yo, empujado por un viento que aún no sé si lleva a puerto.

Enero 28

La gente tiene miedo y habla.

—¡Estos capitanes de buque son el diablo: meternos en ese maldito banco de Bahama...!

—El viento es quien lo ha hecho.

—¡Qué viento ni qué diablos! Si él hubiera hecho lo que debía, hubiéramos navegado pegados a la costa.

—La costa de Cuba está llena de cayos, y con el viento contrario que teníamos, nos hubiera sido funesta.

—¡Pues la ida a las Lucayas...!

—Verdad es que nos ha costado cara, y que sea lo que fuere, el Capitán tiene la culpa.

—Y luego, callarlo, en vez de arribar a cualquier parte, seguir navegando con una avería... pues si seguimos teniendo S.O., naufragamos.

—Felizmente tenemos N.E.: mañana encontraremos un puerto; y mientras carenan el buque, estaremos tranquilos en la capital de Puerto Rico.

Yo di un salto, y me metí entre los dos interlocutores, que aunque con frialdad, me contestaron:

—Sí señor, sí señor, en Puerto Rico.

Porque yo les pregunté si era verdad lo que había oído.

Me separé de ellos: me fui a proa, y no hubiera dejado de aspirar la brisa de la patria que aún ocultaba el horizonte, ni de pedir a éste mi isla amada, si una voz quejumbrosa no me hubiera preguntado:

—¿A Puerto Rico, señor?

Era el enfermo. Mirando sus ojos, escondidos en dos orbitas cavernosas, sus mejillas hundidas, su barba perfilada, su delgadez mortal, le contesté:

—A Puerto Rico, sí, señor: ¿le alegra a usted la idea de ver la hermosa isla?

—Sí, me alegra, si es que a mí me alegra algo.

Y la sonrisa del dolor brilló en sus labios, y su frente espaciosa se contrajo.

—¿Por qué no ha de alegrarle? ¿ha estado usted en Puerto Rico? ¿sí? Pues entonces, confíe usted en su aire, en su luz, en su belleza: verá usted cómo en los pocos días que allí pasemos, se mejora.

Otra sonrisa, otra contradicción, y estas palabras:

—No se mejora de una enfermedad mortal, y mucho menos, cuando faltan al enfermo los cuidados del hijo, del amigo, las palabras cariñosas que distraen, y en vez de palabras y cuidados, hay soledad e indiferencia, o la compañía de los que no nos quieren, de los que nos huyen, o nos tienen asco.

Bajamos la cabeza, y a ambos corazones la amargura, la hiel de la verdad.

Sentí el mismo anhelo que he sentido siempre que los hombres no han obrado como ordena el corazón, como ordena la conciencia, como ordena el egoísmo, porque el egoísta no debe querer el sufrimiento de otros por no sentirlo de rechazo en él: por egoísmo, por obediencia, a la voz de mi conciencia, por ternura del corazón, por cualquier causa sentí el anhelo de hacer lo que otros no hacían, y me prometí distraer y cuidar al miserable anciano.

Él se sentó; yo me senté a su lado: el viento hinchaba las velas, y nosotros sentíamos en la proa la marcha ligera del buque, con solo los estremecimientos que al hundirse la quilla en las aguas, lo movían. Hablábamos, él por distraerse, por distraerlo yo, cuando oí a unos marineros disputando:

—No es una nube —decía uno—; es una isla.

—¡Qué isla ni qué islote! Es una nube; ¿no ves cómo se mueve...?

28. Por la tarde

¡Es una nube...! pero no varía de forma, y en vez de disiparse, se abulta y se acrecienta: ¡si fuera Puerto Rico...!

La fragata anda 6 millas: hace una hora que señalaron los marineros ese punto oscuro, destacándose del horizonte: son las seis: a las siete, sabremos si es una nube o es mi isla: aún tendremos bastante luz para verla; yo, para contemplarla y no separar de ella mis ojos.

¡Qué lentamente pasa el tiempo! ¡qué lentamente camina la fragata...!

Estoy impaciente: voy de popa a proa, de proa a popa; pregunto al timonel, pregunto al horizonte: me inclino por la popa a contemplar la estela: se desvanece prontamente; caminamos bastante.

Vuelvo a la proa; me inclino, y veo que la quilla rompe el agua fácilmente, me doy una esperanza, la esperanza transforma, me transformo. Hablo con todo el mundo; saludo al Capitán amablemente; sonrío con blandura a las mujeres; golpeo en la espalda a un marinero, chanceo con el grumete, animo con mi animación al pobre enfermo. Pido un anteojo, lo cojo; espero ver mejor...

¡Que he de ver con anteojos, mejor que con mi vista a mis amadas playas...!

El Sol se va ¡detente, Sol...! Su último rayo es para ti, Borinquen; el Sol te ha señalado... ahí estás tú.

¡Tierra...! ¡tierra...!

Gritad: ya yo la he visto: y la veo aparecer majestuosamente: allí están mis montañas: a mi derecha, un cabo: ese cabo es el Jigüero, si fuera de día, parecería un lienzo que se desarrolla a la vista, y ofrece sus tesoros: aún así, ahí está dilatándose la costa, apareciendo por completo la del norte; dentro de una hora estaremos tan cerca de la costa, que veremos los árboles, las casas, y con la luz del Sol, podríamos ver hasta los hombres.

Luna, siempre llegas a tiempo, te bendigo.

Alejémonos pronto de ese cabo que me está atormentando: detrás de él está el pedazo de tierra que más quiero; el pedazo de cielo que mejor conozco.

—¡A virar...!

—Marinero, ¿por qué?

—Porque se ha equivocado un cálculo, y hemos venido aquí, cuando debíamos haber ido a San Juan de Puerto Rico.

Yo me alegré del error, y lo bendije.

Vamos casi tocando la costa: con la luz indecisa de la Luna, esta costa es un sueño, el sueño feliz de una imaginación que en sus espacios encuentra países mejores en donde fijar su dicha que en la tierra.

Una luz... otra luz: ¿alumbrarán alguna familia jíbara, que en nada pensará más que en el día siguiente? Tal vez, sentados en su hamaca, canten indolentemente los esposos, mientras gritan y juegan los muchachos: tal vez, sentados a la puerta de su rancho, se disputarán los aplausos del concurso dos trovadores rivales, tal vez alumbrará esa luz los rostros animados de esos hombres sencillos, en un baile, placer que ellos conservan, y de que hemos sabido privarnos, convirtiéndolo en ridículo, los hijos del progreso: tal vez... ¿alumbrará esa luz a un moribundo...?

Y tú, Luna, que envuelves en tu luz azul el joyel más precioso de la mar Caribe; tú, que desde aquí me lo presentas como solo en el fondo de mi corazón lo he visto, cuando soñaba con él; tú, Luna, ¿darás claridad a la alameda, a la floresta solitaria, a la senda extraviada, para asegurar el paso de dos amantes, para hacer a sus ojos más azul, más hermosa la vida, solo hermosa y azul cuando se ama...?

Me cuesta trabajo contenerme: con un cayuco y un jíbaro playero, recorrería yo ahora todos esas bahías microscópicas, todos esos embarcaderos incitantes, todas esas ensenadas misteriosas, esas playas fantásticas, con sus genios azules, esas palmas, con sus gigantes de color oscuro, esos bosques lejanos, con sus albergues solitarios, donde mora la paz que voy buscando.

¡Cuántas luces allí...! Ese es un pueblo: ¿cuál será? ¡No lo sé; pero sé que esas luces me llaman, me atraen, me fascinan: un cayuco, y al mar...! quiero ver ese pueblo... ¿es Arecibo...?

Se van apagando las luces en las tinieblas de la distancia... otras luces aquí...

Isla querida, si los hombres que te pueblan fueran tan sencillos y tan buenos, como éstos que habitan en tus campos; que hacen su albergue de tus palmas, su fácil alimento de tus frutos; sus placeres, del tiple, de sus trovas, y de su amor por ti, serías entonces tan feliz como poblada: pero tú como todas las tierras, das nacimiento a reptiles, y en ti, los reptiles son el hombre.

Filósofos de la naturaleza, jíbaros indolentes, vosotros sois los hombres: los reptiles están en las ciudades...

Para mí no hay placer sin amargura: me entrego al placer, y al saborearlo, encuentro lo que siempre, acíbar. ¿Y por qué he de ser toda mi vida, víctima de la razón, de la verdad? Si estoy gozando de mi único placer posible, viendo a mi isla que tan pronto dejaré de ver ¿por qué he de pensar en los hombres que la pueblan, si yo sé que es lo mismo en todas partes el rey de la creación? Quiero gozar, pero no puedo impedir a mis ojos interiores ver; y ven, a pesar de las nubes que forma en la imaginación lo ya pasado...

Ya la Luna se oculta: ya la isla reposa entre las sombras, que la luz de la aurora ahuyentará.

Haz, isla amada, que llegue un momento en que la luz de la alegría disipe las sombras de mi alma: ese día serás tú venturosa.

Enero 30. Por la mañana

Desde antes del alba estoy esperándote, capital de mi isla: te adivino: estás tras de esa punta. El primer rayo del Sol ¿qué objeto lo refleja? Un edificio. Es el Morro; centinela avanzado de un pueblo inofensivo ¿quién te puso ahí? El miedo: ¿miedo de qué...? Ahí ya comprendo: te codician los que conocen tu valor, isla querida, y la nación que con el nombre de madre te dirige, para olvidarse mejor y descansar, te fortifica: así, las invasiones se estrellan en tu Morro, y es bastante: los pueblos se hacen fuertes con castillos, con murallas formidables, con cañones, no con pechos decididos, no con abnegación ni patriotismo: el respeto que inspiran a los hijos la bondad y el afecto de su padre y que harían héroes de los hijos, es inútil; lo necesario, lo mejor, lo útil, no es inspirar veneración al hijo, no es inspirable decidido amor, no es procurar su ventura, no es interesante en su bienestar presente ni en su grandeza futura, es darle defensores fríos, es darle patriotas de ordenanza, es precaver la intención hostil, es darle una amenaza con que tenga a raya al que quiera atacarlo para hacerlo suyo...

Allí, cerca de Bayamón, hay una hacienda: su dueño tendrá esclavos: si quieren arrebatárselos resistirá, defenderá lo suyo, hará tal vez una defensa heroica: después abandonará al látigo del capataz a sus esclavos, y ni gritos, ni sus quejas, ni sus llantos lograrán conmoverlo. ¿Es ciego o cruel? Es cruel y ciego: ciego, porque no ve que el látigo mina lentamente, pero mina; porque no ve que enferma y mata la llaga que produce; porque no ve que el esclavo, convertido en amigo por cariño, se convierte en enemigo tenebroso, como en perro que muerde, en hidrofobia, el perro leal, la mansedumbre. Es cruel el hacendado, porque se olvida del infeliz que le da oro, y deja que lo veje un mayordomo. Es cruel el hacendado, porque es ciego: los ojos ven los efectos de la crueldad y la injusticia, y pueden remediarlos: la ceguedad no ve. Es ciego el hacendado, porque es cruel: la costumbre de ser obedecido, la costumbre de querer a toda costa sumisión y silencio, la costumbre de la arbitrariedad y la injusticia, que engendran la crueldad, quitan la vista: el hombre se acostumbra a las tinieblas, se complace en ellas, teme la luz: si llega un día en que la ve y comprende cuánto mejor es la luz que las tinieblas, ve con terror que ha visto tarde. Hacendado, sé justo; abre los ojos.[8]

Durante mi abstracción, el buque ha andado. Estamos entrando por la boca del Morro: él, a mi izquierda: debajo, las aguas sosegadas de la mansa bahía; en frente, las colinas redondas, tantas veces admiradas; a mi derecha, las florestas sombrías de Bayamón. Vamos virando: se presentan a mi vista las casitas de Cataño, a la izquierda, esos ranchos pintorescamente rodeados por las palmas: allá en el fondo, los manglares. Ya viramos; ahí está la Capital; allí vienen los botes, las yolas, las canoas: la Santidad se acerca, podemos ir a tierra: ¡eh! ¡Botero...!

En la capital de Puerto Rico. Enero 30. Al mediodía
—¡Bayoán...!
—¡Guarionex...! ¿usted aquí...? ¡amigo de mi alma...! ¿y Marién, y...?
—Todos aquí.
—¡Vamos, vamos a verlas...!
—Calma, amigo mío, calma: antes de verlas, es necesario hacerles saber que usted está aquí, porque...
—Es verdad: pero el ansia que tengo de verla... ¿está buena... están buenas, no es verdad?

---

[8] Esta parábola, en la cual, bajo la forma de un dueño de esclavos, se presenta y condena a España colonial, fue tan mal interpretada por algunos puertorriqueños, que suponían era un ataque personal a un hacendado cruel, como bien comprendida por los españoles, para quienes era *detestable* defensa de la abolición de la esclavitud y una amenaza de independencia.
Siempre en todo han sido conmigo más justos mis enemigos que mis amigos. (N. de la segunda edición).

—No, hijo mío... No se inquiete usted, no es nada; tristeza, abatimiento...

—¡Santa niña...! Pero nada más, ¿no es cierto?

—Nada más: los médicos me aconsejaron que la llevara a Europa: le prometí ir a España; pensó en usted, aceptó, y aquí estamos esperando el vapor para Santo Tomás.

—¿Pero los médicos no han visto otra cosa que ese mal del alma que tiene por síntomas la languidez, el olvido de lo que nos rodea, el desvarío frecuente, el continuo encerramiento en nosotros mismos...?

—No, hijo mío, no: no tema usted.

—No temo; deseo saber la opinión de los médicos para observar a Marién, y con la luz que me dé la observación guiar a los médicos, que para tener tan abiertos los ojos del alma como los del cuerpo, debieran, como el sacerdote y el abogado, no ser de carne y lodo: me estremezco al pensar en las consecuencias que tiene todos los días, a cada paso, la ceguedad de esos hombres, que en general, no son más que aplicadores de una ciencia nebulosa, que ellos anublan más con la criminal indiferencia que les dan la costumbre y la necesidad en que se creen de ser de hielo.

—Felizmente, Bayoán, no tenemos que temer, porque nada justificaría nuestros temores.

—Marién es demasiado delicada: el corazón es lo que vive en ella: su desgracia, que la ha puesto en mi camino...

—Vamos, hijo mío...

—No: es necesario prever; es necesario remediar: yo soy culpable: siempre el mismo, sacrificando a los demás, negándoles la dicha que pudiera darles. Creo que todos tienen mi corazón de acero, mi espíritu de hierro, y obro con los demás como conmigo... ¡Enfermarse...! Perdóneme usted, pobre padre, si lo alarmo; pero esas criaturas son tan sensitivas que el contacto de un dedo encoge y el de una mano deshoja; pero vamos...

—Espéreme usted: yo volveré a buscarlo.

* * *

Me parece que hace un siglo que se ha ido, y acaba de marcharse ahora: ¡qué ansiedad, qué aspiración a ella...!

¿No es bastante la alegría de que disfruto, al pensar que voy a verla, para disminuir las congojas que me causa el temor de que esté enferma; el remordimiento que me punza, al pensar que yo pueda ser la causa de ese mal, porque yo la he expuesto a sacudidas, rudas hasta para mí, a dolores, que a mí mismo me han secado el corazón...?

Pero, Guarionex, ¡vuelva usted a decirme que puedo verla, contemplarla, adorarla...!

¡Estos padres, acostumbrados al amor, no comprenden las ansias de un amante!

Allí viene: ¡gracias a Dios...! Me cuesta trabajo respirar... tengo sobre el corazón un peso...

¿Dónde estás, alegría...?

¡Ah...! ¡Eres tú misma, que para hacerte más preciosa, te anuncias con la angustia...!

Cuando vi volver a Guarionex, tenía ganas de reírme, de gritar... ahora que se acerca, que oigo sus pasos en la escalera, no puedo hablar, no podré decirle nada.

¡Alegría, si eres tú, vas a matarme...!

Enero 30. Por la tarde

Llegué, la vi, nos abrazamos: ella lloró, yo callé. Sentados, ella me miraba; yo la miraba a ella: los ojos, dilatados, apagaban su sed de mirar: las almas fulguraban tras los ojos.

Empezó la sonrisa a iluminar los rostros, y empezó la alegría a aparecer: fue lentamente dominando nuestras almas, como va lentamente dominando el silencio de la noche la gradación melodiosa del sinsonte: primero sonreíamos; después pronunciamos una palabra, murmullo la suya, suspiro la mía; después, otra más alta, mejor articulada, y luego otra, y envueltas en risas y miradas, otras mil que se encontraban, se interrumpían, se contestaban, aún antes de hacer pregunta alguna.

Su madre entró: la abracé con expansión.

Las horas pasaron velozmente, porque todos pensábamos en todos, y no en ellas.

Al despedirme, Marién salió con su padre a acompañarme hasta la escalera: al tenderle la mano.

—Vuelve pronto.

Me dijo con su voz, melodía de mi alma.

Ya en la calle, levanté la cabeza: Marién en el balcón, me saludaba.

Aún veo la luz con que brillaba; la luz de la alegría; su resplandor llega a mi alma: estoy alegre.

30. Por la noche

—Así, vestida de blanco, eres un sueño; el sueño que yo tuve siendo niño. Era la misma hora, y esa misma Luna vagaba tristemente por el mismo cielo: ¡qué cielo tan hermoso el de mi patria! ¡Admíralo, luz mía...! ¡Respira esa brisa embalsamada: me respiras a mí...! Cuando se ama a la patria como yo la amo, se está en su cielo, en su alma, en su ambiente, en toda ella; y al ser a quien queremos, si estamos en su patria y él la ama; a él es a quien miramos en el cielo, a quien vemos tras la gasa de la atmósfera, a quien respiramos en la esencia de la brisa: cuando yo estaba en Cuba, en todas partes te veía, y en todas partes respiraba la vida que me has dado.

Marién sonreía, y la Luna era más clara. En un éxtasis feliz la contemplaba yo, y bendecía aquella luz a cuyo rayo había soñado la hermosa realidad que tenía al lado.

—Refiéreme tu sueño —me dijo más que con palabras, con una mirada soberbia, que ha probado a mi corazón que la felicidad tiene su orgullo.

—No quiero referírtelo: te lisonjea el adivinar que eres la única a quien puedo confundir con aquella aspiración de mi alma niña, y no te quiero soberbia.

—Vamos, cuenta...

—Si vuelves a inclinar tu cabeza hacia mí, como lo has hecho ahora, te refiero mi sueño; si no, no.

Inclinó su cabeza: había en ella más aroma que en el aire; más brillo que en el cielo.

—Sentémonos aquí: mira tú al cielo para darle envidia, y yo entre tanto desharé tus rizos... ¿No quieres...? Pues no cuento...

—No te enojes...

—Así, ¡qué bien estamos! ¿estás bien, luz de mi alma?

Estaba bien: el color de la felicidad la coloraba. No había en su frente ni una nube, ni un sueño, ni un temor. Sus ojos no eran ojos, eran dos focos de luz. Yo vi en su sonrisa la misma transparencia que en el cielo. Su corazón latía, su seno palpitaba. Yo me acuerdo de mí en aquel instante, y sé, que como ella, tenía mi frente despejada, sin arrugas, limpia de la mancha del deseo, luciente como el alma, libre entonces de ideas y dolores: yo recuerdo mi voz, y no es la misma que ha devuelto, profanados, sus pensamientos al cerebro: yo la recuerdo, y era... Yo no sé lo que era; solo sé que mi alma hablaba; que otra alma la oía.

—Jugaba yo con las trenzas de una niña, que nunca, hasta entonces, había visto; que no era de la tierra, porque la vi, primero, como una nube azul llena de luz, suspendida en el aire: aquella nube encerraba una chispa que tenía formas, pero formas confusas; facciones, pero facciones vagas que veía yo mejor dentro de mí, que en el aire, en mi imaginación, que en el espacio: bajaba lentamente y lentamente me inundaba en luz, se acercó tanto a mí, que extendí los brazos para retenerla ...y en aquel momento sentí que salió de mi cerebro otra nube, otra chispa: y hubo un choque veloz, y las dos nubes se descompusieron en un ángel, el ángel en una niña de mi edad; un ser precioso, con carne como yo, pero más pura; con más luz en el fondo de los ojos, con más brillo en las ondas de sus rizos... Yo jugaba con ellos, como ahora... ¡Si aquel sueño eres tú...! Marién acércate; mira mis ojos con fijeza: una imagen en ellos, ¿no es verdad?... no te sonrías... esa imagen es el recuerdo de mi sueño, el sueño que yo tuve, mi sueño realizado...

Nos cogimos las manos: nos miramos; ella veía su imagen en mis ojos, yo en los suyos, la mía...

Un suspiro, una lágrima; tras ella, una sonrisa, una mirada a la Luna; una callada bendición al cielo; dos manos enlazadas... nada más.

Febrero 4

Yo no sé qué palabra me han dicho, que a pesar de no oírla, me ha turbado.

—¡Que el buque sale pronto!

—¿Quién me lo ha repetido? Memoria, ¿has sido tú? ¿has sido tú, conciencia? ¡Que el buque sale pronto...! ¿y qué me importa? Yo me quedo: yo estoy aquí con Marién. Con mi amor y mi patria me conformo; no quiero gloria, no quiero justicia; no quiero verdad; no quiero nada.

¡Una risa interior...! ¿quién se ríe ahí dentro...?

—Nosotras dos.

—¿Quiénes sois?

—La razón y la conciencia.

—¡La razón! ¿qué es razón?

Es una mano que dirige al cerebro, y le señala la senda que ha de seguir.

—¿La conciencia...?

—Es el fondo del abismo donde van a parar tus deseos, tus pasiones, tus propósitos, tu vida; el caos de donde has de *ser*.

—¿Qué queréis?

—Qué seas.

—Yo *soy*, un desgraciado.

—No eres nada: *serás*, si prestas obediencia.

—¡Obediencia a vosotras! Harto obediente he sido: ¡Obediencia...! ¡Para que tú, razón soberbia, me envuelvas en tus sombras; para que tú, conciencia, me hundas en el dolor...! ¡No quiero nada; vivir, no he vivido, gozar, que no he gozado...! Acecháis mi ventura, y al pasar, os arrojáis sobre ella, y con vuestra mano directora, la desgarráis, la estudiáis, profundamente, y rechazándola con desdén, me decís: ésta no es buena.

—Y tenemos razón.

—¿Pues qué ventura os parece a vosotras aceptable?

—La ventura que produce un largo sufrimiento; el cumplimiento perfecto de todos los deberes; la prueba lenta de que salgas vencedor. El camino en que estás, conduce a esa ventura. Amas, y eres amado; eso no basta: hazte digno de ese amor; ya sabes cómo. Tienes deberes para con tu patria; son difíciles; deberes para con la humanidad, son formidables; deberes para con nosotros, son inmensos; ¿pero has de retroceder? ¿pero has de huir? ¡En la huida se puede caer: el día que caigas...! No caerás, no caerás: te sostendremos, seguirás tu camino: ¡es tan hermoso!... Tu mismo corazón, que es flaco, ¿no ha sentido placer tras el dolor, saboreándolo más cuanto más le ha costado el disfrutarlo? ¿por qué nos has de privar a nosotras el difícil placer de los deberes, de la dicha angustiosa del martirio? Nosotras dos somos el alma: amamos al alma que enloquece a tu imaginación, porque es digna de nosotras, pero queremos probarnos y probarla: vencedoras las dos, serás feliz...

¡Extraña persuasión...! Mi corazón vacila; pero mi inteligencia está orgullosa.

Cuarta vez en mi vida en que se oponen mi razón y mi conciencia a mi ventura: me dicen que es por deseo de hacerla inquebrantable, y no solo lo creo, sino que me persuaden, me dan seguridad. Mi imaginación se desespera, quiere arrastrarme a otro camino, y me amenaza: gime mi corazón; lo débil de mi ser interior se queja y grita: me siento desgraciado; y sin embargo no me quejo, aunque lucho; no cedo a mi corazón, aunque deseo ceder...

Siento una especie de deleite en esta desdicha que a los ojos ocultos de mi espíritu, es la revelación de Dios.

Febrero 5

Fortalecido por su voz interior, el hombre es poderoso: desafía al dolor y la desgracia.

En vez de huir de los que podrían darme una seguridad torturadora, los busqué, y me dieron la seguridad de que el buque saldrá de aquí a dos días.

Entré decididamente en casa de Marién...

¿Por qué, cuando somos desgraciados, la luz nos recuerda las sombras; la alegría el dolor, un momento de dicha, la desgracia?

La luz de sus ojos aclaró mis sombras, y sentí pavor; su sonrisa, despertó mi dolor, y me angustió; su palabra, mi infortunio: perdí mi decisión.

—¡Ya estás triste otra vez...!

Guardé silencio.

—¿Por qué me miras con esa vaguedad? ¿temes que me desvanezca?

Y forzó una sonrisa cariñosa: a pesar del recuerdo, a pesar de la sonrisa, bajé la cabeza, y seguí pensando.

—Tú no me quieres —me dijo.

Sonreí tristemente.

—Si me quisieras, no me harías sufrir.

Su voz anunciaba su llanto.

¡Qué tinieblas las del alma...! Se busca en ellas, y se encuentra lo que no se busca: yo busco la felicidad futura, inmensa para Marién, inmensa para mí, y al entrar a buscarla en mis tinieblas, encuentro su dolor y mi desgracia.

—No, no me quieres.

Cada una de sus lágrimas venía a herir mi corazón, que hubiera llorado también, si se lo hubiera consentido la implacable seguridad de que toda esta desgracia presente producirá la dicha venidera.

Y va arraigándose de tal modo esa cruel seguridad, que me impacienta y me hace cruel el que no crean en ella como creo yo.

Troqué mi dolor en impaciencia, cuando Marién me repitió:
—No me quieres.
No era mi voz la del amante, al decirle:
—Vamos, no llores: voy a decirte lo que tengo: sufro por ti y por mí; pasado mañana sale el buque.
Se secaron sus lágrimas. Yo me quedé pasmado: ella gozaba con mi pasmo, y se reía.
—¡Te alegras!...
—Mucho... Nosotros nos vamos contigo.
La elocuencia del alma es el silencio.

Febrero 6

Cuento las horas: faltan setenta para salir al mar; hoy decía yo a Marién:
—Anhelo encontrarme contigo en alta mar, vamos a vivir, a soñar, a ser felices, allí nada importuna; el silencio de la noche, la soledad del mar, la extensión infinita de los cielos, con sus mundos girando lentamente, la excitación del espíritu en presencia de otro espíritu más grande, nos darán una vida distinta de la que hasta hoy hemos sentido. Nos parecerá que no tenemos cuerpo, que todo es alma, y admirando y bendiciendo, nos amaremos más: nos parecerá que somos vistos por Dios, y aumentará nuestro amor la dicha de verlo bendecido.
—Yo admiro el mar; pero querría quedarme: en el mar hay peligros: aquí no; ésta es tu patria, la patria de mi madre, y yo la quiero: es hermosa, y nos convida a amar: quedémonos, quedémonos.
—No dulcifiques tu voz: harto seduce con su dulzura natural; pero por más que me encante, no logra persuadirme;

yo no puedo quedarme; quedarte tú, sería sufrir, porque tú sufrirás ¿no es verdad?...

—No seas cruel.

—Soy amante: sería sufrir tú, y yo no quiero que sufras más por mí, y sería obligarme a sufrir toda mi vida, y hacerte desgraciada.

—¡Desgraciada! ¿y por qué?

—Ya te lo he dicho.

—A mí no me convence eso, por más que me resigne: yo creo que es mejor no pensar más que en nosotros; olvidarnos del mundo, y ser felices; mira, Bayoán: con tu casita, que veo en mi imaginación que debe ser preciosa, porque es tuya; que rodearemos de flores y de frutos; que tendrá cerca un torrente, que estará un poco lejos del camino, para que nada nos distraiga de nosotros; con pájaros, que yo acostumbraré a nuestra compañía, con nuestra soledad y nuestro amor, nos basta. ¿Qué necesidad tenemos de riquezas? Y si las quieres no por ti, ya lo sé, si las quieres por mí, trabajarás: el trabajo engrandece: tú mismo me lo has dicho. Reunirás a tu alrededor algunos jíbaros, que nos querrán porque nosotras los querremos, que trabajarán porque tú trabajarás, y que convertirán la estancita en una hacienda. Ya ves que no me acuerdo ni por un momento de las riquezas que tienen, según dicen, mis padres: tú solo, sin nadie, con mi amor lograrías hacer lo que quisieras: te amarían los hombres y te bendeciría tu patria: y eso lo tienes aquí, en cuanto quieras. Mañana mismo nos vamos a tu pueblo...

—Pasado mañana al mar. Tú verás: no te entristezcas. En cuanto yo logre ser útil a mi patria; en cuanto consiga decir al mundo lo que tengo en el fondo de mi alma; en cuanto consiga que me oigan; en cuanto adquiera las altas cualidades que necesito para estar en paz conmigo mismo, para no estar descontento, para hacerte feliz, y serlo yo; en cuanto calme esta sed misteriosa que me ahoga, esta intranquilidad cuya causa voy ya conociendo, en cuanto pueda llevar a nuestro hogar la paz que da el cumplimiento absoluto de todos los deberes, un nombre respetado y bendecido, vendremos a gozar a mi casita. Estará preparada para ti: tendrá flores, arroyos, pajarillos; será tal, que armonice con el paisaje majestuoso que la oculta: pero antes de eso, y para llegar a esa casita, tenemos que andar aquel camino, ese mar cuyas tempestades son más suaves que la tempestad que sufriría mi alma, si no llegara a donde se ha propuesto.

—¡Egoísta!... Tú no piensas en mí.

—¿Pues en quién pienso? En ti, en nuestro amor, en nuestra dicha. Convéncete, luz mía, yo no puedo hacerte feliz sino después de haber sufrido las pruebas del dolor y la desdicha: yo creo que el hombre que ha sido feliz toda su vida, no puede hacer feliz a nadie; no sabe lo que es felicidad: no puede darla: yo creo que un alma que no ha combatido no es digna de la paz: yo creo, y lo creo hasta el extremo de no poder desarraigar esa creencia, que solo el dolor hace feliz, para mí, no es descansar en el amor de quien nos ama, ni en la amistad, ni en el afecto de familia, ni en el indiferente respeto que se concede a las virtudes negativas: ser feliz es ser amado con orgullo, es trabajar por conseguir ese amor, por lograr un amigo reverente, una familia que nos juzgue y nos admire; virtudes positivas, activas, incansables, que nos atraigan la veneración del mundo, la fe de nuestra patria, el respeto entusiasta de los conciudadanos, una vida ejemplar tras del sepulcro.

—Eso es padecer toda su vida.

—Lo sé; pero prefiero ese padecimiento eterno, a esa vida inútil, que dura, es verdad, mucho más que la del sufrimiento, porque debe dar asco a la muerte; pero...

—No te entiendo, y quiero entenderte, porque quiero convencerme y admirarte: dime: la vida de mi padre, ¿es una vida inútil?

—Si lo fuera, hubiera luchado por matar mi amor: tu padre es un hombre que ha sido suficientemente infeliz para ser bueno: sin sentir el estímulo incesante que sienten hacia el bien algunas almas, ama el bien, lo practica: es digno de tu madre, porque la ama y la respeta, y merece su amor y su respeto: es digno de su patria, porque se interesa por ella, y si no lo concibe, realiza, el primero, un pensamiento útil: es digno del respeto de sus compatriotas, porque hace lo que pueden exigirle, porque se entrega al trabajo, y da a la sociedad un hombre útil. Su hacienda es su retrato: allí hay tranquilidad, hay armonía, hay orden: es justo, y sus esclavos olvidan su esclavitud: en todas sus cosas hay moderación, hay dignidad: no tiene amigos, y esto prueba que no tiene ni vicios ni defectos que le hagan soportar los defectos y los vicios de los otros. Los hombres como él, y un observador justo los halla, lo respetan y lo estiman. Su familia, tú y tu madre, es feliz —sois felices ¿no es cierto?— porque él trabaja para labrar esa felicidad. Domina su carácter, porque sabe que las cosas pequeñas producen las catástrofes, y estudia el vuestro y lo corrige sin cesar. No es indulgente, pero es benévolo: corrige con calor, no perdona las faltas; pero sonríe íntimamente, cuando adivina el arrepentimiento. Es amigo de la desgracia, y te ha enseñado a amarla. No juzga de las cosas por el juicio de los otros, y ve que todos son injustos, lo dice a todo el mundo: esto es ser hombre.

—Pues eso es lo que quiero que tú seas, porque así seremos felices: papá nunca ha hecho eso que quieres hacer tú.

—Tal vez porque tu padre no ha salido en su juventud de su país: tal vez, porque no ha sufrido lo bastante para ver lo que es el mundo, para anhelar su perfeccionamiento: tal vez, porque entregado a su vida laboriosa, no ha tenido tiempo para meditar, y espantarse de los abismos sobre que marcha la humanidad. Si hubiera tenido ese momento de meditación, de espanto, sería hoy lo que yo; un desgraciado, que en vez de graduar su amor de lo relativo a lo absoluto, hubiera amado inversamente; de Dios al hombre, de la verdad y la justicia universal, a las leyes sociales necesarias; del hombre a la patria; de la patria a la familia, de la familia a él.

—Aunque siento que es bueno lo que dices, no lo entiendo muy bien.

—Lo entenderás: tú tienes todo lo que se necesita para entenderlo: generosidad, grandeza de alma, amor de lo bueno, de lo justo; amor...

—Amor a ti, que es el amor que me da vida.

Nos sonreímos intensamente, y la sonrisa fue el último paso del período de *iniciación*.

Si yo le hiciera sentir este segundo amor; tan áspero y tan suave, tan sombrío y tan resplandeciente, tan torturador y tan glorioso ¡qué desgracia tan feliz sería la nuestra!

Febrero 7

Marién se sentía mal. Ha vuelto a caer sobre mi corazón el peso de los temores: he vuelto a pensar en la delicadeza de esa niña, en su sensibilidad inverosímil, que de una alegría, de un fugitivo placer, la lleva al abatimiento corporal, al decaimiento de fuerzas vitales. Ayer buena, hoy no: ¿por qué...?

—Nuestra conversación —me dijo— me causó una pesadilla: se me presentaron visiones espantosas que me amenazaban con la muerte, si no conseguía hacerte quedar en tu país, irnos a vivir a tu casita: verdad es que después de esos fantasmas, apareció un ángel que aunque me miraba con tristeza, con muchísima tristeza, me sonreía dulcemente; pero a pesar de que el ángel murmuró en mi oído una palabra celestial, y a pesar de que me señaló un cielo delicioso, y a pesar de que quise irme con él, las visiones me espantaron tanto, que me desperté gritando, y siento desde entonces un estremecimiento, menos doloroso que molesto, en todo el cuerpo, principalmente en la espalda, y un peso sobre el corazón, que me ahogaría, si tuviera razones para entristecerme más...

¡Excitación nerviosa, sueño intranquilo, pesadillas, dolores en la espalda, opresión en el pecho, respiración difícil, brillo febril en la mirada...!

—¡Guarionex, Guarionex...!

—¿Qué hay, hijo mío? ¿qué agitación es ésa...?

—Yo me ahogo... no sé cómo empezar...

—Pero, hijo mío, ¿qué es eso?

—Nada, no es nada; es que... Marién está mala... no se alarme usted, no es nada: yo lo abulto todo... Anoche tuvo pesadillas, está inquieta. Es preciso distraerla; llevarla al campo; hacerla pasear, agitarla físicamente, obligarla a casarse, a postrarse, a...

—Nos iremos al campo ahora mismo. Cerca del Dorado hay una quinta; es de un amigo mío; me la ha ofrecido varias veces desde que estoy aquí, y la pondrá a mi disposición. ¡Ea! Tranquilidad y reflexión: anuncie usted a Marién y a mi mujer nuestra partida, alégrelas usted, prepárelas para que se distraigan, y espéreme. Voy a ver a ese amigo y a disponer el viaje.

Febrero 7. Por la noche

Llegamos a la quinta al mediodía. El Dorado, encubierto por mangos, por guamás, por el calenturiento jobo, por esos penachos vegetales que traen a mi memoria la edad feliz en que sus cañas me servían para flautas y escopetas, y que hermosean las orillas de los ríos, sombreaban las del Dorado caudaloso, incitando a la indolencia: el río que he nombrado ya dos veces, cuyo caudal y corriente impetuosa he admirado muchas más, se desliza delante de la quinta por en medio de los bambúes, cuyos penachos balanceaba el viento, por en medio de los flotantes pabellones que suspendiéndose del trinco y de las ramas de los árboles, formaban mil parásitas. A la izquierda del río y al pie de una colina encantadora, una casa; y antes de ella, y entre hileras de palmas, de mameyes y mangos, diamelas de perfume parecido al que despide Marién, jazmines enredados en las palmas; y entre rosas, claveles y alelíes, el caprichoso jigüero, con sus brazos de esqueleto, extendidos alrededor, y matizándolos, las diminutas hojas, simétricamente colocadas: por el suelo, los frutos colosales del jigüero, del mamey, y de la palma; la fruta dorada del mango; flores caídas que lloraba un tallo, hojas vagabundas que arrastraba el viento; y éste, lleno de esencia: y la atmósfera, pura, y el cielo transparente; el silencio solemne, la soledad augusta.

¡Después de descansar un rato, los criados que cuidaban de la casa vinieron a enseñárnosla: una casa como todas; con el sello individual y el recuerdo del carácter de su dueño; pero había un balcón posterior...!

¡Bendito sea el balcón...! ¡bendito sea, porque debajo de él desciende la colina, y al encontrarse en su caída con un arroyo, hacen entrambos prodigios de sombras y de luz, de color, de claroscuro, paisajes misteriosos, recintos escondidos, albergues de amor que la ceiba hacía grandiosos, fantásticas cascadas, fantásticos murmullos, rumores que incitan a soñar...!

¡Bendito sea el balcón, bendito sea, porque al mediar esta noche que ahora acaba, y cuando iba a despedirme de Marién, desde él vimos los dos tantos ángeles blancos, sentados a la sombra de la ceiba, tantas formas fugaces levantando y tendiendo la gasa que ocultaba al arroyo, tanta línea graciosa alrededor de las copas de las palmas, tanto azul en el cielo, tanta luz en la Luna, tanto amor en nosotros...!

¡Bendito sea el balcón, bendito sea, porque en él nos paseábamos los dos, cogidos por la mano, soñando con el día en que seamos nuestros, y formando castillos en el aire, que el aire sostenía y la luz de la Luna iluminaba...!

Bendito sea el balcón, bendito sea, porque en él vi desaparecer la sombra de tristeza que en la frente de Marién habían agrupado la visión del sueño, y porque en él se reunió con el aura silenciosa el beso sin rumor que di a su mano.

Febrero 8

¡Unas veces el viento que reina, contrario para salir; otras cualquier temor, siempre un pretexto...! Y el buque no sale, el Capitán difiere su partida, tres, cuatro, quince días. Debíamos salir mañana... ya no sé cuándo saldremos.

Me alegro por Marién: así, restablecida por completo de su indisposición pasada, empezará el viaje cuando los aires del mar contribuyan a su completa mejoría: lo siento por mí, que anhelo llegar al fin de mi viaje para llegar más pronto al porvenir que allí voy a prepararme.

No pensemos en esto: pensemos en la quinta, en Marién, en la buena noticia que le llevo, en los días que pasaré a su lado, porque ya no volverán del campo hasta el día de la salida, y yo no me separaré de ellos. Deseo estar allí: pasaremos todo el día juntos, nos reiremos, jugaremos, volveremos a la infancia, recobraremos su inocente dicha.

Febrero 10

¡Qué vida tan tranquila...! ¡qué inocentes placeres...! ¡qué ventura tan plácida!

Es para nosotros el Sol, lo que es el campo; su primera luz, nuestro primer contento; su último rayo nuestro primer suspiro. Corremos por el campo, al amanecer, tras de los pájaros; después tras de las mariposas. Al mediodía, reunida la familia y yo bajo la ceiba gozamos de su sombra, cosiendo Marién y su madre, Guarionex o yo, leyendo para ellas. De cuando en cuando, todos levantamos la cabeza, y prestamos oído embelesado al murmullo del agua, al aislado gorjeo de su pajarillo. Por la tarde, paseamos; y al ir el Sol a desaparecer tras de los montes, nos detenemos a contemplarlo y contemplar los vapores fantasmagóricos del cielo. Al oscurecer, suspiramos, rogando al Sol que vuelva pronto. Por la noche, conversamos, pensamos en el viaje; una esperanza ahoga un suspiro; una sonrisa ahuyenta una lágrima; una palabra disipa un temor. Después nos saludamos; yo bajo a mi aposento; quiero escribir, y no puedo, porque no hay ni dolor ni amargura en mi interior: me acuesto, y duermo tan plácidamente como vivo.

Febrero 13

Vengo de la ciudad; como siempre, descontento: cuanto más olvido al mundo, más quietud hay en mi alma, más quietud hay en mi vida: la sola vista de una ciudad turba mi calma. En las ciudades, mi corazón amante, mi espíritu que busca la verdad, se asfixian. ¿Cómo no, si en ellas es el hombre enemigo del hombre; el egoísmo, del amor; las fórmulas, de la sinceridad; la apariencia, de lo verdadero; el amor propio, del mérito; la ambición, la codicia, la artería, de la virtud?

Y yo, en las ciudades de esta patria querida, no respiro; la indignación me sofoca: me digo que está profanada por el hombre esta naturaleza augusta, y donde el hombre arrastra la cadena de sus vicios, me agobia la tristeza.

¡Es una cosa singular que yo me explico...! Cuando estoy en el campo, creo estar en mi patria: voy a las ciudades, y me falta. En el campo, los jíbaros me traen a la memoria las costumbres sencillas del pasado, las virtudes sin pompa; la hospitalidad, que aún no ha logrado matar la desconfianza; la buena fe, que no ha logrado la codicia sofocar. En las ciudades, las costumbres antiguas ya no existen; no hay costumbres: los hombres sin carácter son perversos; los pueblos sin costumbres, detestables. ¡En donde el carácter nacional[9] no predomina, las costumbres han muerto; yo no encuentro el carácter nacional; donde lo espero ver, encuentro una mezcla de carácter, de costumbres extranjeras: las virtudes sin pompa...! ¡Las virtudes...! ¡El comercio de vicios las ha

---

9 Esto es una afirmación de la nacionalidad puertorriqueña, y ese carácter de que se habla, es el propio y peculiar del país, ya corrompido por los españoles. (N. de la segunda edición.)

avergonzado y hecho huir...! En el campo, yo veo compatriotas: en las ciudades, no. No son mis compatriotas los que con criminal indiferencia aceptan todas las apariencias del progreso, y no procuran ninguno de sus bienes. No son mis compatriotas los que ven lo que ven, y en vez de cumplir con su deber, se callan. No son mis compatriotas los que abandonan la prosperidad de su país a la casualidad, y esperan de fuera, lo que no saben provocar de dentro: la salud que hermosea una fisonomía no va de fuera a dentro, sale del corazón, de donde salga, al rostro. No son mis compatriotas el hacendado, el comerciante del país, que en vez de impulsar la agricultura y el comercio, porvenir de la patria, estancan a aquélla en la rutina, encenegan en la usura a éste. No son mis compatriotas los que han ido a otros pueblos a buscar nuevas ideas, y las ahogan; los que han ido a buscar conocimientos, y no los difunden; los que ven la necesidad de la instrucción, y no la piden. No son mis compatriotas los egoístas y los débiles, que por amor de su reposo o por miedo de perderlo, si se sienten capaces de ser útiles y ven la incapacidad de los inútiles, faltos de esperanza en el pueblo, árbitro del bien de su país, nada le dicen y temen su sordera.

Hay alguien que haya dicho a la metrópoli:

—¿Aquí hay hombres, iguales a tus hombres, superiores a ellos, por su interés en la prosperidad de su país, que pueden ser, que deben ser, lo que son los que tú envías, que quieren influir en los destinos de su patria?

¿Hay alguien que una vez se haya quejado, que una vez haya dicho la verdad?

Gritáis como los niños diez minutos; después os contentáis.

¡Debilidad, tú eres, en los pueblos como en el individuo, autora de desgracias...!

Cuántas veces, meditando en el extraño monopolio de los negocios públicos, me he preguntado, sin saber qué responderme:

—¿Por qué no comparten los hijos de mi patria con los hijos de España, las tareas que solo los de España desempeñan? ¿por qué el juez, el magistrado, el militar, el empleado, ha de ser peninsular, y nada, si no es rico, y si lo es, un hombre inútil, el hijo de Cuba, el hijo de mi patria?

¿Se opondrá una política miope a la intervención de los hijos en la prosperidad de su país?

Si se opone, ¡dadle vista! Pero no: devoráis en silencio la pesadumbre que os causa la eterna infelicidad de estos países, y seguís indiferentes, y dejáis que el tiempo pase, y hacéis creer al pueblo, que hasta por egoísmo debe querer vuestra felicidad, que sois felices.

En vez de bajar la cabeza y de sufrir, pedid al pueblo, cuyo hermano sois, que os dé lo que tienen sus hijos; sus derechos civiles y políticos; la administración de justicia; la intervención en los negocios públicos: freno aquí de los que por pensar en su patria, se olvidan de la vuestra, seréis en la metrópoli, en sus cortes, caudillos denodados del bien de nuestro pueblo.

¡Y llegará un día en que tengamos patria...!

¡Que España nos dirija, no lo siento; pero que por nuestra debilidad nos prive del derecho de ser hijos, y en vez de, con nosotros, gobiernen nuestro país esos indiferentes que vienen y se van encogiéndose de hombros...![10]

---

10   Este libro fue el primer clamor, y no podía ser una maldición. Ni aún hoy maldigo; porque estamos demasiado lejos de 1863, no solo siento que España nos dirija, sino que lo he sacrificado todo por conseguir, y lo conseguiré, que no siga dirigiéndonos. (N. de la segunda edición.)

¿Hay un hombre en España, capaz de enajenarse con la hermosura de estos suelos, capaz de apasionarse por el fuego de estas imaginaciones, capaz de hacer fructíferos a aquéllos, fructíferas a éstas; capaz de la justicia, capaz de la equidad; que ansíe la grandeza de estos pueblos, que, su padre, procure su ventura? Yo amaré a ese hombre: las islas lo amarán: es digno de dirigir un pueblo joven. A su amparo, crecerán las virtudes; la ciencia nacerá; las artes escondidas en estas cabezas poderosas, volarán; el comercio dejará de ser mezquino; la agricultura acabará la obra de Dios; la industria se admirará de encontrar un lugar en donde no lo espera: los hombres serán dignos del suelo en que han nacido; los extraños, admiradores de su bondad y su belleza: la madre patria tendrá hijos, en donde tienen descontentos; auxiliares, en donde indiferentes; admiradores de su justicia, en donde hay fiscales de su abandono cruel.

¡Delirio encantador...! ¡Y cuando pienso que ese delirio es realizable, y no hay una sola voluntad, ni aquí ni allí, que procure esa fácil realidad...! ¡ah! ¡Pobre patria...!

Y a ti también te compadezco, ¡oh pobre España!, te compadezco, porque pudieras ser feliz y no lo eres, porque puedes rehabilitarte a los ojos de la historia y no lo haces, porque puedes con una noble enmienda conseguir la remisión de los pecados cometidos en América, y te niegas a la enmienda.

¡Ah! ¡Pobre España!, abre los ojos y ve: la luz te está llamando: harto has purgado tu ceguedad pasada: harto has purgado tu gloria de un momento: y es tiempo de que veas: ya es tiempo de que quieras.

Estás en el momento feliz de los pueblos: adelantas, y como no te sienten, no te acechan; no te ponen obstáculos, no te impiden seguir adelante: estás trabajando para ti y hay en ti el recogimiento, que lo mismo que en la inteligencia, precede a la fecunda idea: estás despertando de tu sueño: estás resucitando; eres ya vieja; serás cauta, y en vez de confiar en tu vigor, confiarás en tu experiencia; si lo haces, buscarás con los ojos a este mundo que por tu sed de riqueza, te hizo pobre, y por tu sed de aventuras, cruel y débil: en vez de esclavos, pedirás hermanos; los pueblos que tus culpas te quitaron, impulsados por ti, caminarán; los pueblos que te dejó su posición geográfica, contribuirán a tu felicidad, siendo felices: en vez del odio, nunca más cruel que cuando rompe estrechos lazos, en vez de la tibieza que siempre precede al rompimiento, tendrás respeto, lograrás confianza: el comercio encontrará el camino que tu torpeza pasada le obstruyó; lo seguirá, y apenas lo siga, serás rica, recobrarás tu prosperidad material, irán las ideas y vendrán; el choque del pensamiento nos traerá la luz, que yo veo mejor en este cielo que en cielo de Europa, ya cansado de darla; la civilización sentará en América sus reales, y el mundo entero andará con paso firme.

La Historia, tribunal de los pueblos, juzgará, y serás perdonada y bendecida.

Pero entre tanto, esos pueblos del Continente se desgarran, y tú, España, los dejas desgarrarse: las islas te piden un recuerdo, y las olvidas: pero entre tanto, si uno de esos pueblos venga, tal vez con la injusticia habitual en los pueblos y en los hombres, la sangre antes vertida, con la sangre de uno de tus hijos, te presentas ante el débil, lo amenazas, te halagan los aplausos de los ciegos, y te olvidas después del pueblo que tu pasada ceguedad hizo infeliz.

Pero entre tanto que yo sueño con la fraternidad de los pueblos de América y España, pregunto por mi patria y no la encuentro, porque no es patria el lugar donde nacemos, si nos quitan el derecho de servirla; si entregan su felicidad a los que la desdeñan, si nos niegan la posesión de lo que es nuestro.

Febrero 15. A bordo
Adiós otra vez, patria querida: volveré digno de ti.

¡Adiós, capital de mi isla: amo las colinas que hermosean tu bahía; amo el cielo que te cobija; el Sol que ahora te alumbra; pero eres ciudad, y como todas, me causas miedo, repugnancia, indignación: tú, más que otra, porque tú eres la única que yo podría querer; pero en tu seno he visto tanto egoísmo, tanta codicia, tanta miseria...!

Si a dos pasos de ti no hubiera aire, el aire puro de los campos de la isla, cada vez que he observado con horror los efectos del mal que han importado los que vienen a ti, cada vez que te he visto profanando la grandeza que por todas partes te rodea, la indignación me hubiera sofocado.

Febrero 18
El viento es favorable desde que salimos: navegamos viento en popa: el mar tranquilo; el cielo, como el mar; como el mar y el cielo, el alma de Marién y mi alma: Guarionex y su mujer, son Marién: lo demás, no me importa.

Febrero 20
Acaba de pasar en dirección opuesta, casi rozando con el nuestro, un barco. Marién y yo lo miramos alejarse, ambos con pesar, ambos pensando que la vida es la mar, y nosotros los buques que en ella navegamos: apenas nos encontramos, y nos alejamos, y desaparecemos, como está desapareciendo

aquel brik-barca. ¿Por qué esta comparación que siempre se ha deslizado indiferentemente por donde se deslizan las comparaciones, ha venido a causarme una tristeza punzante, una verdadera pesadumbre? ¿Por qué Marién y yo nos miramos tristemente, y sin decirnos nada, nos hablamos, y ella lloraría, si yo para ocultar una lágrima importuna no me inclinara y le besara la mano...?

Febrero 23

Hoy he visto por primera vez, desde que nos embarcamos, el enfermo que vino conmigo desde Cuba: apenas me atreví a levantar la cabeza: estaba avergonzado. ¡Y tenía razón: haber pasado tanto tiempo sin acordarme de un triste, abandonado por los hombres, y que esperaba en mí, porque yo he sido el único que le he dado esperanzas...!

El desdichado no se atrevió a hablarme, y tuve que sufrir el tormento de ver su agradecimiento inmerecido, cuando le dirigí la palabra y le manifesté interés: su agradecimiento, me decía:

—La desgracia perdona porque no tiene derecho para esperar nada de nadie.

Conversamos: me dijo que desde el día antes de salir, había estado peor y que se levantaba porque la reflexión le decía que era mejor ver el cielo y el mar, que el progreso de sus males que a solas le asustaba.

Estaba más pálido, y andaba con gran dificultad.

Febrero 23. Por la noche

Marién me ha dicho esta tarde:

—Bayoán, ¿por qué te reúnes con aquel anciano?

—Porque necesita de mí.

—Pues esa gente, esas niñas, te critican, murmuran y se burlan: no quiero que lo hagan, y deseo que no vuelvas a reunirte...

—¿Qué dices? ¿que no vuelva a acercarme a la desgracia, a hacer soportables las horas a un pobre moribundo...? ¿que sea un miserable; que me aleje de un desgraciado; que imite a esos infames que para disimular su falta de sentimientos, se burlan de la enfermedad de un hombre; se mofan de la muerte...? ¿Todavía no me conoces? ¿tú no sabes que basta una mirada irónica para obligarme al sacrificio, que basta una palabra cruel para que yo desafíe a la crueldad...? ¡Que imite a esos infames...! El día que lo hiciera, la vergüenza me daría la muerte. ¡Y tú, por debilidad, tú, por temor de las hablillas de esa gente, tú me lo aconsejas...! Así se engendran los horrores del corazón, las enfermedades del espíritu. Somos capaces del bien: propendemos a él, lo practicamos; pero llega un día en que vemos que los indiferentes al bien, que los incapaces de ternura y de bondad, por ocultar su incapacidad y su cruel indiferencia, se mofan del que no les imita, y en vez de sentirnos más fuertes, en vez de perseverar, cejamos, permitimos a nuestro corazón flaquear, y sentimos vergüenza de lo único que no debe avergonzarnos. Vemos el bien, lo comprendemos, aspiramos a la felicidad que hay en la virtud: pero oímos una palabra que escarnece la virtud, que ultraja los sentimientos delicados, y temblamos al oír esa palabra, tememos el sarcasmo, y cuando volvemos a inclinarnos al bien, huimos de él, porque hacerlo es huir del sarcasmo, de la irrisión, de la mofa, del ridículo: y van poco a poco apagándose los sentimientos generosos, y se entibia en nosotros el amor del bien, y nos contaminamos: aparece la cobarde ironía, y con ella la burla; y tras ella la costumbre del mal, y sin que nosotros nos horroricemos, viene detrás la maldad; esa maldad de un momento, funesta como la maldad por hábito, acaso más funesta, porque es más común, y sus terribles efectos más ocultos. Yo quiero lo contrario, Marién: quiero la constante propensión al bien, con todo su olvido de la pequeñez mundana, con todo su valor contra la envidia, con todo su heroísmo contra la injusticia: y no lo quiero para mí tan solo: lo quiero para ti, para cuantos me quieran y yo quiera, para cuantos me estiman y yo estime. Sábelo, Marién: mi flaco corazón, puede inclinarse a un ser digno de mi espíritu; puedo querer, aun contra mi razón; pero estimar y admirar y perpetuar su amor a un alma débil, incapaz, por flaqueza, del bien y la virtud, eso no: yo no puedo estimar más que lo bueno.

Marién bajó la cabeza. Yo tuve esperanza en mi lección, y cuando después nos sonreímos ambos, comprendí el útil resultado de la severidad.

Febrero 24

Dormía: me desperté sobresaltado: el viento bramaba, como bramaríamos los hombres propensos a indignarnos, si Dios hubiera dado a los pulmones la feliz facultad de desahogarse así.

A la voz del Capitán, quedaron los mástiles sin velas: el buque navegaba a palo seco. El ímpetu del viento era más vivo cada vez; pero ni un relámpago, ni un trueno, ni otra cosa que rugidos en el aire, en las olas y en el buque. El viento se calmó, como se calma la cólera violenta, cuando la oprime una razón suprema.

Mientras comparaba, me olvidé de todo: pero dejé de comparar, y me acordé de Marién. Bajé a la cámara. Todos los pasajeros estaban asustados: se interrogaban en silencio. También el silencio del miedo es elocuente.

—¿Por qué no has venido antes? Debías suponer que estábamos inquietas.

—Estaba observando: mientras hubo peligro, creí que debía conocerlo para no dejarme sorprender por él: ahora no lo hay: estoy aquí para tranquilizarte: lo mismo ha hecho tu padre.

—Discúlpate con él; pero más tranquila estaría estando tú a mi lado.

Yo me sonreí, y me volví a mi puesto. El mar empujaba con violencia al buque; el viento había cesado: el cielo estaba oscuro.

Febrero 26

Estoy admirando: el mar en calma, no se mueve: no hay ni una ola, ni una ondulación. ¿Qué poderosa sujeta esta inmensidad y la contiene así? La calma del mar es el prodigio de la fuerza: levantar estas aguas, hacerlas rugir, y abalanzarse contra todo lo que quiere detenerlas, me lo explico: todo lo grande propende al movimiento, todo lo inmenso tiene agitación y tempestades: pero no puedo explicarme esta calma, este sosiego, esta quietud increíbles. Ni aquí, cerca del buque, ni allá en el horizonte... me equivoco: en el horizonte hay movimiento: las aguas se hinchan y se ahuecan, y luego se deslizan por la misma pendiente que ellas forman.

¿Por qué miro ese cielo, cuya luz se descompone en chispas, al tocar la superficie de las aguas? ¿qué me dice ese cielo? ¿qué recuerdo me trae? ¿por qué aquellas olas que al contrastar en el límite del horizonte con esta llanura, remedan un otero, me traen a la memoria aquel día misterioso de mi infancia en que, sentado en la cima del monte que resguarda la casa en que nací, después de contemplar el cielo, se encontraron mis ojos con el mar...?

¡Ah! ¡Aquí yacen los días de mi infancia! En lo ideal, en lo inmenso, en lo desconocido.

Yo levantaba la cabeza y contemplaba horas y horas al cielo, horas y horas al mar... si volviera aquel día...

Si volviera mi infancia, admiraría el cielo y el mar, la inmensidad, el infinito, sin tener la desgracia de ver en ellos algo de lo que siento en mí.

—¿En qué piensas, Bayoán?

—No pienso; recuerdo y admiro; admira tú también: ¿no te maravilla esa tranquilidad del mar?

—Y me encanta, porque me inspira confianza.

—¿Y el deseo de ir en un bote hasta allí?...

—No: aquí estamos mejor y más seguros.

—Pues yo gozaría, casi tanto como viéndote, desafiando... (¡qué desafiando! Perdona mi arrogancia, mar), meciéndome al lento vaivén que aun sin moverte, produces: gozaría, sobre todo, yendo a la ventura, buscando detrás de ese horizonte, otro, y detrás, un puerto desconocido, una playa solitaria, para experimentar la suprema emoción de verme solo...

—¡Casi tanto como viéndome!...

—Casi tanto... No: ahora hay en tu mirada tanta inmensidad como en el mar, y estoy mejor cerca de ti.

—Y lo estarías siempre, si calmaras esa imaginación inquieta porque yo te doy lo que el mar no puede darte.

—¿Qué me das?

Me daba una sonrisa: el mar no se sonríe: el cielo al sonreírse, dice más, y dice menos.

Febrero 27

¡Qué magnífico ocaso! El Sol se ha puesto: luchando con las sombras, su último rayo colora el horizonte; y ese rayo, esparciéndose, hace milagros. Allí está el mar de nácar que tantas veces he admirado: abarcándolo, una tierra de color oscuro; poblándolo, millares de islas, de escollos, de peñascos; cruzándolo, vapores ligerísimos que tienen a mis ojos la forma de los buques.

De la tierra que lo abarca, ha brotado una montaña: ¡qué montaña! ¿hay alguna en la tierra que imite la osadía con que ésa se levanta en el espacio? ¿hay alguna que imite sus corrientes de brillantes, sus torrentes sombríos, sus árboles inmensos, sus bosques colosales, la aureola que corona su cúspide? Cerca de la montaña, una caverna: veo su profundidad a favor de esa luz color de púrpura: y a favor de esa luz, veo esos fantasmas, esos monstruos extraños, esas sombras pavorosas, queriendo penetrar en ella, y empujándose, codeándose, impidiéndose el paso, golpeándose, destruyéndose, y volviendo a la nada o transformándose. Todo va desvaneciéndose: la caverna y sus monstruos se disipan; la montaña se hunde; el mar de nácar se sumerge. Ocupan su lugar formas ligeras, nubecillas blancas, vapores sin forma que flotan, oscilan, se mueven, y se ocultan. Allí vienen las sombras de la noche: ennegrecen primero el horizonte opuesto, invaden el zenit, sombrean el occidente, desvanecen los últimos colores que ha dejado la luz, oscurecen el cielo. De esas sombras, va naciendo un azul claro en oriente, oscuro en occidente: aparece una estrella, luego otra, ahora mil. Reina la noche: ni colores, ni sombras, ni vapores en el ocaso. Oscureció: ya, nada... ¡Sí! En mi cerebro hay un pensamiento triste, una comparación amarga. La imaginación es un Sol que se pone eternamente: engendra un mundo, lo colora con el resplandor de su invisible fuego, y cuando va a perfeccionarlo, su mundo se oculta tras un velo, el vapor de una noche irremediable lo sombrea y la oscuridad lo desvanece. En el cielo recuerdan las estrellas la luz del Sol ya puesto: en la imaginación no queda nada; el aire es nada.

Febrero 28

Estoy viendo cómo viene el viento.

El levantamiento del agua es más visible en el límite del horizonte; más cerca de nosotros, el agua sosegada ha dado un salto; se ha formado una ola; al hundirse, se ha hinchado y dilatado, dando impulso a las aguas inmóviles que había delante de ellas; y las aguas inmóviles se mueven, impulsan a las otras, y el mar ondula y las olas se acercan, y una de ellas revienta al costado del buque, cuyas velas lo hacen caminar. Hace un momento veía yo un lago tranquilo, una llanura sin una pendiente; ahora delante, detrás, alrededor, montañas de agua, pendientes formidables, abismos espantosos.

El viento sopla favorablemente: dentro de un momento, habremos caminado tanto como en los días de calma: volverá a los rostros de los pasajeros el contento, que ya ilumina la fisonomía de Marién.

—¿Llegaremos pronto caminando así?

—Dentro de veinte días.

—¡Jesús! Yo que creía... ¡Cuánto tardan los buques de vela!...

—Yo creí que por estar siempre a mi lado, desearías navegar eternamente.

Se sonrió, yo también.

Marzo 2

Ya empiezan las nieblas; ya empieza la tristeza del cielo de Europa. Segunda vez que llego a estas latitudes, y segunda vez que al llegar, he sentido oprimido el corazón; me acuerdo del cielo de mi América y suspiro; comienza la nostalgia a dominarme.

Marzo 2. Por la noche

¡Pobre Marién! ¡qué insidiosa tristeza la domina!...

Era la obra que en América lleva dulce melancolía al corazón, aspiración a lo desconocido, sueños de amor y de ventura; la hora que en los días de invierno trae a la imaginación fantasmas pavorosos, al espíritu sombra, al corazón angustias.

Marién se separó de su madre y se acercó a mí. Yo estaba contemplando el fugitivo ocaso de un Sol que se ponía antes de salir.

—¡Qué triste es esto, Bayoán!

—Muy triste.

—¡Qué diferencia entre esto y América! Yo no sé cómo pueden vivir en Europa sin Sol, sin azul en el cielo, con esa niebla que pesa y ahoga ¿siempre es lo mismo?

—No: en primavera hay un Sol que sonríe, un cielo que difunde alegría, unos campos que encantan, unos torrentes de ímpetu asombroso, unos pájaros de dulcísimos trinos, unas flores de aroma embriagador.

—¡En primavera!... ¡De aquí a la primavera!...

—¡No tardará: tú verás: después de la oscuridad del invierno, la claridad de mayo: después del silencio de los campos, su alegre vocerío; después de los árboles sin hojas, después de las plantas sin color, después del ambiente sin perfumes, perfume en todas partes, verdura en los montes, en los collados, en los llanos, en la yerba, hojas en los ramos, en las ramas, en los tallos, en los troncos: después de la muerte de la naturaleza, su resurrección, y luego, luz mía, preferible a la del Sol, una propensión a amar, una necesidad de amor, una ternura universal tan incitante!...

—Todo eso lo tenemos en Puerto Rico o en Cuba en todo tiempo: yo no quiero nada de esto: tengo miedo: cada vez que veo esas nubes, me parecen el presagio de la muerte: estoy triste, tan triste, que cuando nadie me oye, en las altas horas de la noche, no ceso de llorar.

Hubo un tumulto en mi interior: mi conciencia se volvía contra mí, y me culpaba; mi corazón gemía; mi imaginación me hacía ver cuadros sombríos. Solo mi razón estaba de mi parte, y me alentó, porque apostrofando a la conciencia, la obligó a que callara, recordándole que ella me había inducido a seguir el camino que ahora sigo.

Marzo 7

¿Dónde está el cielo? No lo veo. Esa niebla que lo oculta, que da al mar un color tan sombrío ¿es habitadora perpetua de estos mares, o anuncio seguro de las Islas Azores, nuncio también de España? Sea lo que fuere, me hace falta el azul de los cielos: quiero cielo, el cielo de mi América.

Allí está Marién: ha adelgazado: sus ojos van hundiéndose, palideciendo sus mejillas, anublándose su frente. ¡Dirige una mirada al cielo: pide el de su patria! ¡pobre niña!

Va a ponerse el Sol, si es que se pone un Sol que yo no he visto. Voy a buscar a Marién para darle un consuelo.

—Marién, ven.
—Distráigala usted, Bayoán, que está muy triste.
—¿Muy triste, luz mía? ¿Y, por qué?
—Porque no puedo soportar la tristeza del cielo.
—¡Qué falta te hace el cielo, si yo estoy cerca de ti!
Se sonrió, como yo me sonrío cuando deseo llorar.
—¿Ni yo mismo puedo hacerte olvidar el cielo de las Antillas?
—Ni tú, Bayoán: desde el primer día en que el cielo empezó a oscurecer su azul y el Sol a negarnos su luz, empecé a sentir una sensación dolorosa que no sé explicarte: era como si envolvieran en nubes mi alma; como si la impidieran ver; como su fueran a ahogarla. Creí en un principio que las palabras de mis padres y la seguridad de tu cariño me curarían de mi tristeza; me engañé; después de una conversación en que mi alma se complacía, después de oírte repetir la palabra que me hace dichosa, dirijo una mirada al cielo, veo esa niebla, me acuerdo de América, suspiro, me digo que cada paso me aleja de ella, y si no lloro, mi sueño es intranquilo y tengo pesadillas.
—¡Pesadillas!... —me dije yo palideciendo—: ¡así empieza esa enfermedad insidiosa, que primero seduce con la suave melancolía, querida de las almas soñadoras; que después aprisiona al espíritu en una tristeza, llena de sombras y tinieblas, y al fin hunde en el sepulcro con esperanzas halagüeñas, recuerdos venturosos del pasado, desvaríos encantadores y esperanza infantil en una mañana brillante de luz, de vida y alegría!
Fijé mi vista en ella; sus ojos brillaban misteriosamente, como brilla la luz tras de la bomba que evita sus reflejos al enfermo.

Caí en la tristeza, mientras que mi imaginación con un cruel vaticinio, me presentaba a la querida adolescente, luchando con la muerte, culpándome a morir.

Marzo 8
Ha pasado la noche. La luz ha disipado las sombras amenazadoras, que dormido o despierto, me asustaban: ha pasado esa noche cruel, anticipación de los tormentos que me esperan, si Marién... ¡Maldita imaginación!... Maldito profeta de desgracia, harto me has atormentado; déjame en paz.

Hay nubes en el cielo, y me entristecen; entre el cielo y el mar, la niebla espesa. Me acuerdo de Marién, y tiemblo al pensar en su tristeza, cuando dirige su mirada al cielo. El Sol entristece más que alumbra. Vuelvo a pensar en ella, y me acongojo y me espanto. Vuelvo a imaginar, a desvariar, a ver en mi interior el mismo cuadro pavoroso, que en vano intento no ver, que me persigue, que me acosa, que me tiene temblando, intranquilo, en zozobra.

¡Cuánto tardan hoy Marién y su madre!... No son más que las siete... Cuando no se duerme, el tiempo pesa...

¡Qué niebla tan triste!... ¡pobre Marién!...

¡Señor! Yo te importuno pocas veces con mis quejas: tengo derecho a ser oído: óyeme, pues: déjame a Marién...

¡Si yo la viera con el color que antes daba la belleza de la salud a su belleza de ángel!...

Allí está:

—¡Marién mía!...

¡Te doy las gracias, Dios!... Tiene color... ¿por qué tiemblo y me espanto?... Ese color es el color del mal que la devora, ilusión infernal de la muerte, que mientras hinche con fuego mortal los conductos de la vida, da los colores de la salud a las facciones.

—Luz de mi alma, ¿has dormido?

—Bastante: tú estás muy agitado: ¿qué tienes? ¿no has dormido?

—¡Cómo no! Yo duermo siempre: el sueño y tu recuerdo no me abandonan nunca.

¿Por qué mi sonrisa fue punzante, dolorosa, caústica? ¿por qué no le bastó herirme, y fue a herir a la fibra delicada de la pobre adolescente?

—¿Tienes algo, Bayoán? Tú sufres.

—Nada tengo.

—¡Otra vez la sonrisa...! No te sonrías así, que me haces daño.

Y vi que el color de sus mejillas fue más vivo, y pensé que la enfermedad adelantaba, y gemí y grité interiormente, y al encontrarme con el cielo, lo maldije.

Marzo 8. Por la tarde

Era preciso, y lo he hecho: he alarmado a su padre. Un padre atribuye a cualquier cosa, cualquiera indisposición que no ataque rudamente: un amante ve la muerte en una calentura... porque Marién no tiene otra cosa: razón tiene su padre. ¡Y yo, que me he alarmado y he sufrido y me he desesperado...!

Está en su camarote recogida: voy a ver cómo sigue...

¡Mejor...! Yo lo sabía: una calentura, cualquier cosa, nada... y ella no me engaña: a mí no me engañan las sonrisas. Su pulso está tranquilo; el calor de la fiebre se ha apagado; su color es más suave... Y luego, su madre se sonríe con esperanza... lo que tiene no es nada...

¡Señor, yo te proclamo...!

Marzo 9

Ha hecho bien en quedarse en la cama: el día está frío: las nubes ocultan el azul del cielo; el Sol no ha vencido todavía las nieblas: no viendo ni cielo ni Sol, podré engañarla; decirle que el día está hermosísimo: se lo diré, y la esperanza la animará; deseará levantarse, se lo impediremos, y el impedimento engendrará el deseo, que absorbiendo a la imaginación, la distraerá de sí misma. ¡Si a mí también me engañaran...! ¿Quién va a engañar a esta razón que mira las cosas tan de lejos, que se cuida tan poco del pobre corazón? ¿quién va a engañarme, si nadie conseguiría otra cosa que arrancarme la sonrisa que delata la dolorosa persuasión que tengo? ¿quién va a engañarme...? Y si pudieran ¿qué conseguirían? ¿Me evitarían los pesares ya sufridos, las amenazas silenciosas con que el pavor me ha atormentado? ¿quitarían de mi corazón el peso con que lo agobia la vigilia incesante de mi imaginación?

Marzo 10

Cada vez más triste el cielo; cada vez más triste Marién; cada vez más triste yo.

Marzo 10. Por la tarde

Marién se ha levantado un rato. Dios es bueno, porque mientras que ella permaneció sobre cubierta mandó al Sol que brillara. Dios es más feliz que el hombre, porque su bondad es bendecida: la madre de Marién y yo nos miramos, y dijimos a Dios lo que no dicen las palabras.

Marién estaba pálida: temo menos a la palidez que al color de la fiebre, y me sentí alegre; con una alegría que he sentido harto poco para poder explicármela.

Hablé mucho, soñé en voz alta; la distraje: conseguí una sonrisa sin tristeza, una mirada sin nubes.

Cuando la acompañe hasta su camarote, me tendió la mano: no había nadie, y la besé: estaba fresca. Yo creo que el corazón da saltos, porque en aquel momento de alegría repentina, sentí un cuerpo que lanzado del corazón chocó con la garganta, y me dio unas ganas de reír, violentas.

La madre de Marién y yo nos comprendimos: me miró; me sondeó; se puso alegre.

Al despedirme de Marién, para dejarla en libertad de recogerse, su madre me apretó la mano. ¿Qué hubo en aquel ademán que me arrancó una lágrima?

Espíritu, tú tienes tus tinieblas; pero también tu luz: si te faltara ¿de dónde saldrían estas alegrías misteriosas, manifestadas por una carcajada angustiosa, por una lágrima llena de esperanza?

Marzo 11

Bendigo el día que ha pasado. Marién, sus padres y yo hemos estado tranquilos, porque el cielo se refleja en Marién y nosotros en ella.

Luz en el cielo, luz en su fisonomía, luz en la nuestra.

Pero no en todas partes: hay un corazón sin luz, unos ojos que oscurecen las sombras del dolor.

El pobre enfermo me mandó llamar.

—Señor —me dijo—, usted que ha sido bastante bueno para compadecerse del infeliz a quien olvidan ¿seguirá siendo bueno hasta el fin?

¡Palabras difíciles: respiración tardía; cansancio a cada palabra, a cada aspiración; luego, un acento tan lleno de dolor, tan triste, tan humilde...!

«¡Haberlo olvidado...! —me decía yo, mientras lo observaba y sentía el efecto de sus palabras—: el padecimiento de este desgraciado, aliviado por mi solicitud, ¿no hubiera adormecido los que experimento con la indisposición de Marién...?»

Me apostrofé en silencio, y dije en voz alta al anciano:

—Perdóneme usted el aparente olvido... La pobre adolescente sufre...

—¡Pobre ángel...! ¿qué tiene? ¿está enferma? No será nada, ¿no es verdad...? ¡Ya no me extraña el no haberlos visto pasar por aquí, ni haber recibido la visita que tan bondadosamente se habían acostumbrado a hacerme: la amargura es injusta: no he podido culpar de indiferencia, confundir con los demás a esa criatura angelical, a usted...!

—No se agite, amigo mío: conmigo ha tenido usted razón: yo he imitado a los demás, no viniendo, porque debía hacerlo, hasta por ahuyentar con un cumplimiento de un deber, los sufrimientos terribles que me han atormentado.

El anciano me miró, y en su mirada había el placer del espíritu, cuando encuentra lo que busca, cuando se ha engañado.

—Usted es lo que creí era, desde el primer día en que lo vi: joven, óigalo usted una vez: la muerte se lo dice: usted es bueno: bueno, como he querido serlo yo: como he deseado que lo fuera el hombre, desengaño cruel que me mata, aún más que mi enfermedad: lo compadezco a usted: su vida será un dolor continuo... pero habrá en ese dolor tantos deleites, fruiciones misteriosas tan inmensas, que no tengo valor para desanimarlo: siga usted el camino que ha emprendido, y llevaré a la nada el único contento de mi vida.

Los dos nos sonreímos tristemente.

El anciano prosiguió, después de suspirar, como suspiro yo cuando quiero aclarar los misterios de la vida:

—Sí, joven generoso: este viejo ha sentido en su penosa vida todos los impulsos que usted inquieta, todo el amor de lo grande que lo guía...

Se detuvo otra vez, más que por fatiga, por vacilación.

Nuestro mundo interior es un templo, y una mano piadosa no abre sus puertas sin temblar.

—¿Por qué no he de enseñar mi corazón a usted? Usted es digno de ver, en donde nadie ha visto: usted merece lo que nadie hasta ahora ha merecido... Yo tengo, joven, mi historia dolorosa... dolorosa y útil: lo será para usted.

Se recogió un momento; evocó sus recuerdos; meditó.

—Yo soy americano: he nacido en uno de esos pueblos del Continente: no le digo su nombre, porque quiero a mi patria demasiado, para que el desamparo en que ha dejado a uno de los que mejor la defendieron, no inspire desprecio a un alma justa; para que usted no desprecie a mi patria. Luché por su independencia hasta que la consiguió; luché después por el advenimiento de su libertad, no siempre corolario de la independencia —no siempre los pueblos tienen hijos—: Son grandes con su patria, mientras luchan por romper sus cadenas, por desuncirla del yugo que la ha esclavizado; pero pasado el momento de peligro por ella, de olvido de sí mismos, llegada la calma, y con ella el egoísmo; las pequeñas pasiones de la paz, la ambición, la codicia, la artería, el anhelo de honores, el ansia de mandar, esos hombres, antes admirables, se empequeñecen, se infaman, se encenagan; han adquirido la costumbre de las armas, el hábito de mandar, el mezquino placer de ser obedecidos por autómatas y en vez de legislar, en vez de constituir, en vez de organizar, en vez de asentar en inconmovibles fundamentos la paz de la patria, su grandeza, su ventura; en vez de imitar lo bueno de otros pueblos, de ajustar al carácter nacional los progresos del mundo; en vez de preparar a su patria y a sus hijos, para que acepten el progreso, a que se niega casi siempre un pueblo recién conmovido por la guerra, se entregan al placer del mando, al frenesí del despotismo, inoculando el virus de la arbitrariedad, del desprecio a las leyes, del desprecio a la justicia; no los alarma el desorden general, la sorda desorganización que lleva a la anestesia, y cuando, o por vergüenza o por temor, quieren moverse, hacer lo que no han hecho, cumplir con los deberes sagrados que impone el regimiento de un estado, o caen precipitados por la audacia —que si es el vencedor en todas épocas, lo es con más razón en la de tempestad—, o siguen sostenidos por la debilidad, y tiranizan.

—Anciano, tranquilícese usted: le es perjudicial la exaltación: pase por alto, si quiere, esa época de su vida: la conozco: es histórica. Y aun cuando no la conociera, me la aclararía la historia contemporánea de la nación, cuyo yugo sacudieron las de América. España no era un pueblo que nacía, y sin embargo, después de su resurrección, en vez de fortalecerse y prosperar, ha sido juguete de ambiciosos, blanco de soldados, víctima de la lucha entre lo nuevo y lo viejo. Después de una gran agitación, nuncio tal vez de un bienestar futuro, los pueblos convalecen, caminan a traspiés, vacilan. Los pueblos son los hombres: un enfermo necesita de gran circunspección para privarse de lo que le haga recaer: la circunspección es enemiga de la fantasía, voladora en el convaleciente, como lo es en los niños, y predominante en los pueblos españoles, como en los hombres de España, y de su raza: el enfermo, en su convalecencia, tiene menos razón que fantasía: así los pueblos, después de un cataclismo: conciben y quieren realizar: no piensan en los medios, se abalanzan, y en vez de llegar pronto a donde se han propuesto, caen una vez y otra vez, y a veces nunca llegan... Déjeme usted eslabonar y atribuir a razones desdeñadas los efectos que vemos. La costumbre de obedecer a una penetración veloz, enmohece los resortes de la razón, que no se usa: no se medita, no se reflexiona; se *imagina*. De aquí, la ligereza en todos los sentidos; ligereza de acción; ligereza mental; ligereza de espíritu. Se ven perfectamente lo primero y lo último; el medio nunca: se ven las cosas como son, como debieran ser; nunca los medios que conducen a un fin. Esta es la masa general, los pueblos: hay un hombre, hay cien hombres, hay mil, que ven claramente, y lo ven todo; que pueden, si los buscan, remediar. Un enfermo necesita de un médico que engañe, y los remedios violentos, salvadores, no engañan al enfermo, lo hacen temblar, lo espantan: al hombre que remedia no lo buscan; y si, llegado un momento de claridad universal, lo llaman, la falta de acción, la misma incubación del pensamiento, que lo han hecho tímido y humilde, le quitan la idoneidad para curar: si rodeado por otros que, dirigidos por su luz, palpan las llagas, empieza a destruirlas, los que antes causaron esas llagas, se vuelven contra él y lo amedrentan. Esto se repite un día y otro día; el enfermo se acostumbra a su mal, se acostumbra a sus llagas: los pueblos se acostumbran a no ser, lo mismo que un individuo sin ideas se acostumbra a pasar por el mundo sin objeto. Sucede lo natural, lo que debe esperarse, lo lógico: es infeliz, o no es nada, un pueblo que puede ser feliz, que debe serlo, que merece el bienestar por el que tanto ha luchado. Estos pueblos, con un rey absoluto, un soñador de dominio universal, progresan velozmente, prosperan, se engrandecen... no son felices, porque la historia niega que sea felicidad la preponderancia de un pueblo, el terror que sus armas inspiran, la arrogancia que da la fortuna; pero si no felices esos pueblos, a lo menos... Perdóneme usted lo que el despecho iba a obligarme a decir: me arrepiento: donde no hay libertad, no hay bienestar, no hay grandeza, no hay nada: pero ¿es libertad la de esos pueblos, confusamente dirigidos por leyes, que hacen inútiles, el capricho de un déspota, intereses infames o pasiones aviesas? ¿es libertad la de esos pueblos, funestamente gobernados por un sable, detenidos en su carrera por una mano torpe que no sabe regir? ¿es libertad no tener confianza ni en la ley, no estar seguro de su libertad individual, no poder descansar en quien debiera...?

—No es libertad la de esos pueblos: pero querer buscarla, querer oponerse al despotismo, locura, insensatez, inexperiencia... Después de ese admirable movimiento de América, en que se revelaron tan vigorosamente los derechos del hombre en que todos los pueblos del sur imitaron a la colonia inglesa, en que todos los pueblos rompieron sus esposas, se armaron contra el que los había aprisionado, y lo vencieron; después de ese momento solemne de la historia de mi patria, yo quise, en la inmediatamente mía, realizar mis ensueños: vi en la revolución el sacudimiento de un letargo pesado, y esperé que calmada, fueran constituyéndose los pueblos, marcando vigorosamente su carácter, anunciando su porvenir, desde el principio: vi que era buena la paz y la pedí: que era malo disimularla con aparatos de guerra, y luché porque los poderes de la paz anularon el poder de las armas...

El anciano se sentía fatigado: guardó silencio largo rato; agrupó sus recuerdos: pensó en el pasado, imprimió en su rostro las emociones que la vuelta mental al pasado de su patria le causaba, y haciendo un esfuerzo, revelador de su lucha, prosiguió:

—Tuve que luchar contra intereses que empezaban a crearse: contra los que magnánimos en la defensa de la patria, se empequeñecían en su gobierno; me quejé, me persiguieron; proclamé la verdad claramente, y me costó el destierro. He viajado por toda América: tengo la convicción segura de que los pueblos mejor preparados para una civilización grandiosa son los pueblos de América, y me lastima el estado en que los veo. A pesar de que nunca me he resuelto a creer que el carácter nacional sea la determinación inmediata de su bien o malestar, tiemblo al pensar que sea verdad, porque entonces América y España —ya que usted los ha comparado— no serán nunca pueblos venturosos: tendrán momentos de resplandor magnífico, deslumbrarán, fascinarán; después... ¡Ah! ¡si yo pudiera lo que no he podido...! ¡Si una alma idólatra del bien pudiera realizar sus delirios, si un patriotismo verdadero, si el patriotismo que ve en el porvenir, que está alerta en todos los momentos, más quizá en la calma que en la tempestad, pudiera vencer al falso patriotismo, arrancar sus máscaras a la hipocresía, a la ambición, al anhelo de mando y de fortuna; derribar de su asiento al mal conductor, que por ignorancia o por egoísmo criminal, dirige torpemente las riendas de un Estado...! ¡Si yo, en vez de creer que la verdad es tanto más generosa, cuanto más claramente se proclama; si yo, en vez de creerlo, hubiera prestado oído a mi experiencia, y sembrado en silencio y recogido cautelosamente y cosechado en las tinieblas, tal vez mi patria injusta no sufrirá como sufre, ni yo andaría errante, sin patria, sin deudos, sin amigos, en los últimos momentos de mi vida...!

El anciano sollozó, y sollozó hondamente. Me parecía oír una voz salida de un abismo, el eco tenebroso de una tumba.

Tuve una convulsión cerebral, y todo lo que me rodeaba desapareció a mi vista, y empecé a ver lo que no había.

Cuando acabó la convulsión de mi cerebro, el anciano me miraba, y la sonrisa expansiva de mis labios lo hacía sonreír amargamente.

Yo era la alborada; él era el ocaso de una fe. Yo creía en los hombres; él dudaba.

Por la noche

Había dejado agitado al enfermo, y al anochecer volví a verlo. Ambos evitamos el recuerdo de nuestro último coloquio, y yo le rogué que me dijera el objeto, que al llamarme por la mañana había tenido.

—¡Ah! —me dijo— los recuerdos de América, mi pasado, me han hecho olvidarme del presente: lo mandé llamar para rogarle que me hiciera traer mejor alimento... El que me dan es malo, tan malo, amigo mío, que no he podido ocultárselo a usted.

—¡Malos alimentos...! ¡gente infame...! Después de haberme prometido...

—¿Qué le pasa?

—Nada, nada... ¿No le traen a usted todos los días una tazas de caldo que rogué...?

—No me traen nada: me dan por alimento el rancho que se da a los marineros, y a veces, el resto de la comida de ustedes.

Fui a ver al mayordomo; lo apostrofé rudamente; se excusó con el Capitán; mandó traer una taza de caldo, y la llevé al enfermo. Bebió con avidez.

—Gracias —me dijo.

Y una lágrima, resumen de su dolor y expresión de su gratitud, arrancó a mi estéril corazón otra, resumen también de mi amargura y expresión de un placer de la conciencia.

Marzo 12

El cielo se despeja: el Sol rasga las nubes: las nieblas, menos densas, se disipan al mediar el día.

Marién está mejor. Se ha levantado: sonríe con esperanza. Sus padres, ella y yo hemos hablado: nos hemos prometido distracciones y placeres en las ciudades de España por donde pasemos, y en Madrid, a donde van, porque yo voy. Dije mal: no hemos hablado: hemos cambiado nuestras esperanzas.

El día ha pasado felizmente: he desechado mis temores; he conseguido borrar la impresión que me hizo mi diálogo con el anciano: lo he visto: le he llevado una vez y hecho llevar otras, una taza de caldo.

Una taza de caldo cuesta algo que vale más que dinero; cuesta un disgusto.

—Capitán, es una crueldad abandonar a ese infeliz enfermo al cuidado... al descuido del mayordomo. Es preciso que se vele por él.

—Demasiado se vela: un hombre que no paga más que 50 pesos por ir desde Cuba a Barcelona...

—¿Y cómo va...? Tirado en un mal camarote de proa, sin ser asistido por nadie, sin ser atendido cuando necesita y pide algo, sin tener alimento...

—¡Sin tener alimento...! Pues el rancho de los marineros y los restos de ustedes, alimento son.

—Pero no para un desgraciado disentérico: lo que le hace falta es una taza de caldo...

—¡Una taza de caldo...!

—Por la mañana, temprano: otra a las nueve o las diez; otra al mediodía, y por la tarde, y por la noche...

—Eso es: ¡a todas horas...!

—¡Cómo...!

—¡Disimúleme usted; pero es imposible no impacientarse: usted quiere que hagamos por ese viejo lo que por nadie podemos hacer: quedarnos sin víveres...! Sí señor, sin víveres: nuestra travesía por el Canal nos ha desprovisto.

—Y entonces, ¿a qué fuimos a Puerto Rico?

—A carenar el buque: tomamos provisiones: pero no todas las que nos hacían falta, porque...

—¡Es decir, que porque ustedes faltan a su deber tan procazmente, los pasajeros no podemos ni gozar del placer de hacer un servicio a un desgraciado!

—Ya ve usted... No es posible.

—Lo será: se le darán las tazas de caldo que pida: cualquiera alimento que desee, y yo pagaré los gastos que ocasione.

—Así, sí: eso ya es otra cosa: se le dará por la mañana, por la tarde... ¿Le parece a usted, que se le lleve gallina cocida, carne sin condimento, alimentos que no le hagan daño al pobrecillo...?

Le recomendé un silencio absoluto; lo miré fijamente, y le dije con los ojos:

—¡Miserable...!

Marzo 13

Era temprano: el Sol acababa de salir, y Marién de presentarse en cubierta: No hacía frío: el cielo sonreía; el mar centelleaba, descomponiendo la luz en gotas de oro. Yo estaba alegre, si es estarlo ahuyentar la sombra del dolor que nos amenaza, con una exuberancia de risas y murmullos, de palabras ahogadas y de brillo en los ojos. Estaba alegre, porque pensaba en Marién y con la alegría que estaba presintiendo en ella, espantaba mis presentimientos dolorosos, perseguidores míos desde el día en que tuvo calentura: estaba alegre, y le salí al encuentro, diciéndole con la mirada, con el movimiento expansivo de los labios, con la viveza de mis ademanes:

—Aquí tienes el cielo y el Sol: hoy no estarás triste, ¿no es verdad?

Ella me contestó también con el silencio, sonriendo con los ojos, con la boca, con el alma. Se hizo más ligera: se aligeró de un peso, y la esbeltez de su talle me encantó. Después de contemplar el cielo, de bendecir al Sol, contestó con mágico abandono a los saludos de los pasajeros, a las palabras de las señoras y a las jóvenes: después me miró, y condensó su alegría para expresármela. Estaba así tan bella, que concebí una vulgaridad, y se la dije:

—¡Qué linda estás así...!

Primera vez que salía de mis labios la alabanza de su belleza material: ella se sonrojó.

¿Era vergüenza por mi pequeñez, que admiraba la carne y no el espíritu? ¿era el efecto de una alabanza inesperada? ¿era el color del orgullo de mujer?

La contemplé, maravillándome de las transformaciones que produce la esperanza, y sentí el deleite feliz que nos da la esperanza al inundarnos.

La felicidad engendra al egoísmo: el egoísmo carece de memoria. Yo me olvidé de la desgracia; me olvidé del enfermo. Una pregunta de Marién sobre mi conversación con el Capitán, que ya ocupaba a las gentes de a bordo, me lo recordó. Me decía Marién:

—Anoche se habló de ti en la cámara. Se decía que habías disputado con el Capitán; que eras demasiado altivo; que te exponías a disgustos graves, que un capitán en su barco, es un rey; que hacías mal en interesarte por el enfermo, porque ni él te lo agradecería, ni nadie comprende que por un miserable como él, quieras privar de lo que es suyo a los pasajeros, que tan caro pagan su pasaje... que sé yo qué otras cosas. Comprendí que habías tenido un disgusto, y hubiera dormido intranquilamente, si al bajar a saludarnos no hubieras tenido en los ojos el resplandor que te da la paz contigo mismo... Pero cuéntame lo que te sucedió.

—Nada, alma mía: quise hacer lo que debía, quisieron oponerse, pedí al Capitán que diera al anciano mejores alimentos: me dio respuestas infames: le hice comprender la repugnancia con que las oía; exigí que se cuidara de ese desgraciado; yo mismo le llevé caldo, y nada más. Eso que oíste, murmuración, pequeñez, miseria, infamia...

Yo seguí hablando; pero contuvo mis palabras la mirada intensísima de Marién, recompensa de mi bien obrar.

—¡Qué bueno eres!...

Cruzó una idea por mi imaginación. La estudié: comprendí sus dificultades, y en vez de vacilar, me decidí. Acababa de sentir el deseo de que Marién llevara alimentos al enfermo. Pensé en el disgusto que podría sentir, si ella repugnaba hacerlo; en el valor que se necesitaba para arrostrar las palabras, los cuchicheos insidiosos, la burla silenciosa que un paso tan inesperado causaría, y me indignó el pensamiento de que nosotros dos huíamos de la virtud por miedo al mundo. Me erguí en mi interior, y resolví.

—Marién, deseo vivamente una cosa difícil; ¿la harás?

—Por ti, todo.
—Pues quiero que lleves al enfermo una taza de caldo.

La palidez que yo esperaba, apareció: la virtud palidece cuando pierde el valor.

—¿No quieres ir?

—Yo, sí... quiero; pero... esa gente es tan mala... va a burlarse... Bayoán, no te enojes... No me atrevo.

Y bajó la cabeza para huir de la reconvención de mis ojos. Hizo mal: no la miraban; miraban el vacío, el infinito.

Meditaba en los efectos que producen la risa y la mofa de los hombres. Marién, buena, capaz de la virtud, viviendo para ella, negaba un placer duradero a su conciencia, por temor de ser señalada con el dedo, por temor de oír una palabra irónica.

Hubo un movimiento de conciencia en mí: la conciencia me presentó como necesaria, para seguir admirando el alma amada, la obra de caridad, el acto de valor y de virtud. Fijé la vista en Marién, y sonriendo con dulzura, le dije dulcemente:

—Luz de mi alma, es preciso. Si no lo haces, cesarás de brillar para mí.

Palideció otra vez: era una prueba terrible; era colocarla entre su amor y sus preocupaciones. Casi me arrepentí: pensé rápidamente en su indisposición, en su delicadeza, en su oculto malestar, en su propensión a esa temible enfermedad que de la tristeza del corazón pasa a la muerte del cuerpo, que escoge por sus víctimas los seres delicados: pensé en los largos efectos de un acto de virtud, cuando están los deseos contrariados por las preocupaciones sociales, cuando se quiere y se teme, cuando se anhela el placer de la virtud, y se huye del dolor de verla escarnecida: pensé en el resultado doloroso de una acción laudable, envidiada por ser atrevida y por ser envidiada, madre de la calumnia o de la mofa, y temblé y me estremecí y deseé que se negara.

—¿Tienes valor? —le pregunté—. ¿Eres capaz de desafiar la envidia de esa gente? Yo sé, alma mía, cuán difícil es esto: pero sé que todo acto generoso produce placer, y lo deseo para los dos.

—Tú lo quieres.

—Yo... no: si tú... espontáneamente, sin esfuerzo... sin sufrir...

Se sonrió plácidamente.

—Vamos —me dijo.

—Ahora no: los actos de virtud se hacen sin afectación, y ahora la habría si en medio de esa gente... No, con naturalidad, sin provocar, sin poner en guardia el falso orgullo de los que lo tienen para juzgar y perseguir al que les da lecciones, y no lo tienen para practicar el bien. Como nos han visto muchas veces hablar con el enfermo, no llamará la atención el que lo hagamos hoy: iremos con tus padres, hablaremos con el pobre anciano, y sin darle a entender que es un acto premeditado para que a sus ojos no pierda valor, te separarás de nosotros obedeciendo a un impulso repentino; llamarás a un grumete, te traerá una taza de caldo, y tú se la darás al desgraciado. Estoy seguro de que el doble alimento del cuerpo y del espíritu, lo pondrá mejor.

Por la noche

A las tres de la tarde estaba yo sentado al lado del enfermo. Hablábamos de él, de su pasado: me dijo que había escrito la historia de su vida, que no había podido, ni podía contarme, porque sus recuerdos lo empeoraban: pero que deseaba que yo lo conociera, y me entregaría el manuscrito.

Lo distraía yo, hablándome de nuestra llegada a Cádiz, cuando oímos la voz de Guarionex que saludaba al anciano. Estaban con él, su esposa y Marién. La tranquilidad de su fisonomía no me delató ninguna lucha. El enfermo le preguntó:

—Hija mía, ¿está usted mejor ya?

—Mejor.

—Me alegro... ¡cuánto me alegro! Sufría por usted y por otra persona...

Una sonrisa bondadosa desanubló su rostro; y el rubor, el de Marién, cuya mirada llena de gratitud me enterneció.

—¿Y usted? Animado, ¿no es verdad?

—Ahora lo estoy, admirando la bondad de ustedes.

Guarionex evitó las alabanzas, diciendo con viveza:

—Está usted bien: estoy seguro de que en llegando a tierra, y alimentándose bien, y bien cuidado...

El enfermo me tendió una mano, y dijo a Guarionex, con la voz temblorosa del agradecimiento:

—Señor, si el cuidado y la solicitud han de curarme, no quiero saltar a tierra, porque tendré que separarme de este joven: él sépanlo ustedes ha hecho que me den alimentos saludables; él, muchas veces me los trae; me los hace tomar, si no los apetezco.

Y variando de tono, con una volubilidad que en aquel alma dolorida era punzante.

—Amigo mío —me dijo— siento apetito: las palabras de ustedes son un estimulante...

* * *

Yo no sé cómo se hizo: lo que sé es que Marién estaba delante del enfermo con una taza de caldo. Se la ofrecía con un ademán de súplica divino: solo la caridad, solo la virtud de Dios suplica así.

El anciano la miro largamente, y una lágrima benéfica resbaló lentamente por su rostro. Titubeó un momento: pero luego, tomando la taza, exclamó:

—Debo tomarla: sería indigno de admirar esta acción virtuosa, si no la comprendiera.

Bebía lentamente. Me expliqué su lentitud, como también la repentina cesación de su apetito: la emoción anuda la garganta: harto alimento es para el cuerpo el alimento del alma.

Marién llevó la taza no sé dónde, porque aunque yo la seguía con la vista, mi vista, veía, vagamente, al través de una nube, de una aureola.

Cuando volvió su madre le dio un beso: los ojos del anciano y los míos, las gracias; su padre, nada: estaba acostumbrado a verla asistiendo a sus negros, socorriendo a los enfermos pobres, y tal vez tendría el valor de privarse de una caricia por tener la experiencia dolorosa que la alabanza produce en el flaco corazón, el raro efecto de convertir la virtud en vanidad.

Esta tarde mirábamos los dos el cielo, cuando el Sol en su ocaso lo llena de fantásticos colores, y admirando y soñando conversábamos. Marién me hablaba:

—¿Por qué será que me siento mejor y más contenta? ¡Me late el corazón con un latido tan dulce, tal delicioso, tan benéfico!... Me siento llena de salud. ¡Qué ingratos somos! ¡Cuando más nos quejamos, más próximos estamos a la felicidad: sin embargo, un dolor de cabeza, una calentura, un temor, un disgusto cualquiera, nos hacen dudar de la bondad de Dios!

Si el alma no tuviera miradas y sonrisas, y no sé cómo vivirían las almas delicadas: si yo no me hubiera sonreído ¿de qué manera hubiera expresado a Marién la plácida emoción que sentía mi alma?

Mi alma se explicaba claramente el sentimiento que era un misterio para Marién.

—La virtud —se decía— (y eso que tú, corazón tímido, temblabas), la virtud produce bienestar, por más que sus actos produzcan muchas veces sinsabores. Mi alma hermana lo prueba: antes del acto de virtud, antes de la obra de caridad, temía, y tenía razón para temer: no todos los seres tienen alma; pero se resolvió a procurarme ese placer, y ella también lo ha sentido: ahora la envidio: está llena de luz y de alegría.

Mi alma tiene razón: los actos de virtud hacen feliz. Marién lo era, y por eso se sentía tan bien; por eso gozaba del bienestar de la salud, que no es otra cosa que fuerza corporal, como no es otra cosa la virtud, que es fuerza del espíritu. La fuerza es expansiva, se comunica, se hace sentir y comprender a admirar: por eso admiraron la acción generosa de Marién. ¡La fuerza corporal tiene idólatras; la del alma, fanáticos: aquéllos, son la humanidad entera; éstos, los seres desgraciados que han visto en el fondo de las cosas y se empeñan en buscar lo que no encuentran: los idólatras de la fuerza corporal admiran alguna vez la del espíritu; los fanáticos de éste, muchas veces a aquélla: pequeñez del espíritu, que ansioso de grandeza falto de moral, se alucina admirando la fuerza material! De aquí su admiración a los grandes criminales de la historia; de aquí su admiración a los extravíos de la fuerza. La del espíritu brilla con resplandor tan vivo, cuando brilla, que a veces seduce a los idólatras de la fuerza corporal; pero la seducción es corta, se desecha como una pesadilla: hay un ser que lanza una palabra irónica, uno que envidia, y para libertarse de los tormentos de este verdugo de la conciencia, mancha con lodo la pureza, arroja un borrón a la virtud, sombras a la claridad y por miedo a esa envidia, imitan a la envidia de los demás.

A Marién la admiración: hubo más de una fisonomía expansiva, cuando al sentarnos a la mesa por la tarde, se presentó en ella. Un anciano le tributó sus alabanzas: una joven la besó con entusiasmo; pero otras jóvenes, otras mujeres, otros hombres, éstos porque así me herían, aquéllas porque así vengaban la superioridad de Marién, aparentaron una frialdad, que a ser sincera, los hace desgraciados, porque la desgracia mayor es la que priva al alma de sus pocos placeres, de sus pocos impulsos generosos.

Expresada así mi compasión a esos seres felices, más felices que yo, mucho más desgraciados también ¿por qué he de indignarme, dando lugar en mi diario a sus diálogos infames?

Han acibarado mi placer, es cierto: pero ¿no es la hiel un elemento de mi vida orgánica? ¿no tiene veneno el aire que respiro?

Un placer duradero es efecto de una lucha: quiero probarme a mí mismo que hay felicidad en la desgracia; que la desgracia que resulta del amor de lo bueno, de la constante aspiración a la virtud, de la lucha con todos y con todo, es la única felicidad digna del hombre. La tristeza que siento, la que aún he de sentir, es un deleite.

Marzo 14. Por la mañana

Reina a bordo la alegría. Yo estoy alegre porque Marién lo está. Se anuncia la tierra: la vagabunda gaviota, errando por encima de las aguas, asegura que no está distante la playa que buscamos: hoy todo el mundo se ríe; todos los rostros se desarrugan; todos los corazones palpitan; hay benevolencia en las miradas; hay ternura en las palabras.

Marién y yo hemos ido a dar la buena nueva a nuestro enfermo. La sabía: nuestro contento lo animó, y hablamos y reímos y cambiamos esperanzas. Un marinero nos dijo que veríamos a Cádiz por la tarde. Marién se sintió desvanecida de placer.

—Pues qué —preguntó— ¿vamos a Cádiz?

—Sí, señorita: no tenemos víveres, y tenemos que arribar.

—¿Es decir, Bayoán, que si queremos nos quedamos en Cádiz?

—Yo la creo.

—¡Vamos a decirle a papá que queremos quedarnos...!

Y vio la tristeza del anciano, que tal vez pensaría en su soledad, y mirándolo con expansión, le dijo:

—Y usted se vendrá con nosotros: pasaremos en Cádiz o en un pueblo cualquiera de la costa algunos meses; usted se pondrá bueno, y entonces...

—Irán a buscarme a Madrid.

—Pero qué Bayoán, ¿tú te vas a Madrid y nos dejas?

—Sí, pero no te entristezcas: no estaremos separados mucho tiempo.

—No, no estaremos separados mucho tiempo; y como siempre, pasarán los meses... Esto es terrible... siempre buscando pretextos.

—Pero, alma mía, por Dios...

—Si Bayoán viene a España a trabajar, a merecerla a usted, es preciso separarse, es preciso...

El anciano calló, porque una mirada de Marién, llena de desesperación, casi colérica, le obligó a guardar silencioso. Me disgustó aquella muda irritación, y la miré severamente.

—Pero si es verdad —contestó a mi mirada—; no solo tú, sino él también...

El enfermo sonrió paternalmente, y con acento paternal, le dijo:

—Es porque los quiero a ambos.

Y tuvo arte bastante para volver la conversación a su principio. La esperanza ahogó el temor, y Marién volvió a gozar de la esperanza.

Por la tarde

Esas velas lejanas anuncian ya a la risueña Cádiz: son barcas pescadoras. Marién y yo las contemplamos desde popa: la tarde es hermosísima: Marién lo está de alegría. A cada vela que distingue lanza una exclamación: si estoy distante me llama; me la enseña; me pregunta cándidamente el puerto donde irá, se lamenta del pobre pescador, obligado a peligros tan terribles por amor a su familia; mira al cielo, y lo compara con el cielo de América: la atmósfera le parece tan limpia como allí, tan pura como las brisas de sus campos, el vientecillo que nos trae los perfumes de la costa. No la vemos todavía, porque es baja; pero ese velo transparente, flotante entre el horizonte y nuestro buque, tiene a mis ojos un abultamiento sensible, que me asegura la tierra. El Sol se ha puesto: el cielo está lleno de blancas nubecillas; de luz de color, el horizonte; nuestros corazones, el suyo sobre todo, de placer.

Marzo 15. Por la mañana

Es ya imposible la duda: mis ojos no me engañan; eso es tierra. Después de una navegación larga y penosa, ¡magnífico espectáculo el de esa tierra, que luego nos cansa y apeara!...

¿Y en el mar no es lo mismo? ¿no me acaba de probar esta navegación que en dondequiera que hay hombres, allí están los pesares, la amargura, las vilezas, la maldad? Preferible es la tierra: en ella hay espacio bastante para huir del hombre en el mar, el espacio es la muerte.

¡Tierra, esperanza de un mes de sufrimientos, te bendiga!

—¿En qué piensas, Bayoán?

—En ti: en tu alegría, en la que con ella me procuras; en la felicidad de que vamos a gozar, cuando ya en tierra, nos olvidemos de los sinsabores pasados y nos entreguemos al placer de vivir para nosotros.

—¿Es decir ya no te separas?...

—Aunque tenga que hacerlo, estaré a tu lado lo bastante para gozar del asombro que va a causarte España, que tú crees tan sombría, tan triste, tan sin Sol. En el mes que viene resucita el campo, tú verás, qué de flores en los prados, qué de pájaros en los árboles, qué de árboles en los llanos, en las colinas, en los valles, tú verás qué torrentes tan veloces, tú verás qué montañas tan azules, y en su cima, qué nieve tan juguetona, cuando la toca el Sol: tú veras qué formas y fantasmas, qué de líneas y arabescos y contornos, blancos, azules, de color de rosa, en donde no hay otra cosa que un poco de nieve que corona a un monte, y un poco de Sol que ilumina: tú verás, tú verás que España es bella. Mira esas playas: aunque el invierno las ha desolado, sus árboles empiezan a verdear; sus llanuras a cubrirse de yerbas y de plantas; sus collados a engalanarse; sus pájaros a cantar. Mira a la izquierda: ¿ves un punto en el cual el color de las aguas se aclara?; por allí desemboca el río Guadalquivir, cuyas márgenes encantadoras admiraremos juntos.

—¿Qué es aquello? Es un pueblo, ¿no es verdad?

—Sí, es Rota.

—¿Y aquellos edificios blancos que se destacan del azul del mar, bajo esa atmósfera azul, y que más que ciudad, me parecen la realización de un sueño?

—Eso es un cisne; el cisne del Atlántico: eso es Cádiz. Entretente, mirando los caprichos de óptica que hace la luz al cruzar por el medio de las mil torrecillas, de los millares de flechas, de cruces, de veletas que coronan las casas, los templos y los edificios públicos.

—Es una ciudad bellísima. Me encanta el contraste del azul del cielo y de las aguas con esas casas blancas, con esas ligeras torrecillas: me parece que es un cuadro encantador que veo al través de un cristal mágico, pero lo que más me gusta de la ciudad, es su blancura.

—Es, alma mía, que Cádiz es el recuerdo de una parábola de Jesucristo, de unos sepulcros blanqueados... Pero mira a la izquierda.

—¡Cuántos pueblos! ¿cuáles son?

—Los puertos. Esos más próximos a Cádiz, los hornos en donde hierve y se prepara la regeneración de España; el arsenal y la escuela de marina. Pero contempla a Cádiz, que quiero decirte lo que ha sido esa ciudad. Hace algunos años, pocos o muchos a un tiempo, fue el refugio de la fuerza nacional, de un poder, después muy decaído, entonces magnífico y grandioso: aquí vinieron las Cortes; aquí se constituyó España: aquí dio un paso gigantesco, que dado con valor, la hubiera hecho andar los siglos que le faltaban para llegar al XIX: aquí el patriotismo, la abnegación heroica, el espíritu elevado, han dejado una atmósfera que respiro con placer. Aquí... no me oigas, Marién, aquí murió España. Estaba atacada de decrepitud: tuvo un recuerdo de los tiempos pasados; se empeñó en ir atrás, pidió lo que una desgracia feliz le había quitado, y por una magnanimidad que el individuo debe siempre tener, pero no un pueblo, por una magnanimidad que a mi pesar admiro, se hizo un ídolo de un hombre, santificado, es verdad, por la desgracia, pero hombre al cabo, y que al volver... tápate los oídos... mató a España. Y era un momento feliz el de la pobre nación: acababa de comprender que la cobardía del genio de la audacia le era propicia, le era favorable: aquella cobardía que el genio purgó tan rudamente, le devolvía las fuerzas ya perdidas, la despertaba de su largo sueño, le daba la conciencia de sí misma, encendía sus venas en el fuego santo de la independencia. Debía comprender que lo que más le indignaba era lo que más debía alegrarla: lo que se llevó Napoleón eran ideas viejas, ideas inservibles. Si en vez de llamar el pasado, hubiera tenido valor para seguir evocando el porvenir, España sería un pueblo digno de aquel año; Cádiz un recuerdo feliz para el esclavo... Pero ¿qué ruido es ese.

—Es el ancla: fondeamos: ¿tú no ves? ya hemos llegado.

Salí de mi abstracción, deseché la tristeza que sentía, levanté la cabeza, y vi muy cerca del barco la ciudad del año doce.

Marzo 17

¡Adelante, adelante...!

¡Y esos ciegos no ven que, despidiéndonos del puerto, embarcan con nosotros a la muerte...! ¡Qué les importa...! ¡Con tal que el enfermo no inficione a Cádiz, con tal que no llegue a España la temida enfermedad de las Antillas!

—¿De dónde, Capitán?

—De Cuba.

—Allí está el vómito negro: no se puede entrar.

—Pero si...

—No se puede.

—Miren ustedes que vamos a morirnos de hambre.

—Eso no, Capitán: aquí hay provisiones, se acercarán las lanchas... no importa que se acerquen... Con tal que nadie suba a bordo... solo el contacto produce el contagio, y con tal que pague usted las provisiones, otra vez a la mar.

—Pero, señor, si no tenemos ningún enfermo de vómito.

—No importa: usted no sabe...

—¿Cómo no he de saberlo? ¡Disentería es lo que padece el enfermo de a bordo...!

—¡Basta, basta: adelante: adelante...!

¡Y una ley nos obliga a seguir navegando, tal vez a naufragar y precipita la muerte de un hombre...! ¡y una ley perniciosa se sostiene, y ordena una crueldad, y la obedecen...! ¡y una ley perniciosa mata a un hombre, y «lo hizo la ley: la ley no es crimen...»!

¡Anciano sin ventura...! ¡no hay remedio: la muerte lo llama y morirá: morirá abandonado, y su cadáver tibio, como resto ya inútil, arrojado al mar...! ¡Anciano sin ventura...! no hay remedio: la muerte lo llama y morirá. Él lo presiente: su lividez repentina me lo dijo esta mañana. Estaba junto a él, cuando nos comunicaron la orden de salir del puerto: bajó la cabeza: al levantarla, estaba lívido: aquella lividez era un mundo de presagios funestos, de dolor, de angustia.

Acabábamos, Marién y yo, de ofrecerle un vaso de leche y un pan recién hecho. Después de beber con ansiedad la leche, contempló el pan tristemente y nos dijo:

—Es el último que comeré.

Marién lo distrajo; pero no ha podido distraerse de sí misma. Se acuerda de las palabras fatídicas del enfermo; se entristece viendo el buque alejarse de Cádiz, y hace poco, al levar anclas el buque, me decía:

—Tengo miedo: me parece que va a sernos funestos el resto del viaje. Yo no sé qué presentimiento doloroso me domina: tengo ganas de llorar.

Marzo 18

Despojados de verdura, elevan sus picos los cabos de Trafalgar y de Espartel. Ambos recuerdan un día funesto para España: aquí su esperanza no engañó a Nelson; aquí su heroísmo engañó a los españoles.

Avanzando, como avanzamos, ceñido el aparejo del barco por babor, vemos tendido en el declive de una colina, a Tánger: en la costa fronteriza, a Tarifa, monumento eterno de la bárbara sublimidad de un padre: más adelante, Gibraltar; al frente Ceuta, el Código penal de España amurallado desafiándose, en fin, las dos penínsulas, como se desafían las aguas del Océano y las del Mediterráneo, que invadidas en el Estrecho por aquellas, rugen y se abalanzan, produciendo esas corrientes pavorosas. Navegamos por el mar que fertiliza a España, que besa a la inmortal Italia, que gime en las costas de la dormida Grecia, que arrulla el sueño eterno del Egipto. Este mar es la historia del mundo: lo que arrastran sos olas, son recuerdos; lo que gime en sus rompientes, la humanidad entera. Yo veo en estas aguas, yo veo en estas olas, los siglos corriendo inútilmente, los acontecimientos empujándose, las elecciones del tiempo pasando vanamente, los hombres desapareciendo, los pueblos buscando, anhelando, destruyéndose. Si me fuese posible llorar, en vez de sentirme enajenado de admiración, lloraría...

Pero ¿a qué llorar? Si el pasado es un libro que encierra lecciones utilizables, que guarda cuidadosamente los males y los bienes, la fórmula de la felicidad posible y el grito de la desventura, para leer bien en ese libro, necesito los ojos enjutos.

Marzo 20

Estamos en completa calma, y en frente de Gibraltar. Lo avistamos ayer, y a una hora que nunca olvidaré. Eran las cinco de la tarde: el cielo estaba negro; el espacio entre el cielo y el mar, envuelto en brumas: todo a mi alrededor estaba triste, el aspecto de todo era siniestro. El Sol quiso iluminar el cuadro, rompió los vapores que le negaban paso, brilló un momento con rojiza luz, y se ocultó después. Era más densa cada vez la bruma: la Sierra de Bullones, Ceuta, toda la costa visible del África se desvaneció tras la niebla palpable; toda la costa de España se ocultó en su sombra: solo Gibraltar seguía visible a nuestros ojos.

Contemplaba, sumido en la tristeza con que embargan los recuerdos de la historia, la desnuda roca tan adversa a España, cuando atrajo mi atención un sordo cuchicheo: dos viajeros se comunicaban una noticia infausta. Al volverme hacia ellos, se aproximaron a mí, y sin otra palabra precedente, me dijeron:

—Murió.

—¿Quién, quién ha muerto?

Y un rayo de luz cruzó por mi imaginación, y turbado y convulso, corrí, sin esperanza de engañarme, a la segunda cámara.

Y había muerto en efecto, solo, absolutamente solo, sin un brazo amigo que lo sostuviera, sin un acento consolador que lo animara, el desdichado que por recuperar la perdida salud, o acaso con la triste esperanza de morir a distancia de su patria, se había embarcado con nosotros.

Allí estaba el cadáver: aún se apoyaban sus manos descarnadas en el borde de la estrecha litera; aún estaba en sus ojos sin luz el último anhelo de vivir; aún había en sus labios entreabiertos la última sonrisa de amargura, la última acusación a sus hermanos, la última delación del desamparo en que había cesado de existir.

El alma ya no estaba...

En esa razón suprema, tan distinta de la rastrera que nos enorgullece; en ese espíritu de luz, tan inaccesible a las sombras que eternamente ennegrecen el del hombre, residen la verdad y la justicia, empiezan la reparación y el premio, y es necesario que el alma de aquel que hoy yace oculto por las olas, como materia podrida, que inútil ya, se arroja, libre de sus hierros se acoja al alma universal, y goce de la paz que no gozó. Abrigo esa esperanza; el ser que aquí abajo ha padecido, el ser que en el mundo ha apurado la hiel del infortunio, si se presenta ante Dios, es imposible que no sea escogido... Es imposible que no vaya a Dios el alma torturada, que sin una queja, sin un lamento, que anuncie su eterna separación, huye del desamparo de la tierra.

¿No se vengan las almas amparándose en Dios...?

El alma no está aquí... ¿dónde amparándose en Dios...? En vano consulto ese cadáver; en vano pregunto a ese pedazo de materia muerta; en vano pido a esos ojos, reveladores antes de los misterios del alma que les daba luz; en vano agito esta masa inerte. Ni un movimiento; ni una mirada... ¡nada, nada...! ¿Y para llegar a esto, seguimos el camino que seguimos? ¡Imposible...! Este hombre era bueno: amaba la virtud, y por amarla, hizo de su vida un sacrificio. Consultemos esos ojos otra vez: serenidad, limpieza, un *algo* misterioso, parecido al tranquilo placer de que gozamos, cuando hemos satisfecho las ansias de virtud de la conciencia... El alma no está aquí; pero está la esperanza.

Ella me anima; ella, fortalecida en mi interior, disminuye la fuerza del remordimiento que me punza.

Si yo hubiera permanecido cerca de él, tal vez nuestras fuerzas unidas hubieran ahuyentado a la muerte; tal vez mi voz hubiera conseguido un plazo: ¿es acaso insensible la muerte...? ¡Pero yo, que como todos olvido la desgracia, contemplaba con ansia la costa, en tanto que otro hombre arribaba a esa otra costa, tan sombría, tan oscura, tan temida, llamada *Eternidad*: yo, con la sonrisa en los labios, quería, a pesar de la niebla, ver esas playas que busco, en los momentos mismos en que el mortal angustiado disipaba las nieblas y descubría otra playa lejana, distante del mar de la vida; llena de esperanzas para unos, llena de temores para otros!

Silencioso delante del que fue mi amigo, meditaba en la nada de la vida, esperaba en el todo de la muerte.

El rumor de una voces confusas me distrajo de mi dolorosa meditación. Agrupados a la entrada de la cámara, miraban con miedo o con horror el piloto del barco, algunos pasajeros... la curiosidad parodiando a la tristeza.

Una palabra provocó otras, y tras de las primeras quedas y respetuosas, vinieron otras irreverentes, y entre ellas, éstas:

—Parece un Santo Cristo.

Una carcajada fue el premio del símil, el pago de la entonación irónica con que fue pronunciado.

—Es verdad; se parece: solo que Cristo tenía los pies agujereados y éste los tiene sucios.

No fue una carcajada; fue la explosión de la alegría del diablo, la que contestó a aquel epigrama infame. En mi alma, contestó la cólera. Levanté la cabeza: busqué con los ojos chispeantes, los ojos de aquellos miserables, y cuando vi que todos bajaban la cabeza, la bajé yo también, y salí de la cámara diciéndome:

—¡Tienen razón esos infames...! ¡Se parece a Cristo: defendió, como Cristo, una idea; fue, como Cristo, víctima de la ingratitud de su patria, y ha muerto como él, teniendo sed...!

¡Ha muerto...! ¿Quién, al ver a estas gentes, se atreve a asegurar que ha muerto un hombre...?

¡Ha perdido la tierra uno de sus hijos...! ¿Quién descubre en los que quedan esa falta...? ¿quién adivina en la indiferencia, en la frialdad, en el sarcasmo, el paso de la muerte...?

¡Ha muerto un hombre...!

¿Y qué...?

¿Es necesario que los que sobrevivimos, manifestemos pesar, nos condolamos de la ausencia eterna del ser que, hace poco, seguía nuestro camino, respiraba la vida que nosotros...?

No es necesario.

Sobre el cadáver tibio, una carcajada, una ironía, un chiste, son mejores demostraciones que la hipócrita tristeza, que la lágrima forzada.

No es necesario llorar ni entristecerse: la muerte contamina a la existencia, y es preciso olvidar el fin inevitable de ésta, y espantar a la muerte con sarcasmos.

¿Y no hay nadie...?

No hay nadie: ¿quién se atreverá a lamentar la muerte de un desgraciado que nada poseía, que arrastraba su cuerpo repugnante por en medio de cuerpos que embellece el bienestar? ¿quién se atreverá a lamentar la muerte del hombre ya de sobra? ¿quién se atreverá a echar de menos a un hombre, más que hombre, espantajo asqueroso de la vida? ¿quién se atreverá a tener vista entre ciegos, oídos entre sordos, valor entre cobardes, si espíritus groseros que no ven, si almas insensibles que no oyen, si corazones de lodo, sin valor para no ser infames, cantan y ríen y se mofan del cuerpo inanimado? ¿quién osa no cantar, no reírse, no mofarse? ¿quién tiene bastante gravedad para no burlarse de la ridiculez de la muerte? Si ellos, al reírse, la combaten, ¿quién osa alejarse de los vivos? ¿quién no alínea con ellos? ¿quién no arroja su piedra al no ser...?

Es una verdad terrible; pero es verdad, y la escribo...

¿Para qué...?

Todo el mundo la sabe como yo...

* * *

Decaía la tarde, más triste, más siniestra cada vez; la niebla se espesaba más y más. Apoyado en una de las bordas, abismada la vista en el mar, contemplaba la bruma, la oscuridad creciente, la amenazante Gibraltar, y pensaba en el mundo, en los hombres, en la historia, en la vida, en la muerte...

De aquella confusión de mis ideas, brotó una reflexión amarga: el único pedazo de tierra que iluminaba la moribunda luz, era Gibraltar. Mientras más lo miraba, más vehemente se hacía mi pensamiento, y pensando, y juzgando, y recordando, me olvidaba del mundo de los hombres, por mirar en mi mundo interior... Había una idea: yo no sé qué misteriosa asociación la produjo: solo sé que tuve miedo. Oscurecía: la niebla, levantándose del mar, fue envolviendo el peñón, que visto de perfil, tenía entonces la forma de un sepulcro; la niebla era el sudario...

Oí —yo no las dije—, en el fondo de mi ser interior, estas palabras:

—¡Es verdad, es verdad...! Gibraltar es el sepulcro de las glorias de España. ¡Felipe V las sepultó aquí, y aquí reposan para siempre: los sepulcros de piedra no producen nada!

Las nieblas lo ocultaron todo: el mar seguía gimiendo; el barco flotando, la tristeza agobiándome...

Miré a mi alrededor, miré dentro de mí, y tuve miedo otra vez.

Bajé a la cámara: las mujeres, reunidas allí, delataban con su silencio su pavor.

Dos pavores distintos: el mío, no sé de qué, tal vez de mí, que con un pensamiento sombrío, evoco las sombras de mi alma, y me complazco en contemplarlas: el pavor de las mujeres, de la muerte... ¡Mentira...! de un cadáver. ¡Para temer a la muerte es necesario meditar en ella, y el miedo no medita!

Muchas de aquellas mujeres, silenciosas entonces, escarnecían poco antes a aquel hombre, que muerto, les causaba espanto, que vivo, les causaba risa.

Las únicas que ignoraban el funesto suceso, eran Marién y su madre: aquélla, acostada, por ceder a nuestros ruegos, desde el mediodía, y ésta, sentada, cerca de su cabecera. Guardaban silencio: presentían: la muerte se adivina, se mezcla con el aire, se respira. Yo quise alejar de su imaginación aquel presentimiento; pero no pude hablar.

Reunidas alrededor de una mesa, y agrupadas, empezaban a hablar en voz baja las mujeres: fueron bajando poco a poco, sus padres, sus maridos, sus amigos, y estalló una conversación a gritos, una carcajada general, vencimiento atrevido del espanto: después, empezaron las quejas por el abandono en que habían quedado; comunicación del temor que la tristeza de la noche les causaba: preguntas sobre el suceso de la tarde; miradas a Marién para ver si estaba atenta; palabras silenciosas en que se recomendaba cuidado al hablar, para no ser oídos, porque Marién, enferma como estaba, y...

—¿Qué me importa...?

¡Y era una mujer quién lo decía, y esa mujer, momentos antes, lloraba de miedo, y esa mujer era madre, y sus hijos, estimulados por su insensibilidad, hicieron gala de ella, y contaron a gritos la muerte del anciano!...

Marién se incorporó: abrió los ojos desmesuradamente, se estremeció, hizo un esfuerzo, se apretó el corazón con ambas manos, y dejó deslizarse una lágrima...

El ruido de una carcajada la secó.

Subí, presintiendo la verdad, a la cubierta. No me engañaba: era verdad lo que temía: los hombres seguían celebrando la muerte de otro hombre.

Acababan de sacar sobre su cubierta el cadáver, ya frío. Se hacían los preparativos necesarios para deshacerse de los restos inútiles de un hombre. El piloto, los marineros y todos los curiosos, rodeaban el cadáver: con una luz en la mano, se enseñaban entre sí los concurrentes, la espantosa concavidad de aquellos ojos, el hundimiento de aquellas mejillas, la rigidez de aquel cuerpo. Una palabra burlona, un movimiento grotesco, provocaban las risas. Colocaron el cuerpo encima de una lancha, y mientras que implacable, la niebla humedecía el cadáver, implacables los hombres, cantaban su «de profundis», clamando a Dios por su justicia eterna, con palabras obscenas, con sarcasmos infames. Introdujeron los restos en un saco, dejando por fuera la cabeza: una bala a los pies.

El mar estaba ansioso de recibir su presa.

¿Por qué no se la dieron?

No era tiempo: no habían transcurrido las horas necesarias, las horas de esperanza, en que se cuenta con la bondad de Dios con una resurrección posible, con todos los engaños halagüeños de la crédula y amante caridad.

Todo estaba en silencio, y el cadáver, solo. Me acerqué, y me puse a meditar.

De aquellos ojos sin luz, de aquella boca sin voz ¿salió alguna voz para mi corazón, salió alguna luz para mi pensamiento, que al levantar la cabeza y encontrar a Guarionex, meditando como yo, me sonreí?

Sí; de la muerte, vino a mí la esperanza de la vida.

* * *

Esta mañana, de pie, cerca del camarote de Marién, conteniendo con una mano los latidos de mi corazón, con el oído atento, esperaba la temida hora en que fuera a hundirse en el mar el calabozo de un alma. Rodó por la cubierta una cadena... me estremecí. Y mientras el oído seguía los rumores de arriba, la vista espiaba la fisonomía de Marién. Otra vez se arrastró la cadena... me estremecí otra vez. Marién dormía. Conmovió la cubierta la caída de un cuerpo... me apreté el corazón. Marién dormía. Un cuerpo pesado cayó el agua, retumbó... La madre de Marién despertó asustada; yo le impuse silencio, señalando a su hija que dormía, y que no había despertado, haciendo así más soportable nuestra angustia.

Habían pasado las horas de esperanza —doce horas— y arrojaron al agua, hombre, saco y esperanzas.

Cuando subí a cubierta, todo había terminado.

¿Terminado...?

¿Terminan las infamias cuando empiezan? Faltaba cumplir con un deber: el difunto tenía algo suyo, y era preciso un inventario. Llamados, como testigos, todos los pasajeros rodeamos al Capitán, al piloto y al que servía de amanuense.

Un baúl: esos eran los bienes de un hombre que había contribuido a la existencia de un pueblo.

Acostumbremos al alma a soportar todos los pesos: démosle el pesar de repetir la escena.

El amanuense leyó:

«Inventario de Fulano.»

—Don Fulano —dije yo.

Me miraron: leyeron bien en mis ojos, bajaron la cabeza.

«De don Fulano de tal, natural de tal parte, pasajero de segunda cámara de la fragata *Ache*, fallecido en tal día, y en tal hora.»

—Esta bien: escriba usted.

Dijo el Capitán, abriendo el baúl:

—Una camisa.

—Era rico, y por eso era espléndido —exclamó, consiguiendo una explosión de risa, uno de aquellos miserables.

—Tres pares de calzoncillos.

—Ya decía yo que aquello, más que un hombre, era un cuchillo.

Y la gente se agrupó, para admirar la profundidad del chiste: los calzoncilos estaban, en efecto, rotos por mil partes.

—Una cartera.

—¿A ver lo que contiene...?

Guarionex se interpuso, y la cogió, diciendo con acento severo:

—Capitán, no hemos venido aquí para oír chanzonetas repugnantes; hemos venido a cumplir con un deber: la manera de hacerlo es indigna, es cobarde.

El que más lo había sido, enrojeció de cólera, y dirigió una mirada rencorosa al generoso anciano: lo imitaron los otros y se agolparon alrededor de ambos, y murmuraron, y provocaron sordamente.

Guarionex los miró uno por uno, y clavando los ojos en el más audaz, pronunció lentamente estas palabras:

—Un hombre honrado no se arrepiente de indignarse: lo repito, es una cobardía el querer convertir en objeto de burlas y de escarnio el cumplimiento de un deber sagrado. Que mientras vivió el desdichado, lo persiguieran ustedes con sus risas, lo comprendo: para muchos de ustedes, era una acusación viviente, porque les hacía recordar que eran hombres, y que a pesar de serlo, veían morir a un hombre con la misma indiferencia con que a un perro; pero muerto, merece el respeto del olvido... Esta cartera con lo que contiene, vaya cerrada como está, donde va lo demás, Capitán.

—¡No, que se abra...!
Y otras voces gritaron:
—¡Que se abra...!
—Debe seguir como está —dijo otro anciano, avergonzado sin duda de no haber encontrado antes en su alma un movimiento de indignación para aquellas vilezas.
—¡Que se abra, que se abra...!
—Debo abrirla —dijo el Capitán, sonriéndose, y mirándonos a Guarionex y a mí con ironía, mientras que aparentaba ceder a los clamores.

La cartera se abrió: Guarionex y yo pronunciamos algunas palabras coléricas, y nos retiramos a presenciar de lejos el fin del inventario.

—Pasaporte para España.
—¡Ya lo ha tenido para el otro mundo...!
A cada comentario, nuevas risas; nuevos epigramas, a cada nuevo objeto.

Había el último sido comentado a completo placer de aquellas gentes, cuando cogiendo un manuscrito, leyó, dictando, el Capitán:
—Memorias de...
—Me pertenece, Capitán —grité, abalanzándome sobre el manuscrito. El Capitán lo retiró, y me dijo con acento irónico:
—¿Es usted heredero...?

Ahogaron su voz las carcajadas, y tal vez mi ademán. Lo miré intensamente; tendí la mano, señalando imperativamente el manuscrito; lo recibí, y mirando uno por uno a aquellos hombres, dejé estallar a mi cólera, y grité:

—¡Ustedes no son hombres; son unos monstruos de infamia y cobardía...!

Todos, a un tiempo se arrojaron sobre mí. Crucé los brazos, los miré con desdén, me sonreí, acepté con la cabeza cuantas provocaciones me hicieron, y me alejé lentamente.

Poco después terminó el inventario: cuando todos fueron alejándose, estaban a mi lado, Guarionex, un anciano, y dos jóvenes.

¿Qué me importa el odio de aquellos miserables, si había seres a mi lado que condenaban su conducta y defendían la mía...?

¡Ah...! No me importan los males que me traiga su odio: pero me abisma en la amargura su monstruosidad moral. Creyente ciego en la alteza del espíritu ¿puedo yo, sin dolor, sin un quejido, sufrir el desencanto con que me abate la bajeza de estas almas?

La seguridad absoluta que acabo de adquirir del odio de mi alma hacia lo malo ¿compensa la tristeza en que la sume la existencia patente de la pequeñez y la maldad?

En calma todavía, seguimos delante de Gibraltar; seguimos en el mismo espacio de agua que oculta el cadáver del anciano.

Ahí están conversando indiferentemente los mismos que ayer lo escarnecían. ¿Y viven esos hombres, y...?

Mi razón ha encontrado una verdad:

«La muerte sirve para algo; para algo se lleva a los que sufren.»

Marzo 21

Aunque el viento es contrario, caminamos: la esperanza del puerto me reanima.

Voy a dar a Marién mi alegría.

—¿Por qué no te levantas...? El Sol está brillante; los campos de la costa, sonrientes. Ven a verlos, luz mía.

—Estoy mejor aquí: aquí no hay gente, y puedo entregarme sin temores a todos los desvaríos de mi imaginación.

—¿Tú no ves, alma mía, que el placer que te causa la soledad de tu pensamiento, es una asechanza que el dolor te pone?

—¡Es imposible: si vieras, Bayoán, qué dulces ensueños distraen mi soledad...! ¡qué placentera tristeza me domina cuando pensando en nuestro amor, sin nadie que aceche en mis ojos mi emoción, pienso en ti, y en la dicha que a ambos nos espera cuando, dentro de poco, nos unamos para siempre...! Mi madre me lo ha dicho: «En cuanto lleguemos a Madrid, os uniréis»: ¿es verdad, Bayoán? Dímelo, dime que has vencido los obstáculos que tú mismo habías puesto a nuestra dicha; que vas a premiar mis sacrificios...

—Es verdad lo que tu madre ha dicho: ordenados mis asuntos, nos casamos: he pensado en la necesidad que tengo de ti, de tu amor, de la dicha que me da.

—¡Egoísta...! ¿Y en la mía no pensabas? ¿No veías que yo también necesitaba de ti, de la seguridad de tu amor, de la dicha que me da, del perpetuo mirar en el fondo de tu corazón...?

Cuando el cielo, después de un nublado pertinaz, brilla con un rayo de Sol, ¿no inspira al alma mayor alegría, que cuando brilla el Sol constantemente, y es constante el azul en el cielo...?

La sonrisa de Marién, iluminando entonces su rostro hasta entonces envuelto en las sombras del dolor, fue para mi alma lo que el rayo de Sol en un cielo nublado.

La miré intensamente, y confundiendo su alma con la mía, le contesté:

—Yo no soy egoísta: soy sincero ¿vale el placer volandero que te daría una mentira dulce la emoción que te procuro, enseñándote mi corazón cual es? ¡Para casarnos, no ha habido otro obstáculo que mi anhelo de ser digno de la felicidad que me dará tu posesión: para ser digno de la felicidad igual, necesito mis sueños, necesito estar contento de mí mismo; pero has tanto sufrido por mi culpa...!

Me interrumpió con una súplica callada, tan llena de felicidad, desmintiendo mis palabras con tal vehemencia; brilló su rostro con colores tan vivos; se esparció con tal encanto, en su frente, en sus ojos, en su boca, el puro bienestar de que gozaba, que creí en la posibilidad de su ventura, en la eficacia de mi amor.

Quise mezclar el dolor con el placer, para hacerlo más puro, y proseguí:

—Has luchado tanto por mí, por mis caprichos; con tal violencia me han acusado las penas que te causo, que necesito de ti, de tu corazón, de tu espíritu, de tu presencia, de tus palabras, de la confesión incansable de tu amor, de la confidencia mutua de nuestras emociones, del abandono completo de tu vida en mí, para poder vivir sin sentir el dolor de verme acusado por mi conciencia.

—Háblame. ¡Háblame así toda tu vida, Bayoán de mi alma...!

Un movimiento descompuso la ropa que cubría su seno, y los brazos que buscaban mi cuello, cayeron presurosos sobre el seno, encendido como el rostro y palpitante, porque debajo de él latía un corazón.

Marzo 25

Viento contrario todavía: aún estamos cerca de Málaga: al acercarnos a ella esperábamos estar hoy en Alicante.

Si solo de mí se burlara el tiempo, me vengaría de su burla con mi indiferencia; pero burla los deseos de Marién, cada día más delicada, porque cada día pierde una esperanza, y me impaciento y me desespero y lo maldigo todo.

¡Si pudiéramos desembarcar en el primer puerto que encontremos, su contento bastaría para curarla... pero aquí, obligada a encerrarse en su camarote, por el frío, por la humedad, por la tristeza que la oprime cuando ve la del cielo y de esas playas; aquí, obligada a encerrarse en sí misma, rodeada de seres insensibles, que matan con su frialdad los pocos placeres que procura la comunicación social de pensamientos y de sensaciones; aquí donde sufren los únicos cuyo contento pudiera animarla, cuya alegría hacerle olvidar la tristeza que de ese cielo sombrío, de esas playas desoladas por el paso del invierno, va a su corazón; aquí donde me ve luchar con cuantos me rodean, donde me ve sufrir, porque sabe que sufro cuando está mi corazón obligado a no latir, porque no laten otros; donde me ve intranquilo, porque no puedo confiar en nadie; donde ve que está mi espíritu aprendiendo a comprender el placer de la venganza, el áspero goce de las pasiones malas, se recoge en sí misma, se entrega a dolorosos desvaríos, sueña despierta con una felicidad cuya tardanza la exaspera, y se abata y decae y se muere...!

¡Se me muere...!

Yo no sé como puedo sufrir este tormento...

Me arrancan el corazón; me quitan el aire que respiro; me dan una vida que no es vida, condenado a recordar y a maldecir. ¡Y sin embargo mi cruel imaginación me lo repite...!

Cada vez que veo a Marién, con los ojos rodeados por un círculo azul, con las sienes hundidas, con las mejillas sumidas, sin color, o con el de la fiebre que me espanta, «se me muere» —me dice la imaginación—, y me obliga a seguirla por el espacio inmenso de sus sombras.

Desde el día en que murió el desdichado que por un misterio del alma, a pesar de su desanimación nos animaba, ha decaído su salud. Aquella noche, velando sus padres y yo su sueño inquieto, sentimos descender a nuestros corazones presentimientos sombríos. Deliró toda la noche: cuando a los recuerdos de su amor se mezclaba el de la muerte del anciano, se estremecía su cuerpo, su respiración se hacía anhelante, y aparecían en su rostro las impresiones que interiormente debían agitarla. La despertábamos, y después de mirarnos con tristeza, si la proximidad de la pesadilla no había borrado sus recuerdos, se llenaban de lágrimas sus ojos, y de suspiros su pecho. Una vez despertó sobresaltada; me buscó con la vista, cogió una de mis manos, respiró con expansión, y pronunció algunas palabras incoherentes. Al ver la soledad de la cámara, preguntó qué hora era: recibida nuestra contestación nos replicó:

—Pues sí duerme todo el mundo ¿por qué están ustedes despiertos? ¿estoy yo enferma? ¿qué tengo? ¿qué necesidad hay de velar?

Después de sonreírme tristemente, nos dijo a su padre y a mí, que le habíamos contestado con la afectación del disimulo:

—Ea, a acostarme, porque ustedes no saben mentir, y si vuelvo a verlos aquí, creeré por sus respuestas que estoy muriéndome.

Temerosos de asustarla, nos fuimos a nuestro camarote Guarionex y yo.

Cuando a la mañana siguiente me acerqué cautelosamente a su litera, dormía con tranquilidad, y tuvo la suerte, que bendije, de no despertar al ruido que se hizo en la cubierta; pero a pesar de nuestra conversación; a pesar de las promesas que le hice en ella; a pesar del bienestar que le dieron mis palabras, por la tarde estuvo triste, se encerró en un silencio doloroso, se quejó de frío, tuvo estremecimientos repetidos, caía en una somnolencia momentánea, y parecía perseguida por temores crueles que a nadie confió. Durmió intranquilamente y al despertar por la mañana, estaba pálida, tenía hondos surcos alrededor de los ojos, y una excitación nerviosa, casi más dolorosa de observar que de sentir.

Estando aquel día cerca de ella, sus padres y yo hablamos —ocultando el dolor que esta ironía de las circunstancias nos causaba—, de nuestro matrimonio. Ella escuchaba y sonreía; pero vagamente, como si no comprendiera el valor de las palabras, como si luchara por recordar que aquéllas habían significado alguna vez su dicha. La fiebre fue ligera; el sueño, reposado.

Ayer, su mirada era tranquila; su sonrisa, dulce; sus palabras, cariñosas; su atención, segura. Se sentía bien; de nada se quejaba. Deseó levantarse: al anochecer, alegres porque la fiebre que temíamos, ni encendió su semblante ni le causó el desasosiego que en las noches precedentes, volvimos a hablar de nuestro probable enlace.

—¿Se realizará? —nos dijo. Y yo le contesté:
—Depende de ti.

—¡De mí! Si de mí dependiera, unidos ya, no estaríamos aquí.

Esta queja involuntaria, reveladora del estado de su alma, me produjo un dolor, no por ligero, menos agudo ni punzante.

Se arrepintió de su queja, me miró con bondad, y prosiguió:

—No depende de mí: de ti depende: sin los obstáculos que para ser felices encontrabas en ti mismo; sin tus crueles temores de provocar la maledicencia de las gentes, viviríamos felices en nuestra patria; pero... Perdóname otra vez; aunque no quiero, vienen a mis labios estas quejas.

—Evítalas, si te son dolorosas: a mí no me hacen daño.

—¡Soberbio...! Yo soy débil y no tengo esa pasión: si me amas, ya unidos, dejarás por mi amor de ser soberbio.

Hizo un gesto gracioso, e intentó chancearse. Riéndose me dijo:

—Voy a contar tus defectos: soberbio, ambicioso... ambicioso de gloria, es verdad, pero ambicioso al cabo... Son muchos más, pero no quiero pensar más que en el último, que es el que me causa más temores: quieres hacerme feliz, que nos casemos ¿no es verdad? ¿y tu ambición de gloria?

—La han matado.

—¿Quiénes?

—Los hombres, y tú.

—¿Cómo?

—Ellos, con su maldad, que no merece el sacrificio de un alma: tú, con la violencia del amor que has inspirado a mi corazón, que se tenía por seco, a mi espíritu, que solo de ideas creyó posible ser esclavo, y ahora lo es...

—Dilo, ¿de qué...?

—De una muñeca.

Orgulloso mi espíritu, no concibe el placer sino en lo grande, pero hoy le ha probado esta conversación con Marién que hay también su placer en lo pequeño. Una chanza que produce una mirada: una mirada que delata una dicha tranquila, una satisfacción sin pena, le están diciendo ahora que el placer de las cosas pequeñas es tan feliz como la oscuridad de los hombres que el mundo no conoce: a su pesar se convence, recuerda con fruición la chanza, la bendice mil veces, y mil veces el deseo de distraer a Marién que fue quien la produjo.

Con un dulce abandono, benéfico para ella, delicioso para mí, seguimos conversando. Sus padres, satisfechos con verla distraída, hablaban entre sí, sin prestarnos atención.

—Pues señor, no eres soberbio tampoco: si has sometido tu alma orgullosa a una muñeca... claro es... un alma, así descendida de su altura; ¿qué gloria ha de buscar...?

—Pues hay una que busca con vehemencia.

—¿Cuál?

—La de hacerte dichosa...

—¡Qué bueno me pareces cuando te sonríes así...!

—Porque así, tengo la debilidad de confesarte mi amor...

Ella también se sonrió, pareciéndome buena, angelical, divina.

—No quieras engañarme con esa esperanza. Bayoán: mira que el desengaño me costaría la vida: repítemelo ¿es verdad? ¿nos uniremos para siempre...?

—Te lo he dicho mil veces, alma mía.

—¡No me atrevo a creerlo: cambiar de pensamientos, tú, que te sacrificas a ellos, que has dicho mil veces que estabas acostumbrado a realizar cuanto pensabas...! ¡No me atrevo a creerlo, Bayoán: tú, que por la exaltación de tus pensamientos generosos, protestabas tu pobreza, la necesidad de un nombre, de una posición, de ser útil a los hombres, sacrificándote a tu amor de verdad y a tus ansias de justicia...! ¡ah! No me engañes... Tú sigues pensando como siempre, y por compasión a esta triste, quieres...

—Solo a ti, y nada más. No quiero más que un refugio en tu alma, no quiero más que la completa posesión de tu ser, no quiero más que verte feliz, sonriéndome perpetuamente, y haciéndome olvidar del mundo y de los hombres.

—No, no es posible: tú amas demasiado la grandeza de tu espíritu, amas demasiado las nobles quimeras de tu imaginación; tu alma ama a otra cosa que a una criatura enamorada de ella.

—Hace poco, en efecto, buscando en el fondo de mi alma, me parecía ver un horizonte inmenso, un espacio sin fin en que volar. Amaba a los hombres, y compadecido de sus errores y apiadado de sus efectos funestos sentí el anhelo de sacrificarme y de imitar a los pocos que, mártires de un pensamiento generoso, pasaron por el mundo, escarnecidos y oscuros, dejando sin embargo en pos de sí, una memoria eterna y venerable, un rayo de luz inextinguible; pero hoy, seco ya mi corazón, abatido mi espíritu, fatigado el pensamiento, me pregunto a mí mismo qué bienes me ha dado el pensar, el abatir mi espíritu, el secar mi corazón, y cuando veo que lo único que logro es ser infeliz, ser expuesto a las risas y a las burlas, porque paso por loco, y a los locos se les tiene compasión con el sarcasmo, me arrepiento de todo, echo de menos la felicidad perdida, la llamo, y al encontrarla en ti, me abalanzo hacia ella, y la sujeto...

—Momentos de amargura nada más... Se calmará tu cólera, volverás a anhelar lo que anhelabas, y si no por creer encontrar tu ventura, por orgullo volverás a dirigir tu espíritu al fin a que lo has acostumbrado.

—No, Marién mía: no es la amargura que me dan los hombres; es la necesidad de ser feliz, de verte venturosa.

—¿Y tu anhelo de justicia?

—Por ese anhelo seré tuyo: sería injusto si siguiera obligándote a sufrir por buscar la ventura de los que no la merecen.

—¿Y tu amor de verdad...?

—En donde el de justicia: son dos rayos divergentes de un mismo foco.

—¿Y la patria?

—No la olvido. En vez de hacer lo que el cóndor, haré lo que el gusano; en vez de volar me arrastraré...

—¡Cuánta amargura encierra tu corazón, amado mío...! ¡Ah! Dulcifícala con un poco de dicha tranquila, sin brillo, sin grandezas. Si los hombres te dan razón a cada instante para sentir amargura e indignación, huyamos de ellos: volvamos a Cuba o a Puerto Rico, y en sus campos... ¿Qué tienes Bayoán? ¡Te has demudado!... ¿por qué has palidecido así...? No finjas, no sabes: ¡Ah! No me engañas... ¡Tú quieres que te crea, y mientras me prometes la dicha que espero de ti, tú no la esperas y te prometes en silencio buscarla en tus quimeras, no faltar a tus propósitos, arrojarte en esa vida de tormentos que secarán tu corazón y te harán inútil para la felicidad...!

Una tras otras, las lágrimas que salieron de sus ojos, cayeron en mi alma. Pensé rápidamente en mi pasado, y me espanté: quise ver el presente, y tuve miedo. Solo Marién me prometía paz: me arrepentí de mi vacilación, y lo que antes por animarla, repetí entonces con pasión, con fuego, con verdad.

Marién creyó: siguió llorando, pero con llanto dulce que alentaba su espíritu y era benéfico a su cuerpo antes convulso.

—Júramelo, Bayoán, para que crea.

La miré con pasión, y le dije:
—¿Por quién quieres que jure?
—Por...
—No: por ti. Juro por ti que antes del mes de junio seremos nuestros ante los hombres, como hoy lo somos ante nuestras conciencias.

Me tendió una mano: la besé respetuosamente: sentí el puro placer de verla gozar de un momento de felicidad, dado por mí; la distraje con palabras amorosas y la vi entregarse al sueño con el mismo abandono con que a mí.

Marzo 28
Ella ha dormido, mientras yo velaba: ella murmuraba blandamente: «vamos a casarnos», mientras que yo me repetía, asustándome: «se lo he prometido: solo eso la salva»... Veía en su rostro su contento interior, mientras que aquí dentro luchaban los deseos de mi corazón con las ansias de mi espíritu; mi sensibilidad, con mi razón; mi deber con mi ventura; mi conciencia consigo misma. Ella sonreía; y yo, bendiciendo su sonrisa sentía los gemidos de mi alma... «No quiero gloria, no quiero justicia, no quiero verdad...» ¿Puedo yo no querer...? ¿puedo olvidarme de mí mismo, que he sacrificado a esos deseos, mi infancia soñadora, no feliz: mi adolescencia reflexiva, no indiferente; mi juventud austera, no anhelante...?

Porque he visto que los hombres no pueden ser lo que esperé que fueran, me arrepiento de tener un espíritu buscador de lo grande, y reniego de todos mis pensamientos generosos. Y maldigo la necesidad de la virtud. ¡Y me río amargamente de mi arrogancia, que pretende encontrar la felicidad en el dolor...!

¡Qué débil soy...!

¿Qué me importa que los hombres sigan la senda que siguen, y ofendan con su indiferencia y su miserable pequeñez lo mejor que hay en el hombre, escarnezcan al que sigue un camino distinto, ultrajen la virtud, y se tengan por felices, y lo sean...?

Si el pensamiento, buscando con cuidado, encuentra siempre la necesidad del bien; si el alma, cansada del vacío de una vida fácil, sin tormentas, concibe su ventura en la lucha; si la conciencia busca la lucha, como el alma, el bien, como el pensamiento ¿por qué me dejo arrastrar en un momento de cansancio, de cólera o de envidia, y quiero convertirme en indiferente o en malvado...?

Si en vez de resistir, me abandono a la corriente y me dejo arrastrar por lo que veo, me hago indiferente, y soy, ante mi conciencia, responsable de las infamias, de los vicios, de los crímenes que vea sin conmoverme, sin clamar contra ellos con mi alejamiento de los que los cometen. Si en vez de seguir con valor por donde quiere mi espíritu que siga, siento demasiado las espinas del camino, y por dolor y por falta de esperanza lo abandono y adelanto por el fácil de seguir, me espera la maldad, distante un paso de la indiferencia.

Meditemos...

Yo vi dos caminos: uno llano y otro áspero. ¿Fue por virtud o por soberbia, por lo que emprendí el segundo?

Caminaban por el llano multitud de hombres: iban contentos los unos, silenciosos los otros, indiferentes muchos, ninguno llorando con lágrimas visibles. Moví los labios desdeñosamente, y al ver el camino áspero, y al ver los pocos que seguían por él, y al conmoverme con las señales de dolor que había en sus rostros, mi orgullo me dijo: Escoge ése; lo transitan pocos: mi corazón clamó: Vamos a sufrir con los que sufren...

La soledad del camino me encantó, y empecé a caminar. Cuando me sentía cansado, me detenía a reposar, y nunca pensé que aquel camino era tan triste como decían algunos que cruzando senderos transversales, pasaban del nuestro al camino llano.

Mas un día, llegado a una eminencia que me había costado trabajo subir, vi más abajo, cerca del otro camino, un valle delicioso, con todos los encantos que la perspectiva y la lejanía le daban, y con todos los placeres que ofrecían sus flores, su luz, sus fuentes cristalinas, sus pobladores, alegres, risueños, audaces, felices. Miré cerca de mí, y comparé: un cielo triste, un horizonte oscuro; una pendiente interminable, con su cresta envuelta en sombras; precipicios insidiosos, delante, detrás, alrededor; seres sin juventud, casi sin sexo, meditabundos, tétricos, agobiados, sin ventura. Tuve deseos tumultuosos, que aguijonearon mi fantasía y dieron languidez al corazón...

Algunos de los que conmigo caminaban, se alejaron precipitadamente, tapándose los ojos; pero otros, entregando sus sentidos al placer, a la luz, a la armonía, buscaron un sendero y lo siguieron presurosos. Yo seguí vacilando, pero una ráfaga de viento trajo a mi oído una armonía sensual, y no pude resistir y me precipité por el sendero que habían seguido los otros. Ya en medio del sendero, y viéndome solo, angustiado por la indiferencia de los que iban delante, que no quisieron detenerse y esperarme, llorando su sordera y maldiciendo mi credulidad, me arrepentí y quise retroceder; pero el sendero, fácil al venir, era difícil al volver; su suelo, antes seguro, resbalaba entonces, y yo resbalé y caí. Fatigado y sin fuerza en el espíritu, volví los ojos al valle, lo vi incitante, y cruzando por él, transfigurados, llenos de juventud y de alegría, mis compañeros sordos: los llamé a gritos, y corrí detrás de ellos, cuesta abajo. Mientras corría, me animaba a correr la esperanza de los goces, y llegué sin vacilación al camino florido.

Aunque de cerca no tenía los encantos que de lejos, recordé que en el otro camino había visto un padrón con esta amenaza, todavía significativa para mí. «Antes de juzgar, medita: si no, serás injusto», y por la costumbre de obedecer al mandato del padrón, no quise juzgar sin meditar.

Los hombres y las mujeres se diferenciaban entre sí, mucho más que en el camino áspero: pero eran menos hermosos de lo que yo había creído desde lejos. Los ancianos, sin saber yo por qué, me repugnaban; no comprendía cómo estaban allí no me explicaba, cómo, siendo caducos los jóvenes y los viejos más vigorosos y más resplandecientes en el otro camino, fueran en éste, los viejos tan decrépitos, tan despreciables, tan sombríos. Solo los niños eran bellos: en todas partes conserva la inocencia su belleza. El cielo era radiante; la luz resplandeciente; las flores, de matices delicados, y olorosas; las fuentes y los pájaros, rivales en suaves melodías.

Con un descontento, que se convirtió poco a poco en amargura, vi que nadie adivinaba ni sentía aquellas bellezas; que el contento y el afán que en aquellos semblantes había, era un reflejo del contento que animaba a los demás y del afán de gozarlo, lo mismo que el encanto que ofrecía una laguna cercana, no era el que tenía sino el que al reflejar en ella, le daba el Sol, reproduciendo en su cristal el cielo, las plantas, las flores, los objetos no distantes. Cuando vi todo esto; y al disgusto de sentirme víctima de un engaño, añadí la punzante tristeza que daba a mi corazón su soledad, me detuve a pensar, y volví otra vez a arrepentirme. La gente que pasaba me dirigía miradas de extrañeza, no comprendiendo cómo en medio del movimiento, del tumulto y del contento, estaba en mi rostro la tristeza, y en mis ojos la irresolución.

Seguí caminando poco a poco. El anhelo de gozar de aquellos goces me empujaba adelante, mientras que me llamaba hacia atrás mi soledad. Me decidí a buscar un compañero, y lo busqué: en el primer momento, todos me recibían con placer; pero apenas conversaban conmigo, se encogían de hombros, me miraban con asombro, y seguían su camino. Empecé a sentir cólera y desprecio, y tal vez me hubiera vuelto a mi antiguo camino, si al medir con los ojos la distancia, no hubiera visto que estaba muy distante. Hice un esfuerzo para atraerme a algunos de los transeúntes, y conseguí, imitándolo en todo, hacerme amigo de uno. Aunque yo no quería, nos reunimos con otros, y unas veces indiferentes, otras veces gozosos, seguimos caminando.

Un día eché de menos mi reflexión, me avergoncé de no pensar, me disgusté de aquellos placeres que nunca me dejaban satisfecho, me indigné de mi indiferencia, y quise volver a meditar; pero al comunicar mis pensamientos, resultado de mi meditación, me escarnecieron, y por evitarme el dolor de despreciar a los que amaba, me puse una venda en los ojos, y me dejé guiar. Ya bastante adelantando en el camino, encontré a un hombre que caminaba en sentido contrario. Venía, según dijo, de muy lejos: traía el cabello enredado; los ojos, centelleantes; la boca deprimida, sonriendo extrañadamente; las ropas, descompuestas. Todo el mundo lo miraba; todos le impedían el paso; todos los empujaban, lo ofendían con sarcasmos, lo ultraban con palabras infamantes. Él, con la cabeza sobre el pecho y con los brazos en actitud humilde, caminaba despacio su camino. Yo me compadecí, y le ofrecí mi ayuda.

—Vente conmigo —me dijo.
—¿A dónde vas?
—Al camino difícil.
—¿Dónde está?
—¿No lo sabes?
—¡Ah! sí, me acuerdo: un camino pendiente, con abismos, sin flores, sin pájaros, sin luz... No vayas a él, porque es muy triste.
—Lo sé.
—Pues ¿cómo vas?
—Porque en él no hay engaños, ni falsos placeres, ni falsa virtud, ni felicidad prometida y no otorgada.
—Aquí tampoco hay eso.
—¡Pobre niño!
—¡Pobre!... ¿y por qué?
—Porque te engañas o te engañan.
—Sí, me han dicho que aquí todo es placer, que no se sufre, que... Adiós, mis compañeros me llaman: no puedo abandonarlos; ven con nosotros.
—No; pero te espero allí...

Y mientras yo corría a reunirme con los míos, seguí la dirección de su índice, y vi lo distante que estaba del lugar que me indicaba. Mis amigos se burlaron de mí, porque me había detenido a conversar con aquel hombre, de quien hablaron con cólera, al principio, y después, con desdén. Lo defendí, y me ultrajaron: el ultraje no me hirió, me produjo un desconsuelo que convirtió su duración en ira, y empecé a sentir la soledad del pensamiento.

Aunque lo deseé, no me sentí con fuerzas para volver atrás, porque el otro camino estaba lejos, y por debilidad seguí adelante. El camino, más hermoso cada vez, era incitante entonces porque en uno de sus lados se ofrecía, al corazón y a sus sentidos, una floresta por cuyos árboles entrelazados cantaban su amor los pajarillos, murmuraban amor los manantiales, infundían amor la hermosura y la gracia que tenían allí su residencia. Mis compañeros entraron denodadamente; yo me detuve; me oprimí el corazón que latía violentamente; me apreté la cabeza para no desvanecer; aspiré con temor, y respiré con frecuencia; después, los seguí. Antes de llegar a la floresta, me había maravillado muchas veces la extraña desarmonía que sorprendí entre casi todos los que en el nuevo camino había encontrado, y yo me había espantado muchas veces de la soledad de mi corazón, que en vano llamaba a otros corazones; me había irritado la soledad de mi pensamiento, que después de buscar inútilmente un pensamiento hermano, se había replegado sobre sí mismo, y entre el desdén y la ira, había ido acostumbrándose a sí mismo; pero hasta entonces, ni los hombres me habían parecido repugnantes, ni mis amigos despreciables, ni me habían parecido infames sus acciones. Vi como ultrajaban con su ansia grosera aquella hermosura delicada; cómo aquellos seres delicados resistían, sonriendo, el ímpetu de aquellos deseos, y empecé a ver un abismo entre los hombres y yo.

El abismo se ahondaba, a medida que la soledad de mi pensamiento me inspiraba el deseo de romper todos los velos que ocultaban la verdad, y llegó un día en que aquel camino tan hermoso me causó horror; en que el perfume de sus flores me pareció hediondez: en que la mujer me pareció un esqueleto envuelto en carne modelada —a pesar de esto, amable para mí por no ser fuerte— y el hombre, un monstruo de pasiones y deseos, sujeto a una cadena —de que era eslabón cada uno de ellos— suficiente casi siempre para impedirle romperla de un esfuerzo, pero no para resistir a la lima, al esfuerzo constante, al empuje solitario y tenebroso... Me entristecí, y busqué la soledad.

Fui sin sentirlo caminando en dirección opuesta, retrocediendo a mi camino antiguo. Me irritaban las miradas; me aguijoneaban las sonrisas; me exasperaba la ironía de las gentes, pero seguí huyendo de ellas.

—¿A dónde vas? —me preguntaban.
—No lo sé.
—¿Y por qué no caminas con los otros?
—Por no ir con ellos.
—¿Es decir, que por orgullo caminas contra todos?
—Por orgullo.

Fatigado unas veces y colérico otras, vacilé; y quise dejarme arrastrar por la corriente; pero un hombre que quiso detenerme, me dijo, dudando de mi fuerza: «No tendrás valor para seguir», y yo por desmentirlo, seguí caminando contra la corriente. Caminaba sin fuerza, sin esperanza de otra cosa mejor, por orgullo, por probarme que podía dirigir mi voluntad, a pesar de mí mismo. Fui poco a poco, habituándome al dolor, y un día me dije sin oír a mi soberbia: «El dolor encierra la felicidad», y fui concibiéndola en la desgracia, y probándome prácticamente que el cielo más nublado oculta siempre un Sol.

Había tardado mucho; pero había llegado otra vez al camino difícil. De todas las que de él había llevado, no me quedaba más que una esperanza. Ni un dulce engaño, ni una ilusión, ni un recuerdo de placer ni un resto de fe en mis hermanos. Sin embargo, los amaba: no los veía, no me encolerizaba su persistencia en el error y el vicio, y el pensamiento acorde con la conciencia, que me gritaba: «ámalos para ser bueno», me obliga a amarlos.

Aquel camino sombrío tenía su luz, agradable a mi espíritu, porque, para verla, era preciso disipar las sombras. Aprendió a disiparlas y fue viendo: a medida que veía, mi odio a la maldad de los hombres se convertía en piedad, en conmiseración, en ternura: mi desprecio a sus vicios, en indulgencia; mi horror a sus errores, en pasión por la verdad, por la justicia, por la virtud. Solo para mi indignación no hallé remedio; todas las pequeñeces de los hombres me causan indignación, me someten a esa dolorosa tirantez de espíritu, tanto más torturadora cuanto más la sujeto y la domino.

Animado por la seguridad que da la certeza de que existe la virtud, sigo resignado mi camino. Voy dejando en sus cuestas pedazos de mi corazón; voy olvidándome de mi juventud, de mis deseos, de la felicidad fácil por hallar la difícil, por acatar mis deberes, por llegar a la vejez de mi espíritu antes de que el tiempo haya arrugado mi frente y la calma de las grandes pasiones aquietado mi ansioso corazón.

* * *

«Sigue entregada a tu sueño feliz, enamorada adolescente: devuélvante la salud, el reposo y la esperanza; y confiando en tu amor y en la pureza de tu espíritu tendré fuerzas para seguir por el camino áspero.»

¡Qué dulcemente ilumina su rostro la esperanza!...

Está soñando... Soñará conmigo... Murmura mi nombre blandamente...

Si en vez de dormir, velara su madre, le rogaría que me dejara imprimir en esa frente un beso, tan casto como ella; pero duerme también, abandonada a la esperanza, y no puedo sin ser indigno de su confianza en mí... ¿Y acaso encontraría el deleite que busco en una caricia, que el temor de la sorpresa convertiría en delito...?

Soñando todavía...

«¡Qué hermosos nuestros campos!... cielo azul... aire puro... ¿No es verdad Bayoán, que la vida es más fácil en este paraíso que en aquella tierra desolada...?»

¡Qué melodiosamente resuenan en mi alma sus palabras!...

¡Qué emoción tan extraña!... ¡Parece que sus palabras resbalan por mi interior!... Y ahora, la melodía de su voz me produce un dolor... ¡Es que su voz ha llegado a mi conciencia, y siento el remordimiento de haber arrancado a ese ángel de su edén!

Sí, sí, me acuerdo... aquí, bajo estos árboles, el beso... ¿No oyes los sinsontes...?

¿Qué es lo que duerme en ella?... El espíritu vela: el recuerdo de aquel beso, tan lleno de deseos, ha encendido su rostro como entonces... El mismo ademán que entonces, para huir... El cuerpo, obediente al pudor, cambia de postura... Pesa sobre el corazón... Respira mal; la sangre se agolpa en su semblante... Es un sueño penoso.

«¡No!... Yo no quiero volver a aquel país.»

¡Qué rudamente conmueven sus gritos mi corazón!...

«¿No lo ves?... La muerte nos acecha!... Mírala allí... va dirigiendo el timón de un buque... ¿No oyes su risa?... ¡Piedad!... ¡Piedad para ese pobre!... ¡Bayoán, Bayoán!... ¡Defiéndeme!... ¡Gracias a Dios! ¿Tú no la has visto?... Cogió al anciano y lo botó al agua... Si tú no me defiendes... Pero tú eres poderoso hasta con la muerte!...»

¡Qué espantosa carcajada!... Parece la ironía del dolor... No han sido mis sentidos los que la han oído... Ha penetrado más adentro... Aquí en el corazón... ¿qué es su dolor, comparado con la angustia que recorre mi ser y me está ahogando...?

¡Conciencia! ¡Si eres tú la que así me atormentas, dime de una vez lo que deseas...! ¿No fuiste tú la que escogiste entre los dos caminos...? ¿no fuiste tú la que creyendo ver una luz en las tinieblas, me indujiste a buscarla, ensordeciéndome a los gritos del corazón que se despedazaba? ¿no fuiste tú, quien sancionando mi amor, lo hiciste inmenso...? ¿no fuiste tú, quien para hacerme grande, quien para hacerme feliz en mi desgracia, me diste a probar el dolor, como anticipación de un deleite que el placer da...? ¿no fuiste tú, quien, viéndome combatir con mi amor y mis deberes, me impulsaste al cumplimiento de éstos, asegurándome con tu extraña persuasión, que de ellos y de los dolores que me están costando brotaría mi amor purificado, mi ventura digna de ti...? Pues entonces, conciencia, ¿por qué sigues torturándome...?

¡Sí... te comprendo: te ríes de la desproporción que existe entre tú y lo humano de mi ser...!

Pues entonces ¿por qué no te avergüenzas de combatir con lo que es débil? ¿por qué no te avergüenzas de vencer lo que crees pequeño...? Haz iguales las armas, y verás quién vence.

Si luchas contra el alma... ¿qué eres tú...? Mi alma te ha seguido a todas partes, y ha sabido sostenerse en la región que tú... No puedes desdeñarla.

Si luchas contra el corazón... ¿eres insensible...? ¿no te conmueven sus dolores, sus eternas congojas, el valor con que ha sufrido hasta ahora su martirio...?

Mezcla de todo, flaca y fuerte, me inclinas por soberbia a lo difícil, me ciegas para que te crea, me amenazas para ser obedecida, y, cuando acostumbrado ya al dolor y al silencio, adelanto resignado en mi camino, me detienes, gritándome: «¡te espera el precipicio...!»

¿A dónde dirigirme...?

Si unida a mi espíritu, me ordenas el sacrificio de mi corazón, me precipito.

Si unida al corazón, me ordenas el sacrificio de mis ideas, el sacrificio de mi espíritu, también me precipito.

¿A dónde dirigirme...?

Hay un camino transversal entre los dos caminos. Tienes razón; pero no quiero seguirlo: soy demasiado orgulloso para aceptar los medios, y demasiado observador; para no ver que casi todos los que seguían los caminos intermedios, iban a parar siempre al del vicio... Si el vicio tuviera encantos para mí, seguiría su camino; pero me has hecho infeliz con tu severidad, conciencia, que todo lo que no es limpio, me da asco, y hay ojos en mí —tal vez tú misma— que ven en el fondo de las cosas y no hay apariencia que los ciegue.

¡Seguir los caminos transversales...! ¿Sería yo lo que soy, si desoyéndote, hubiera imitado a los que van por ellos...? ¿habría en mi interior las sombras que lo envuelven...? ¿tendría mi espíritu este exigente deseo irrealizable de ver lo que no hay...? ¿tendría mi corazón la fuerza pasiva con que está resistiendo a la desgracia...? Caminante de la senda de espinas, necesito cruzarla hasta su fin: ¡dame tu ayuda, conciencia...! Si no me la hubieras prometido, otro camino más fácil seguiría.

¡Vuelves mi pensamiento al ser a quien debo mis únicos placeres...! Aceleras los latidos del corazón, que espera su ventura de ese otro corazón, que, hasta en sus sueños, llama al mío... Incitas a mi imaginación, que como siempre, se anticipa el dolor y el placer, y está gozando... ¿Te inclinas, pues, a mi felicidad y me permites que confunda mi alma con el alma amada...?

¡Qué feliz sería yo...! La vería renacer; disiparía las sombras que la envuelven; la haría creer en su ventura; tal vez conseguiría dársela...

¡Unidos...! ¡ah! ¡unidos...! ¡qué felices seríamos los dos...! La mutua confidencia de todas las ideas; la eterna confesión de todos nuestros secretos; el perpetuo desplegar el velo que oculta al alma; la incesante sonrisa de agradecimiento por el bienestar recibido... Viviríamos en nuestros campos... Su soledad, su silencio solemne, el olvido del mundo, el alejamiento de los hombres, el amor de los pocos que vieran nuestra dicha, la educación de nuestros hijos... ¡Sí, sí! Concibo esa felicidad, la deseo, la estoy buscando; pero oponiéndose a ella, y acechándola, están las promesas hechas a mi espíritu, el ansia del bien de los hombres, que me obliga al sacrificio, para lograr —también lo sé por todo premio—, no el perfeccionamiento de los hombres, no la paz de la virtud, el remordimiento de haber arrastrado conmigo a un ser delicado, digno de la felicidad que le arrebato... Sí, lo comprendo, lo veo todo... No, no te sonrías, conciencia. Si esa sonrisa, con que quemas mis labios, quiere decir la satisfacción de tus deseos, yo, a quien te subyugas, te desdeño; eres cobarde...

Si significa tu inmolación en aras de la ventura de otro ser, dame la luz, guíame, condúceme al camino que quieres que recorra. Yo no sé cuál seguir: el áspero, aun cuando la haga accidentalmente feliz uniéndome a ella para siempre, seguiré creyendo en mis deberes, lo sacrificaré todo por cumplirlos, y la haré desgraciada, y tal vez a otros seres inocentes; porque, si el egoísmo de la felicidad corta sus alas a mi espíritu y me retiro a vivir para ella y para mí, irán a buscarme a mi retiro los recuerdos de mi juventud; me perseguirá el fantasma de mis deberes no cumplidos; me inquietará el remordimiento de no haber obedecido los preceptos de Dios, que ordena al espíritu su martirio, en bien de otros espíritus, y seré desgraciado, y la haré más desgraciada, porque su desgracia, como la mía, será lenta, destilada gota a gota.

Si sigo el camino fácil ¿a dónde arrojo yo las ideas adquiridas, las largas meditaciones sobre el fin del hombre, los recuerdos inextirpables del pasado...? ¿Con qué fuerzas soporto yo las pequeñeces, las miserias doradas, las realidades infames de apariencias seductoras...?

De no tener fuerzas para contener mi indignación, mi cólera, los gritos de mi alma siempre estimulada y siempre dolorosamente, tengo que ceder y flaquear, y deslizarme... y entonces, el alma gemela de la mía, la madre de mis hijos, es infeliz también.

¿Qué hago, conciencia...?

¡Ah! Su dulce acento resbala por mi alma como la melodía lejana por el ansioso oído...

¡Qué dulcemente calma su voz mi agitación...!

Brillando en sus labios su sonrisa... Esa luz disipa las tinieblas de mi alma.

«¡Cuántos sacrificios nos ha costado ser felices...! ¡ah! No quiero el cielo... La tierra, a tu lado, un paraíso... Mira los ángeles allí... él se parece a ti... ella a mí, en lo mucho que te quiere.»

¡Y yo me quejo de los hombres...! ¿Cuál de ellos inventaría para dañarme los tormentos que yo para llegar al fin que me he propuesto...?

El sueño profético de esta criatura idolatrada está anticipándome la dicha que tal vez no lograré, y mientras que mi corazón late acorde con ese corazón que nunca duerme, está mi pensamiento levantando el velo de lo desconocido, mi espíritu estudiándose, mi razón penetrando en las tinieblas...

¡Maldito sea el momento en que me juré el conocimiento de mí mismo...! ¿Y por qué he de maldecirlo...? ¿No ha sido ese momento el único glorioso de mi vida...?

Espera, ten valor, corazón. Si tu infelicidad es necesaria, sé infeliz.

El alma posee el misterio de su felicidad, y no la quiere hasta que la domine y la maneje...

Las seis de la mañana... alejémonos de aquí: Marién va a despertar, y no quiero que sepa que soy tan cruel conmigo mismo, que aun después de sorprender sus sueños, me niego a escucharlos y a obedecer la voz profética que he oído.

Marzo 29. Por la noche

El barco se parece a mí: quiere andar, y se lo impiden los vientos contrarios: si acostumbrado a ellos: no pide ya los vientos favorables, lo empuja velozmente el vendaval; los vientos contrarios lo detienen y lo exponen a la acometida repentina de la tempestad: el vendaval, favoreciéndolo, lo arriesga a naufragar. Hemos corrido ese riesgo durante todo el día: el Capitán, aconsejado por el miedo de sus pasajeros, ha resuelto pedir puerto en Alicante.

La alegría de Marién me devolvería los deseos, si los hubiera agotado el sufrimiento: tengo deseos de llegar a puerto.

Abril 2

Al fin llegamos; al fin nos permitieron desembarcar: han tenido la magnanimidad de reparar un error, y convencidos de que no había vómito en Cuba, y de que la defunción del enfermo que traíamos era efecto de un mal crónico, nos han permitido saltar a tierra: cuando Marién puso en ella el pie, su emoción era tan viva, que apenas la permitía respirar.

La mañana era deliciosa: en alta mar, seguía nublado el cielo, aquí estaba despejado: el Sol empezaba a producir la grata sensación que serpea por las venas cuando entibia el aire en los primeros días de primavera.

Después de descansar, fuimos por la tarde a ver una casa de campo: nos agradó, y nos instalamos en ella; la familia para esperar la llegada del verano; yo, por complacerla y satisfacer los deseos de Marién, que no quería, que entrada ya la noche, me pusiera en camino.

El contento que produce la tierra, después de una navegación, el placer de haber terminado la penosa que hemos hecho; la separación de personas, suficientemente perversas para inspirar odio a corazones amantes; la vista de multitud de objetos, a pesar de muy vistos, nuevos para el viajero; la serenidad de un cielo limpio; la grata variedad de las plantas, de los árboles, de los montes; los recuerdos que despierta el campo; el feliz abandono en nosotros mismos, y la dicha de vernos reunidos en donde la presencia de otros seres no nos distraiga de nosotros ni dé al corazón la pesadumbre involuntaria que hace el alma —para aumentar su bienestar—, entre lo que hoy lo produce, y lo impedía ayer, nos han dado uno de los días más felices; a mí, el más feliz de mi vida, porque observando a Marién, he visto que el estado de su cuerpo depende del estado de su alma; su salud, de su descontento interior: la sensación de síntomas funestos, del placer que disfruta.

Al separarnos esta noche, resplandecían todos los rostros.

Voy a dormir, por anticiparme el momento de soñar; soñaré con un ángel; será Marién.

Abril 27

¿No me ha dado ella el ejemplo? ¿por qué no la imito? ¿por qué tiemblo? ¿por qué me desconsuelo? ¿por qué vuelvo atrás la vista, estremeciéndome con presentimientos dolorosos...?

¿No te basta, corazón, la seguridad de que hay otro corazón que repite tus latidos, que siente tus palpitaciones de alegría de tristeza...? ¿no te avergüenzas que el suyo sea más fuerte? ¿no lo viste en su sonrisa, tan llena de esperanzas?... ¿no te basta la del día, no lejano, en que lo poseas por completo...?

Ese día llegará... yo no puedo negarme la dicha que no me niega Dios.

Marién, descansa; cumpliré mi promesa... No me bendigas... no es amor, es egoísmo. Cedo a mis deseos, obedezco a los gritos de mi alma, me doblego al temor de la desgracia.

Hace pocas horas, mirando dentro de mí, recordaba el cansancio que unos cuantos días de tregua y de contento me han causado, me afirmaba en los propósitos de entregarme de nuevo a la lucha a que me llaman mi espíritu y las persuasivas sugestiones de una experiencia, cuanto más amarga, más anhelante del bien, y ahora, emprendido el camino, me arrepiento de haber empezado a caminar, echo de menos la dicha que hace poco me cansaba, y me convenzo de que necesito de mi felicidad, hasta para volver a combatir...

Hace años que estoy viendo una luz tras de las sombras, una seguridad consoladora tras la prueba. ¿Cuándo llegará el momento en que, guiado por la luz, camine con paso firme...?

Abril 29. En Madrid

Aquí me tienes, Madrid. Vengo a pedirte lo que tú no das: te he sacrificado mi adolescencia; vengo a sacrificarte mi triste juventud.

Yo llegué aquí, lleno de esperanzas... las mataste: ansioso de gloria y de virtud... trocaste mi ansia en desaliento; anhelante de saber... me diste una sonrisa.

Me refugié en mí mismo; pero un día me espantó mi soledad, y huí de ti.

Las brisas de mi patria me calmaron; pero iba haciendo lentamente sus efectos el veneno que infiltraste en mí, y el anhelo de gloria me arrancó de mi retiro.

Aquí me tienes, metrópoli de los vicios de España; impura cortesana, que imitadora de las que alberga tu recinto, atraes y sonríes para hacer llorar y llamas a la virtud para desencantarla, a las imaginaciones turbulentas para desesperarlas, a las almas intranquilas para hundirlas en el dolor y la amargura, y a pesar de tu fealdad monstruosa, consigues sujetarlas. Arrastrado por un destino, que bendigo y maldigo, y guiado por mi voluntad, vuelvo a buscarte.

Aquí me tienes, Madrid... ¿Qué hay en tu atmósfera que apenas la respiro, me cuesta trabajo respirar...? ¿qué hay en tu recinto, que apenas llego a él, siento abatimiento y desconsuelo...? ¿qué hay en la luz, que te ilumina que tan extrañamente presenta los objetos...? ¿por qué a los ociosos que pululan en tus calles, les da las apariencias del afán del laborioso? ¿por qué inspira envidia la felicidad aparente de esas gentes, que a pesar de su sonrisa, están llorando? ¿por qué hace hermosas esas fisonomías, detrás de cuyos ojos no hay un alma que llore su corrupción? ¿por qué el alma no llora cuando el estómago está hambriento? ¿por qué la ambición toma el color del puro patriotismo; la mentira el de la verdad; la ignorancia el del saber; el egoísmo el del amor de todos; el vicio el de la virtud; la nada el del todo; la negación el de la afirmación...?

Al acercarme a ti, tenía el corazón abierto... lo guardé; mi alma, en los ojos la escondí. La inteligencia, que dormía, despertó... ¿Quiere esto decir que el corazón no significa nada, que la expansión del espíritu es peligrosa, que solo es necesario la inteligencia...?

Yo soy un alma intranquila que busca con afán lo que la intranquiliza... ¿encontrará aquí lo que busca...?

Corazón de un pedazo de la humanidad, de ti parten la muerte y la salud; de ti, las lágrimas, los gritos, los clamores; de ti, los latidos violentos de la indignación, los impulsos de la generosidad, los rayos de luz del pensamiento; y el que piensa y se conmueve y se indigna y oye los clamores y los gritos —para ser escuchado—, viene a ti. Tú das la experiencia, y su compañera inseparable, la amargura; tú infundes la saludable duda; tú inspiras el escepticismo previsor. Al corazón que se conmueve fácilmente, le das palpitaciones lentas; al espíritu que ansía volar, le cortas las alas para que se arrastre y vea despacio; a la razón, que busca fuera de sí lo que hay en ella, después de un desencanto de todos los momentos, le das la feliz indiferencia; tú das la tempestad del pensamiento, para que socavando sordamente las capas misteriosas del cerebro, ruja furioso un día. Para el corazón amante, eres detestable... tú has desterrado al amor: para el alma; funesto... eres asesino de las almas. Para la razón y el pensamiento, tú eres algo; eres la mano que los estrujas sin piedad para producir destilación. Cuanto un alma soñadora y un corazón amante pueden darte, te he dado: dame tú ahora las gotas que destilan el pensamiento y la razón, y cuando, espantado del vacío que haya en mí, busque en vano un recuerdo de ventura, en vez de maldecirte, te bendeciré... habré cumplido mis deberes de hombre, habré llegado al fin de mi peregrinación...

¡Recuerdos de la patria, dulces memorias de mi amor, atrás...!

Abril 30

Así te quiero, espíritu... ¡tirante! Así, corazón, ¡mordiéndome...! Así, pensamiento, ¡luchando...! Así, razón, ¡buscando con anhelo...!

Yo no me engaño: el dolor produce la felicidad.

No es el despecho quien habla: el despecho no da seguridad, y yo la siento: es la seguridad de la razón; la certidumbre.

«¡El dolor produce la felicidad!» ...Mi felicidad es la gloria, una gloria dolorosa, difícil, imposible. ¿Imposible...? ¿Es imposible conseguir la admiración y el respeto de los hombres, amando la justicia, buscando la verdad, venerando la virtud...? Si es imposible en la vida, después de ella, no: la muerte hace justicia... Tendré un nombre... Esa esperanza hasta para sustituir a la felicidad.

¡Gloria, justicia, verdad...! Tres amores distintos, y uno solo.

¡Gloria... el amor de verdad y de justicia me la darán: los esfuerzos por conseguirla, esfuerzos en favor de la verdad y la justicia!

¿Dónde satisfaré mis deseos...? En todas partes. ¿Tengo deberes para con mi patria...? Clamando por su felicidad tan desdeñada, defiendo la justicia; maldiciendo las iniquidades de la historia y probando que la reparación de las injusticias históricas produce la felicidad del pueblo que las repara, defiendo la verdad... ¿Habrá martirio[11] que me inutilice para el placer inmenso que me produciría la fraternidad de los pueblos de América y España, si repetidas por mí se da oídos a las verdades de la historia...? Si me indigno contra la ignominiosa esclavitud, ¿no defiendo a la justicia y la verdad...? ¿a la justicia, que se espanta de la explotación del hombre por el hombre: a la verdad que amenaza con nuevos Louverture...? ¿no están las repúblicas de América, no están Polonia, Italia, llamando a todas las almas elevadas...? ¿no está la historia esperando a un alma virtuosa, que desdeñando la estéril sabiduría de los hombres, busque en ella un rayo de luz para esa pobre humanidad tan ciega...? ¿no está la moral, universalmente conculcada, en el individuo, en la familia, en la política, en los pueblos, pidiendo una mano que descorra los velos y haga ver que detrás de la virtud, detrás del sacrificio, está la recompensa diaria de una conciencia infalible, la recompensa eterna de una justicia necesaria...?

¡Gloria, justicia, verdad, yo llegaré a vosotras...!

El generoso joven no llegó.

El editor de este diario, presumiendo que sus pocos lectores anhelarán la explicación de las frecuentes lagunas que desde aquí en adelante encontrarán, va a decir lo que su amistad con Bayoán, el conocimiento de su carácter y las observaciones sobre él, permiten decir.

Recién llegado a Madrid, la preparación de sus trabajos; la esperanza de resolver el problema de su vida; el noble anhelo de procurarse un porvenir glorioso; la conversión de su espíritu a su patria, en cuya felicidad pensaba con amor; el

---

11 Sí: el martirio de haber perdido el tiempo. (N. de la segunda edición.)

sentimiento de sus fuerzas; la halagüeña certidumbre de que no le engañaban sus pensamientos; los mismos recuerdos de su anterior permanencia en Madrid, dieron a su corazón el aliento que necesitaba para su nueva lucha; pero empezaba ésta, sufridas las contrariedades que todo empeño difícil trae consigo, desmayado su corazón por la falta de una voz estimulante, de un corazón cariñoso que le diera fuerza, volvió a meditar amargamente, y cayó en el desaliento.

Las cartas de Marién, en las que en vano luchaba el amor por vencer a la tristeza, lo abatieron.

Teniendo una de estas cartas en la mano, me decía:

—¿Lo ves, amigo mío? La tristeza la mata. ¡Es imposible que yo pueda acallar los deseos de mi corazón y el remordimiento de haber hecho infeliz a esa criatura! ¡Empujado por mi espíritu, destrozó su corazón y secó el mío...! ¡Y pensar que no puedo detenerme, que una fuerza fatal me precipita...!

Bajo el dominio de estos pensamientos, tomaba resoluciones desesperadas. Se disponía a partir, se detenía ante el recuerdo de sus deberes, y esta vacilación, resultado natural de la imposibilidad de tomar un partido decisivo, lo obligaba a nuevas luchas, que por detenerlo en su camino y no producirle más que desaliento, lo desesperaban.

Su trato con los hombres, que le había impuesto como un deber la observación de que para el logro de algunos de sus fines necesitaba ser conocido de los hombres, era también causa constante de amargura y desaliento. La costumbre de la soledad le hacía insoportable toda compañía: la costumbre de meditar lo incapacitaba para ese cambio fácil de pensamientos y palabras, necesario entre los hombres. Su silencio significaba para los unos orgullo; para los otros, ineptitud. El empeño de practicar todas las virtudes le prohibía los errores que engendraba su carácter singular. Reflexionando sobre las extrañas opiniones que su modestia hacía prevalecer, me decía con su magnánima sonrisa:

—Me tienen por orgulloso los que valen poco. ¿He de ir a probarles que no lo soy, cuando mi conducta con todos y con ellos prueba lo contrario...? Los que creen valer algo, me tienen por inepto. ¿He de ir a probarles que la seguridad de mi aptitud está en mi silencio, cuando el probarlo me impediría el placer de ser modesto? Si ellos creen lo que creen ¿qué me importa? Yo tengo mi conciencia, que es mejor juez que ellos, y que conoce demasiado bien mis defectos y mis cualidades... Que a pesar de mi conciencia, me irrita el error de esas gentes, claro está: todavía no he llegado a la perfección que necesito para no irritarme; harto lo siento... A propósito: ayer, sin ir más lejos, me sucedió una cosa que hoy me hace reír, y ayer me exasperó. Te he leído algo de ese libro que tantas vigilias, que tan largas meditaciones me ha costado, y que por el extraño anhelo de una gloria, mejor que la que dan los contemporáneos, no he dado a luz todavía; tú sabes si ese libro, que solo tú has leído, puede servir de narcótico... Pues bien; resuelto a publicarlo, porque es un grito de mi alma que ya no quiero contener, fui a leérselo a un hombre que a pesar de su nombre merecido, me inspiraba más confianza por su corazón, que esperaba fuera eco del mío. Me presento en su casa tembloroso, y con palabras trémulas y una sonrisa forzada, le digo: Vengo a cumplir mi palabra, le traigo a usted el libro: cuento con sus consejos. Aunque me inquietó un movimiento de desagrado mal oculto, me aconsejé la paciencia, abrí mi manuscrito, y empecé a leer. Como sé que la soledad del pensamiento y su larga incubación, producen siempre algo nuevo, no me extraño el asombro que vi en su semblante; pero me dio confianza, y leí mejor, con más seguridad, con entusiasmo. Arrastrado por él, leí y leí, olvidándome de todo, hasta el extremo de no pensar en nada. Acababa de leer un apóstrofe... aquel apóstrofe que tú calificaste de violento. Está en él tan vivamente repetida la indignación de mi alma, que a pesar de mi modestia o de mi orgullo, quise pedir su parecer a mi oyente... ¡No me oía! Mi libro es un narcótico: aquel hombre dormía profundamente. No fue cólera lo que sentí: la larga mirada con que lo contemplé te hubiera dicho mejor lo que sentía: despertarlo, despertar su bochorno, avergonzarlo de su falta de delicadeza. Cuando despertó, lo estaba yo mirando, y para ocultarse su falta, bajé precipitadamente la cabeza, y seguí leyendo. Cuando vino a casa, la reflexión había despertado mi cólera y fui víctima de ella largo rato: hoy, ya lo ves, me estoy riendo: lo siento por el libro: ya no lo publico: tal vez se dormiría la humanidad y las generaciones venideras me culparían de su sueño.

A pesar de la severidad de su carácter, Bayoán se chanceaba algunas veces: la singularidad de sus chanzas consistía en que para chancearse, elegía los momentos de desesperación. Cuando su frente estaba sombreada por un disgusto violento, después de dar riendas al disgusto, empezaba a sonreírse inopinadamente; pocos momentos después, se burlaba de sí mismo. Esta era la extraña lógica de su carácter: nunca se reía de las ridiculeces de los hombres, se indignaba con los que de ellas se reían, pero cuando una injusticia lo ponía en movimiento, cuando una pequeñez lo molestaba, siempre concluía por burlarse de sus defectos, con los cuales disculpaba las faltas que con él se cometían.

Uno de los pesares que más lo abatieron, fue el que le produjo su falta de recursos que le impedía la creación de un periódico; medio, a sus ojos, no solo de conseguir un nombre, sino de llegar a uno de los fines de su vida. Era demasiado amante de la verdad y la justicia, para no amar la libertad;

pero se negaba a someter sus ideas a otras ideas, y quería defender la libertad y pedir la justicia y aclamar la verdad, sin someter sus opiniones a otro hombre. Sin un periódico propio no podía realizar sus deseos, y la imposibilidad de fundarlo, lo apesadumbra. En la creencia firme de que la prensa es uno de los medios que más rápidamente llevan al fin que un alma generosa se propone, cuando anhela el perfeccionamiento de la humanidad, se decidió a emitir sus ideas en un periódico: no pensando en sí mismo, no habló como hombre de partido; su partido era el bienestar de su patria: rechazaron dos de sus escritos, por ser un punto de vista demasiado elevado, y no volvió a escribir.

Entonces empezó a angustiarse: ya no era la lucha de su amor con sus deberes; ya era la lucha de su corazón con su espíritu, lo que le detenía; eran los hombres; eran los mezquinos intereses de los hombres; eran sus pequeñeces, sus miserias. ¿Podía salir vencedor de tantas luchas...? Yo lo vi en aquellos días, y me espanté del estado de su alma.

No era bastante; era preciso más; él lo decía: «yo sufro, luego valgo», y cuanto más valía, más dolores lo probaban.

Sus amigos contribuían también a su desgracia: le manifestaban afecto y lo aplaudían, cuando dejándose arrastrar por el amargo convencimiento de que solo así lo comprendían, hablaba con desprecio del mundo y de los hombres; esta debilidad lo avergonzaba, se arrepentía de ella, y volvía a encerrarse en su silencio. La austeridad de su carácter y la constante incubación de sus generosos pensamientos, lo presentaban a los ojos de casi todos ellos, como un hombre intolerante, cuando él lo toleraba todo, puesto que los toleraba a ellos, como un hombre incapaz de expansión, cuando no había rasgo de ingenio no mordaz, pensamiento feliz, acción laudable, movimiento de sensibilidad, que no lo exaltaran, que no lo entusiasmaran. Él era una inteligencia vigorosa, y ellos talentos de salón o de café; él era un alma ansiosa de lo bueno y de lo grande, y ellos, almas indiferentes a lo grande y a lo bueno: él era una razón amante de verdad, y ellos, la prueba terminante de que la razón casi nunca es otra cosa que la diferencia entre los hombres y los brutos: él pensaba mucho y ellos poco; él hablaba poco y ellos mucho: ellos aplaudían los triunfos del vicio o de la astucia, y él se indignaba contra la astucia y el vicio que triunfaban: ellos solo tenían alabanzas para las pocas virtudes que no se niegan a brillar, y él desconfiaba de la virtud que brilla; ellos se divertían mucho; él poco: ellos gozaban poco; él mucho, cuando a solas consigo paseaba sus pensamientos, su hastío o sus disgustos por las soledades del Retiro, donde muchas veces nos hemos sorprendido, contemplando el ocaso del Sol, examinando una yerba, observando a las hormigas: sus amigos en fin, eran esos hombres que a todos nos rodean; pero no los estimaba: ellos, a su pesar, lo respetaban; pero no lo querían.

Solo en medio de la multitud, solo en medio de sus amigos, solo consigo mismo, prefería esta soledad. En ella era donde yo lo buscaba: en ella donde me agradaba encontrarlo. Es una circunstancia singular, en la que pienso muchas veces, que nunca nos hayamos encontrado en medio de la gente; que nunca vieran juntos los hombres a los dos que mejor se conocían. La casualidad, primero; después, nuestras ocupaciones: y al fin, el temor de perder nuestra mutua estimación, nos obligaron al alejamiento delante de los hombres. Muchos de sus amigos lo eran míos: los míos, lo eran suyos: ni los unos ni los otros han sabido nunca que nos conocíamos; nos conocíamos, sin embargo: por eso ha sido nuestra amistad tan firme.

Durante los primeros días del mes de junio, su abatimiento se había convertido en hipocondría: huía de los hombres y se complacía en buscar motivos para vivir en la más absoluta soledad. De ella a la idea del suicidio, no había más que un paso: se lo impidió una carta de Marién en que le anunciaba su próxima llegada.

Al día siguiente de recibirla, pusieron en mis manos una esquela en la que Bayoán me anunciaba su ida a Aranjuez, exigiéndome fuera a verlo al día siguiente.

Salí por la mañana de Madrid, y me presenté en Aranjuez a la hora en que se me esperaba. Bayoán me recibió: el abrazo estrechísimo que me dio me hubiera delatado su contento, si para expresarlo mejor, no me hubiera apretado las manos, acariciado, estrujado, mientras saltaba y gritaba como un niño, que cuando nos anima la felicidad, es a quienes los no habituados a ella remedamos. A cada pregunta mía, contestaba con una carcajada; a las contracciones de extrañeza de mi rostro, con un apretón de manos.

Así anduvimos largo rato, expuestos a un Sol abrasador; mediaba el día.

Dando expansión a su felicidad con palabras tumultuosas, llegamos insensiblemente a unos jardines. La grata sensación de su frescura, de su sombra: el grato murmullo de sus fuentes; el suave rumor del viento, y de las hojas; el gorjeo repentino de algún pajarillo vagabundo, todo produjo en nosotros un efecto tan vivo y placentero que nos detuvimos a saborear nuestro placer. Nos sacó de nuestro éxtasis el rumor de unas voces no lejanas. Bayoán volvió vivamente la cabeza, y sonrió. Pocos momentos después, se presentaron a mi vista un hombre, anciano a pesar de no ser viejo, porque había en su fisonomía esa severidad de la honradez que platea prematuramente los cabellos, una mujer, no vieja, de cuerpo delicado, de mirada serena y melancólica; una joven de quince años, flor que en Europa estaría abriéndose aún, abierta ya gracias al Sol de mi América; un hombre de edad, interesante por su circunspección.

—Ya era tiempo —dijo la joven a Bayoán, enviándole una queja con los ojos.

—¿He tardado? Pues ha sido por traer a ustedes (y se dirigió a los padres) a mi único amigo en España: a Eugenio... —y en voz baja y cariñosa, dirigiéndose a ella—, por traerte a Hostos, mi único confidente.

Ella se sonrojó, y me tendió una mano, mientras que sus padres, habiéndome saludado cordialmente, me pedían noticias de América.

Después de pasear un rato, Bayoán exclamó con tono alegre:

—Puesto que has pagado el placer que me debías, voy, como un buen pagador, a tratarte con confianza; vamos a almorzar.

—Señorita, ¿puede usted explicarme esas palabras?

—Presumo que significarán el placer que a mis padres y a mí nos trae la presencia de usted.

—No puede ser: Bayoán es buen apreciador, y sabe que el placer que procuro no vale el que recibo.

—Eso es, cortesano; ven a echármela a perder; déjate de enseñarle a convertir la verdad en cortesía; y tú Marién, sé menos ingeniosa para robar placeres: no es el de ustedes del que yo quiero hablar; era del mío: Eugenio me ha pagado el placer que le dio mi contento, con el que ahora experimenta viendo a ustedes ¡Eh! ¡doctor!, por ahí no; por aquí llegaremos más pronto... Marién, ¿no sientes apetito...?

—¿No dan apetito las satisfacciones?

—Pues entonces, atribuyo el que tengo a la satisfacción que siento en vez de...

—De atribuirlo al viaje, como lo atribuías, alma vulgar.

Así, chanceando, manifestando su felicidad en sus palabras, en sus actitudes, en su gesto, Bayoán me la comunicó, e hizo placenteros los dos días que pasé a su lado.

La admiración continua de aquellos cuatro seres, reunidos por la suerte: la contemplación de Marién (predestinada a mis ojos, a la infelicidad, y tan merecedora de la dicha), en mis momentos de soledad me daban una tristeza, que hacía más vivo el placer de que, en su compañía, gozaba.

De retorno en Madrid, visité a los pocos días a la familia e hice una necesidad de estas visitas.

Entonces fue cuando acabé de conocer a Bayoán. La extraña lógica de su carácter lo hacía impenetrable; de esto nacían los juicios erróneos de los otros y la inseguridad de los que lo queríamos demasiado para juzgarlo. Predicador del dominio de los deberes, a los cuales lo sacrificaba todo; panegirista perpetuo de las ideas más austeras, vivía alejado de las ocasiones de prueba para su sensibilidad, en la cual nadie creía, porque nadie se tomaba el trabajo de averiguar el origen de aquella severidad de ideas y de aquella constancia de rígida razón, no otras, que su sensibilidad delicadísima que necesitando algo más que el efecto de familia y el amor de una mujer, aspiraba al amor de la humanidad, como única fuente en que satisfacer su sed. Esta insensibilidad aparente, desmentida por sus vivas emociones, por su misma exaltación, lo presentaba a mis ojos, no como incapaz de amar a la mujer, de sentir los placeres que este amor produce, sino como un ser incompleto, en quien faltaba la extremada delicadeza de una fibra, vibrante tal vez a un sacudimiento, no a una ligera presión.

Tuvo mi espíritu un placer, viendo su engaño: Bayoán era un ser completo: lo mismo que su inteligencia se conmovía suave o rudamente, según que la rozaran o la hirieran los objetos; lo mismo que su espíritu desplegaba o recogía sus alas, según que lo estimularan las ideas generosas o las infamias de los hombres, su corazón latía blandamente, palpitaba con fuerza, se agitaba, quería saltar del pecho, si otro corazón lo conmovía por medio de una sonrisa, de una palabra tierna, de una pena, de una angustia.

Amaba con toda la ternura del adolescente, con todo el fuego de la juventud, con toda la cautela de la virilidad, con toda la piedad de los ancianos: había en su amor lo que en todos los amores verdaderos: pasión, violencia, insensatez; lo que no en todos; una ternura llena de delicadeza y de respeto; lo que en muy pocos: una perpetua previsión del porvenir: lo que solo hay en el amor de las almas doloridas; lucha perpetua entre el deleite y la virtud.

Trataba a Marién con un respeto cariñoso, que la enamorada niña pagaba con admiración. Era su amor tan pudoroso, que las pocas veces que se presentaba en público con Marién, o estaba lejos de ella o tan indiferentemente, que solo sorprendiendo las rápidas miradas de ella, hubiera podido un observador adivinar que aquellas dos almas ardían en fuego. En el seno de la familia, el abandono de su amor enternecía: aquella alma suspicaz, por haber sido confiada, volvía entonces a su primer momento, y se presentaba sin una sombra, sin un temor, sin una duda. La prueba más grande de su amor, era la continencia de su amor. Era más lo que callaba que lo que decía; más lo que ocultaba que lo que dejaba ver. Por eso, en vez de hablar desembozadamente de su amor, hacía que hablaran de él sus acciones, su delicado proceder. Su amor se hacía extensivo a los padres de Marién, a quienes trataba con reverente afabilidad. Creyendo que era faltarles al respeto el entregarse a un diálogo incesante con el objeto de su amor, hacía generales sus conversaciones y en ellas, el amor que adula y se pondera, se ocultaba; pero el amor que, seguro del presente, busca la seguridad futura y anhela la perfección del ser amado y corrige y reprende y da lecciones, brillaba con tan puro encanto, que yo, el único que he oído aquellas conversaciones —al ver después en el mundo el amor de mundo—, me admiraba de que hubiera amores tan distintos, y me apiadaba de los que no se amaban como Bayoán y Marién.

Guarionex y su mujer proporcionaban siempre momentos de expansión a los amantes, recompensando así las delicadezas de que eran objeto y eran dignos. Bayoán me lo ha dicho, muchas veces, y yo lo comprendía:

—Un apretón de manos, la efusión de nuestro amor por medio de los ojos o de uno de esos gestos cariñosos con que el amor contenido se alienta y aprende a gozar, son para mí de más precio que el repentino goce de todos los deleites del amor reunidos.

El amor de Marién era más apasionado; era la idolatría de una alma cariñosa a un alma inmensa. Bayoán amaba a Marién, tal vez por su amor a la virtud, dominadora de aquella alma virgen; tal vez por su amor a las inteligencias inmaculadas, al pensamiento puro de toda mancha, de toda caída en el deseo; tal vez... por amor a sí mismo. Estaba orgulloso de sus altas cualidades... algo más que orgulloso; seguro de su grandeza moral, y amaba lo que se le parecía.

Cuántas veces, divagando sobre las cosas de la vida, y deteniéndonos a pensar en el amor, le he oído decir:

—¡Es imposible que yo hubiera amado lo que no hubiera sido digno de mí...!

Y recordando, proseguía:

—¿Te acuerdas de Fulana...? No puedo, a pesar de mi vergüenza, negarme que me inspiró una pasión violenta, amor de fiera, que más rugía cuanto más saciaba su apetito... Pues bien, amigo mío; no he amado nunca a esa mujer...

Bajando la cabeza y con los ojos fijos, que así meditaba Bayoán, prorrumpió:

—No, no la amaba. Lo que entonces sentía, hoy al recordarlo, siento... No eran deseo tampoco... yo siempre he estado por encima del deseo... era la satisfacción de una necesidad de mi alma solitaria y abatida por su soledad, que aún hoy al recordar los pocos placeres que aquella necesidad satisfecha le produjo, siente el mismo fuego, la misma mezcla de tristeza y de alegría, la misma avidez y el mismo hastío... ¡Pero amar, amar como amo ahora, a aquel ser pequeño, pedazo de lodo felizmente modelado por Dios y manoseado por la mano de los hombres...!

Alma buscadora del bien, como único dador de la ventura, amaba lo semejante a ella: amaba...

¿Por qué no he de decirlo, si diciéndolo aclaro uno de los misterios de aquella existencia dolorosa...?

Predestinado al dolor, Bayoán amaba el dolor; sufriendo, cumplía su misión: de este perpetuo sufrir, de este amor del dolor, brotó un pensamiento formidable.

—Yo sufro; luego valgo.

Cada nuevo dolor era una prueba: cada nuevo pesar un escalón que lo elevaba. Con tal de subir y de elevarse, nada le importaba lo demás. Ordenadas por el esfuerzo poderoso de este pensamiento, todas sus fuerzas interiores iban dirigidas a un fin: de esta unificación de lo que era vario, nació, en el primer momento, el placer del dolor; después, una razón exigente; luego, una conciencia vigilante. Todos los actos de aquel espíritu iban a parar a la conciencia, nunca recusada, porque siempre la apoyaba la razón. La fantasía, anhelante del placer, buscaba; el corazón recibía; la reflexión estudiaba: el pensamiento formulaba; la razón sancionaba; la conciencia negaba o concedía. Segura de la severidad de la conciencia, la imaginación buscaba el bien, no rechazable; el corazón gemía, pero se acostumbraba; el pensamiento se enorgullecía; la razón se elevaba; la conciencia absorbía. Bayoán no era ya un hombre: era una conciencia. La conciencia estaba en todo, y estuvo en el amor: quien amaba a Marién, no era, pues, Bayoán; era su conciencia.

La conciencia busca *fatalmente* la virtud: así posesionada de un ser, la buscaba *reflexivamente*; la exigía.

¿Podía Bayoán ser feliz, hacer feliz?

¿Puede la virtud llegar a la felicidad? La virtud busca la prueba; la prueba es el martirio: las palmas del martirio florecen en el cielo.

Virtud es fuerza: para ser virtuoso es preciso ser fuerte. La fuerza del espíritu no nace del predominio, de una de sus potencias: nace de la unión de los esfuerzos, dirigidos por la potencia dominante. Todo esfuerzo llega a un fin: esta seguridad, animadora hasta de las inteligencias ordinarias y de los corazones pequeños y de los espíritus rastreros, se convierte, para las almas voladoras, para los corazones poderosos, para las inteligencias extraordinarias, en causa de desdén. Se busca más: Bayoán buscó. Sintiendo en su espíritu más fuerza, latidos más violentos en su corazón, más poder en su inteligencia, reunió todas sus fuerzas, uniformó sus facultades, encadenó su imaginación, acalló su corazón, meditó largamente, dirigió su pensamiento a un fin difícil, rindió tributo a su razón, hizo dominante a la conciencia, y todo lo sometía a ella, y obedecía su voz. A medida que adelantaba, se vigorizó su espíritu y tuvo certeza de sí mismo. Vio que la virtud es el esfuerzo supremo del espíritu, y amó la virtud; hizo el esfuerzo. Vio que la virtud no da la felicidad, y pensó en la desgracia, y la aceptó.

¿Creerá ahora el lector que Bayoán era un loco...? Pues, sépalo el lector: Bayoán no era nada.

La casualidad me ha dado la palabra. Nada: eso era Bayoán; la nada de un todo. Si los hombres nos acostumbramos a ver en el fondo de nuestros corazones, en las profundidades de nuestro espíritu, en los misterios de nuestra conciencia, el mundo exterior no nos asombraría. Todos sus fenómenos, todos sus arcanos, todas sus bellezas, todos sus prodigios, todas sus monstruosidades, las veríamos en ese rayo de luz de Dios que aspira a él eternamente. En cada espíritu, veríamos tinieblas; en algunos, el caos. Entonces, estudiando, comprenderíamos la existencia del todo en la nada; la existencia de la luz en las tinieblas, y Bayoán sería para el lector un objeto de estudio, y tal vez comprobación de que la felicidad más digna del hombre, es la desgracia.

Respondan los pocos lectores para quienes he cometido la profanación de lanzar al mundo el espíritu que gime en estas hojas de papel: ¿qué prefieren? ¿ser felices, olvidándose de sí mismos, ultrajando con su vida indiferente el depósito sagrado de su espíritu, secando su corazón con el afán insensato de placeres, que nunca satisfacen, o ser desgraciados pensando perpetuamente en la necesidad de engrandecerse, de perfeccionarse, reverenciando el misterioso poder que han recibido, meditando en la razón y en el fin de su existencia, en la causa de la inmersión de ese algo purísimo en el impuro pedazo de barro, obedeciendo a esa voz interior que nos ordena elevarnos y buscar la luz...?

Respondan lo que quieran, llegará un día, si meditan, en que se pasmen de las inesperadas funciones del dolor.

Cuando Bayoán me dijo: «Toma ese manuscrito; consérvalo y acuérdate de mí», yo no vi en el manuscrito la historia de un hombre, la memoria de unos amores; vi la historia del espíritu del hombre. Me abismé en la meditación; penetré en mí mismo, y me maravillé de sentir en mí el germen de aquellos dolores, de aquella absurda locura, de aquel combate incesante del hombre consigo mismo. Pensé en los hombres, evoqué mis observaciones, induje, vi un rayo de luz, y pensé que el espíritu era uno, y uno mismo el combate de la vida. Entonces, me pregunté, ¿por qué no son todos los hombres como éste? Me respondí. De esa respuesta, ofensiva a la humanidad, brotó, sin embargo una esperanza. Volví a leer el manuscrito: vi en él la infelicidad de un hombre, producida por lo mismo que debía haberle dado la ventura, y exclamé: «¿Será posible que el amor de sus deberes, el sentimiento de lo justo y de lo injusto, las ansias de verdad, la creencia de que solo la virtud hace feliz al hombre, haya hecho desgraciado a uno? Y entonces ¿qué hacemos en el mundo? ¿vivimos para morir, nada más...? ¡Es imposible!».

Volví a meditar: fui comprendiendo, poco a poco, que la desgracia de Bayoán no era la negación de la felicidad; era meramente la infelicidad social, incapacidad de vivir entre los hombres con sosiego; vi que era posible, y es posible, anhelar la virtud, ansiar la perfección del hombre, irritarse contra el vicio, contra la injusticia, contra los errores y los crímenes, ser infeliz entre los hombres, y a solas con su conciencia, ser sin embargo, feliz, y tener paz.

Yo vi en el manuscrito todo esto: amor de los deberes, y por este amor, descontento, intranquilidad, desdicha; de los esfuerzos por vencerla, el amor generoso de lo justo; de este amor y del engendrado por él —el de verdad— lucha sin tregua consigo y con todo, dolor, mayor desgracia; de la lucha contra ella, el amor desesperado de todas las virtudes, la resolución del sacrificio por llegar al completo engrandecimiento del espíritu; y como estímulo y esperanza necesarios, el amor de la gloria.

Vi que esto era bueno; volví a pensar en la humanidad: tuve deseos de que el ejemplo la animara: me sentí consumido por la sed que consumía a Bayoán, y después de vacilar por largo tiempo, me decidí a dar el *Diario* al público: al decidirme, se unió a mis deseos y a mi sed, una intención: la intención de que viera en la vida de un hombre, la posibilidad de una ventura, más difícil, es cierto, pero mejor que la que ansía. A esta intención de hombre, que se acuerda de los hombres, añado la intención del patriota. Su viaje por las Antillas hizo reflexionar a Bayoán; recordó el pasado de América, vio lo que es hoy, quiso ver lo que será, y maldijo las iniquidades de la historia, deploró la ceguedad de los gobiernos, se quejó de la desgracia de su patria, y esperó en su porvenir. Yo espero como él, y espero, más que en nada, en la juventud de mi país. Para ella arrebato a la oscuridad las meditaciones de mi pobre amigo. Ahora, cumpla la juventud con su deber.

Terminada mi larga digresión, vuelvo a narrar.

El día 27 de julio, estando yo lejos de Madrid, recibí una carta de Bayoán, que me llamaba: el 29 a las ocho de la noche, llegado. Me vestí; fui a casa de Bayoán, y no lo hallé. Me presenté en casa de Guarionex. Al entrar en la sala, sentí una conmoción violenta; una mezcla de alegría y de asombro.

Marién y Bayoán estaban arrodillados delante de un sacerdote, a espaldas del cual, un crucifijo, sobre un sencillo retablo, alumbrado por cirios, santificaba el contrato de dos almas. Cerca de Bayoán, arrodillado también, un hombre anciano; cerca de Marién, y en su misma postura, una mujer. El médico y dos desconocidos, agrupados en medio de la sala; devorando con la vista a Marién, sus padres, resplandecientes de alegría, y sin embargo, tristes...

Aquello era una boda. Los circunstantes, reflexivos; los padres, meditabundos; los novios... Marién tenía la esperanza en su sonrisa; en los ojos, el alma enamorada, aspirando a otra alma. Bayoán sonreía; su sonrisa hacía daño; era la sonrisa de una felicidad que llega tarde; de una alegría empañada por un presentimiento aciago; la sonrisa de un alma que se ve tal cual es y cual será, y que emponzoña su dicha de hoy con la previsión de la desdicha venidera.

Acabó la ceremonia. Los novios, al pasar, estrechaban las manos de los circunstantes. Bayoán me abrazó sin conocerme. En un aposento inmediato esperaban los padres a los novios. Cuando Marién cayó en los brazos de su madre, el choque de aquellas dos felicidades produjo en ellas el llanto; y en nosotros, la ternura. Los que quedamos en la sala, oyendo largo rato los sollozos de aquellos corazones tan llenos de emoción, nos preguntamos por medio de miradas, si aquello era la felicidad. Sí; aquello era la felicidad, y yo la comprendía; pero a pesar de comprenderla, me produjo un pesar tan agudo, un sentimiento tan punzante, un desmayo de corazón tan doloroso, que tuve que retirarme a un balcón a respirar.

Allí estaba yo tratando de explicarme lo que había visto, cuando sentí un brazo que rodeaba mi cuello. Al volverme, vi a Bayoán: al vivo movimiento de cariño que hice yo, abriendo los brazos, contestó con un lánguido abrazo, y estas palabras ahogadas:

—¡Qué desgraciado soy!...

Palideció intensamente al oír la voz de Marién, que se acercaba a nosotros. Le salió al encuentro: yo también me acerqué. Marién me saludó con cariño fraternal, haciéndome partícipe de su dicha. Mientras bendecía sus demostraciones, la observaba y me espantaba. De sus ojos hundidos brotaba la luz de la felicidad; de sus mejillas pálidas, el color de la alegría: de su sonrisa, su alma; pero aquella sonrisa, aquel color, aquella luz, tenían una sombra que no tiene la felicidad; eran la necesaria manifestación de una ventura, largo tiempo esperada, luchando contra un amor, luchando desesperadamente. Lo que más me entristecía, era el ver que ella era la única que creía en su felicidad. Todos los circunstantes, al ver salir aquella luz de aquella fisonomía demacrada, maldecían los sarcasmos de la suerte. Bayoán era quien más sufría: luchaban en él todas las fuerzas de su espíritu, vibraban todas las fibras de su corazón, le mortificaban todos sus recuerdos, le sonreían todas sus esperanzas, le amenazaban todos los temores, le torturaba su sarcástica felicidad presente, le espantaba el porvenir.

He aquí los diarios, en que, vuelto al combate, se sondea. Ellos explicarán al lector la terrible situación de aquel hombre, más desgraciado cuando era más feliz.

Junio 20

Casarse; es preciso casarse. Para ser feliz en amor, es preciso pedir permiso a la sociedad. Si no me caso, ella que ve en su amor la paz de su alma, empeorará: su madre, a medida que ella empeore, me odiará; su padre, olvidando el móvil generoso de mi conducta, me llamará perverso; y si su razón le aconseja el respeto de mis ideas, su corazón le gritará que me aborrezca: el doctor culpará al amante por disculpar a la ciencia: los amigos me llamarán hipócrita y señalándome con el dedo: Ese —dirán— tan grave, tan melancólico, tan bueno, tan incapaz, en apariencia, de hacer mal, es un malvado; los extraños, obedeciendo a su hipócrita amor del bien obrar, aparentarán huirme: la sociedad entera me rechazará, porque en vez de imitar a los hombres felices, en vez de burlarme de mi víctima, aguijaré a mi conciencia... ¡Casarse, es preciso casarse!... ¡Y cuándo!... ¡Cuando ha venido a destruir mis esperanzas el convencimiento de que los hombres no oyen sino al que los halaga; cuando los que ayer me ofrecieron su apoyo, hoy me lo niegan; cuando la cólera contra las pequeñeces, cuando la experiencia de los hombres ha venido a incapacitarme para la felicidad; cuando el largo trabajo de mi espíritu es impotente contra la obstinación de aquellos para quienes se ha sumergido en el dolor!...

Junio 29

—¿Qué tienes, alma mía?

—Nada.

—¡Qué respuesta tan seca!... ¿qué te he hecho para que me martirices con tu sequedad?

—¡Tú no haces nunca nada!...

—¡Irónica también!... No te conozco, Marién, de algún tiempo a esta parte...

—He variado, ¿no es cierto?... Ya lo sé... yo sé, porque lo siento, que la confianza interior de que gozaba, se va convirtiendo en rebeldía; yo siento algunas veces una ira violenta contra todo, que llega hasta ti, y que me mata, es cierto, pero me revela que tengo fuerzas bastantes para odiar...

—¿Qué es lo que dices?...

—Lo que siento: que estoy desesperada; que veo que no me quieres; que ha llegado y va a pasar el mes que fijaste para nuestra unión, y cada vez nos separamos más, porque tú no piensas en mí, y yo voy sintiendo que todo el amor que tengo, se va cambiando en odio...

—No llores, pobre niña... Gracias, gracias... me amas, es verdad; nunca lo he creído tanto como ahora...

—¿Lo ves?... ¿Y eso es amor?... ¡Después de lo sufrido, dudas todavía de mi cariño!...

—Yo no dudo...

—¿Y qué es decir que ahora es cuando crees en él?...

—Es revelarte el estado de mi alma: es decirte que soy tan desgraciado: que me olvido hasta de ti; que estoy tan desalentado, que necesito más que nunca de tu amor, de tus palabras, de tus miradas, de tus sonrisas celestiales, de tus caricias, de la dulzura de tu corazón, de la bondad de tu alma, para no caer, para no precipitarme; es decirte que espero tanto de tu amor, que cuando me lo niegas, que cuando te impacientas y te ciega la falta de confianza en mí, y piensas en odiarme, el inmenso peligro de mi alma le devuelve sus fuerzas para reconquistar tu amor, y se siente con vida, y se reanima...

—¡Pobre Bayoán!... ¡Qué desgraciado eres!... ¡Tú llorando!...

—Sí: yo también lloro. Cuando me llamo desgraciado, me sonrío; pero cuando me oigo llamar desgraciado, siento en el fondo de mi alma, yo no sé qué tristeza, mezclada de agradecimiento y de ternura, que arranca las lágrimas que para nada brotan... Tú ¿por qué lloras?...

—¿Lo preguntas?... Si tú no eres feliz ¿puedo yo serlo?...

—¡Alma mía!... ¡ah! Sí, tú eres mi alma, el rayo de luz que falta a mi espíritu... Pero no llores, alégrate... yo no soy tan infeliz como tú crees, puesto que sé apreciarte... Y luego, mis lágrimas, en vez de a otras lágrimas, deben llamar a tus sonrisas... ¿No te dicen mis lágrimas que hay en el fondo de mi alma un tesoro de amor que nada agota, una fuente perenne de ternura, un fondo inmenso de gratitud?... No llores, no; sonríe: yo soy bueno, yo soy digno de ti...

No pudimos hablar, y nos miramos; ella miraba en mi alma y yo en la suya. ¡Si solo los desgraciados saben mirar en lo oculto del espíritu, bendigo a la desgracia!

Julio 5

¡Ser lo que soy y tener que arrepentirme!... ¡Ver lo que veo, y a pesar de mi asco, desear imitar!... ¡Sufrir lo que yo sufro, y ver la inutilidad del sufrimiento! ¡Amar lo que yo amo, y sentir el deseo de aborrecer!...

¡Amar lo que yo amo!... ¡Hipócrita rebelde!... ¿Y qué amo yo? ¿Amo a los hombres?... ¡Mentira!... ¡Ese amor es egoísmo, vanidad, soberbia!... ¿Amo yo a Marién?... ¡Miserable!... La veo morirse lentamente, y en vez de volver a darle vida, dándole mi corazón, mi espíritu, mi vida, pienso en lo que pienso...

¡No! No me olvido... ¡Mentira!... ¡No me olvido!... Si me hubiera olvidado ¿viviría?... ¡Feliz yo en el momento en que mi alma consienta en el olvido!

Julio 7

Peor...

¡Desigualdad infame!... ¿Por qué no se ha de preguntar por la salud del alma, como se quiere la salud del cuerpo?

Y entonces ¿qué diría yo?... Peor... Es poco... ¡Ah! ¡lo comprendo! Los hombres vieron la imposibilidad de una palabra exacta, y «el alma —dijeron— que se muera: ¿quién sabrá contestar cómo está el alma?»

Julio 9

¡Qué noche!... Creí... ¿qué he de creer?... Cuando, lleno de ansiedad, me precipité y la recibí en mis brazos ¿no era más poderosa que la angustia que sentía, la sonrisa de duda que me daba fuerzas?... «No —me decía— no morirá ahora: morirá cuando la muerte no desligue solamente dos corazones atados, sino cuando separe dos almas confundidas, cuando acabe dos vidas con un golpe»... ¿Y no he de tener sonrisas?... Mientras que exteriormente sombrean los dolores mi semblante, estoy mirándome por dentro, y la espantosa actividad de mi espíritu aumenta mis tormentos, hace insufrible mi martirio.

Julio 11

Nihil sub sole novum!... Del Sol, no; pero del cráneo, sí. Sobre todo, tormentos. Es prodigiosa la inventiva del espíritu: todos los días, a todas horas, en todos los momentos, consigo, con todo, se atormenta: y siempre, tormentos nuevos: ha inventado hasta el tormento de la vida... Y es claro, cuanto más perfecto, más fuerte: es una debilidad privarse de una vida, cuanto más penosa, más glorificadora del alma que la sufre...

Julio 19

—¡Ah!... ¡Qué dulcemente vuelve la calma a mi corazón!... Prosigue, ángel mío, sueña en voz alta y que te oiga mi alma... Si fuera posible verla ahora, tú verías en ella lo que tanto te gustaba en alta mar. ¿Te acuerdas cuando después de la tempestad, empezaban las olas a calmarse, y su ímpetu se convertía, de irresistible que era, en perezoso?... Pues así está mi alma: ¡qué espantosa tempestad la ha conmovido!...

—Pues bien: a fin de mes —el doctor me lo ha dicho— estaré restablecida; nos casamos, y el mismo día nos volvemos a Alicante; pasaremos allí el resto del verano, y en otoño, nos embarcaremos... ¿te parece bien?...

—Sí: con tal que tú no vuelvas a ser loca, y contentándote con la seguridad de mi amor...

—Entonces sí: cuando estemos casados, estaré segura y te tendré seguro.

—No, no creas que me río... ¡Estoy muy enojado: enfermarse y recaer por un temor, por una duda, por un momento de desesperación!...

—Ea, ya estoy buena; hablemos de lo que va a mejorarse por completo. ¿Cuándo nos casamos?

—A fin de mes, yo te lo juro: nos casaremos en tu casa: no irá nadie a la boda...

—¡Sí!...

—No, nadie. Tú querrías convidar a todo el mundo, ¿no es cierto? Pues yo creo que todo ese acto solemne, solo deben presenciarlo los pocos que vean en él el principio de un nueva vida, difícil y espinosa; no los que lo creen el primer momento de un período de deleite... Perdóname el rubor que te produzco, y déjame que admirándolo y bendiciéndolo, te aconseje. Próxima a contraer deberes, superiores a tus años, no a tu alma virtuosa, es preciso que vayas meditando en ellos. Uno de los primeros que te harán luchar, es el que exige que a pesar de la juventud de tu vida, de tu corazón y de tu espíritu, adquieras la impasibilidad de la edad madura, y escondas tu rubor para que no haya hombre ni mujer, ni nadie que se envanezca provocándolo: el rubor en la mujer soltera es el mayor encanto de su belleza moral, es decir, de su inocencia: pero en la mujer casada es, muchas veces, falta de dignidad, que no sabe ocultar lo que la altera; no te ruborices, pues, y empieza a saberlo, ángel, luz y casi esposa: en lo que tú ves la sanción de tu amor, otros ven la libertad de sus deseos. Para evitarse esas miradas infames que hieren el pudor y la inocencia, quiero que no asistan a la boda más que ancianos. Nuestra boda no será una fiesta; será una autorización para amarnos delante de los hombres, para ser nuestros hasta la muerte. Resuelto, como estoy, a respetarte... ¡Eres un espíritu admirable!... ¡No tienes más que luz; ni una sombra, ni una mancha! ¡Ah! ¡Yo seré digno de ti!...

—Yo no te entiendo...

—En esto consiste mi transporte, mi enajenación, mi frenesí, mi admiración, mi dicha.

Y contemplé con reverencia a aquel ser puro, que, a pesar de su contacto con otros seres, no conoce del mundo más que lo bueno que hay en él; del amor, la ternura, la pasión, no los deseos.

Julio 19

Si esa resolución no me agitara, la paz que hay en mi alma me reconciliaría con la vida y con el mundo; pero esa resolución, esa nueva lucha me desasosiegan... ¡Ingrato! ¿no la he visto yo ayer, antes de ayer, la primera, la última vez que la he sondeado, tan pura de la mancha del deseo, como lo está mi conciencia del delito? ¿pues por qué batallar, si batallando la ofendo?...

¡Que es necesario respetarla!... ¿Qué hay en esto que espanta mi virtud? Si mi amor es tan puro como el suyo, ¿por qué no ha de ser mi espíritu tan fuerte?... ¡Ah! Es que en su espíritu no hay más que luz, y en el mío hay luz y sombra; es que ella defendida por su amor y su inocencia, ahuyenta a los deseos que no se atreven a mancharla, y yo atacado de continuo por mi implacable pensamiento, busco en el fondo de mi ser, y al encontrarme con ellos, retrocedo asustado y me estremezco: es que a ella nunca se le han revelado, y yo, buscándome a mí mismo, queriendo conocerme, he aguijoneado, he suscitado, he amotinado a mis deseos, y cuando me espanté de su funesta potestad, me espanté para siempre; y en la quietud de los deseos, y en el sueño de los sentidos, presiento el deleite que me acecha.

Julio 21

¡Esfuerzo vano!... Será preciso rechazar los deseos de mi espíritu, el anhelo constante de mi vida, los sueños de mi imaginación; será preciso matar a mi razón; acallar la voz de mi conciencia... Segura de su fuerza, dijo la sociedad, «hombre sin hombre es hombre muerto», y los hombres soberbios como yo, que solos, y solo teniendo por ayuda su espíritu perseverante, quieren enseñar, dirigir y abrir los ojos a esa ciega sociedad, combatidos por ella, tenemos que cejar y darnos por vencidos...

¡Buscar la gloria sintiendo la justicia, ansiando la verdad, amando al hombre, a pesar de los hombres, aspirando al perfeccionamiento, creyendo en la virtud!... ¡puerilidad, locura!

¿Por qué estos pensamientos que antes amargaban mi existencia, que me llevaban del desprecio a la ira, de la ironía al sarcasmo, del dolor a la desesperación, hoy no me agitan ni me desesperan, y dejan lugar a otros pensamientos apacibles, a otras esperanzas halagüeñas?... ¿por qué al desistir para siempre de las ideas que tantos combates me han costado, me refugio en mi amor, y quedo en calma?...

¡La gloria y el amor!... ¡Las dos luchas de mi vida! ¡Vencida aquélla por éste!... ¿Habrá comenzado ya mi decadencia?...

Huyamos del peligro: pensemos en Marién, para no pensar en mí.

Julio 22

¡Cuando más cerca está la felicidad, con más impaciencia se la espera: podemos olvidarnos de ella, podemos acostumbrarnos a la desgracia, podemos resistir al dolor y bendecirlo; pero desde el momento en que nos alienta la esperanza de recobrar la dicha, qué inquietud, qué ansiedad, qué impaciencia!... Marién espera su felicidad de nuestro enlace. ¡Cuanto más se aproxima, más lo anhela; cuando más le sonríe el porvenir, más impaciencia por llegar a él!... Y esa intranquilidad en su estado de salud, la abate y la empeora. Es preciso resolverse de una vez: suceda lo que quiera, anticiparé el día de nuestro matrimonio...

Otra vez taladrándome el cerebro ese temor de mí mismo, esa desconfianza de mis fuerzas, esa temeraria decisión...

Si a nadie he consultado; si la ciencia no me ha revelado ese secreto, si más que conozco, conjeturo, ¿por qué he de oponerme a las leyes naturales?... ¡Que serían fatales a su salud!... ¿por qué?... Me lo pregunto... Aun cuando su sistema nervioso no estuviera irritado; aun cuando sus sufrimientos no hubieran alterado los movimientos de su corazón, difíciles hoy y dolorosos; aun cuando la circulación de su sangre hiciera natural su respiración, hoy anhelante; aun cuando el aire en vez de detenerse en los pulmones, circulara con regularidad, y en vez de emponzoñarlos, les llevara sus átomos de vida; si domina su espíritu a su cuerpo, si el malestar o el bienestar del cuerpo depende del bienestar o el malestar del alma ¿no basta esto para detener mi pensamiento, para consultar a mi corazón?

¡Libre ella de las garras de esa funesta enfermedad; gozando de la salud que el placer aumenta, lucharía por el doloroso desencanto de su amor, y no he de pensar que, enferma como está, el daño recibido por el alma, estremeciéndola, anudando los nervios, oprimiendo el corazón sería funesto a su salud!...

¿No es el placer del organismo chispa eléctrica que partiendo del cerebro, va desarrollándose, animando, conmoviendo los anillos del sistema nervioso, produciendo un choque simultáneo, cuyo fin es su principio, una violenta convulsión...? ¿no afectan dolorosamente al cuerpo enfermo, todo choque, toda convulsión?...

¿Y si me engaño?... ¿y si en vez de ser funesta, es necesaria esa satisfacción de las leyes naturales?... ¿y si una intuición de esas leyes las revela a su puro pensamiento y van los sentidos inquietándose, y comienza la lucha del pudor?...

Julio 23

Soy un mar sin fondo, me decía yo anoche, cansado de sondear, de ver dentro de mí. Si el espíritu es un mar ¿qué es ese maravilloso pedazo de barro que lo envuelve? No he cesado de preguntármelo durante las largas horas que, cerca de Marién he pasado. Mientras que el brillo de sus ojos me engañaba, mientras que la tersura de su frente me aseguraba que no había ningún sufrimiento detrás de ella, la infeliz adolescente ardía en el fuego de la fiebre. ¡Creer que el hundimiento de sus ojos es la concentración de un pensamiento, cuando es la enfermedad quien los hundía; creer que la delgadez de su semblante era un encanto del amor, cuando es el trabajo cauteloso del mal que la consume; creer que el color de sus mejillas era la anunciación de su alegría, cuando es el sarcasmo de la fiebre; creer que la melancolía de su sonrisa delataba el lánguido sueño de su felicidad, cuando es el disimulo de un dolor oculto; creer que era salud y bienestar lo que es enfermedad y dolor; creer que no se engañan nuestros ojos cuando toman por síntomas de vida los síntomas de muerte; sentir un latido benéfico en el pecho, sentirse inundado de placer, sonreír de antemano a la felicidad, y después de esos engaños, ver la verdad y tener que maldecir las placenteras esperanzas que el engaño nos dio, y arrepentirse de un placer impío que un exceso de amor nos había dado!...

Julio 24

Haz, Dios de justicia, que el remedio llegue a tiempo; haz que unida para siempre a mí, se tranquilice y deseche las dudas que la asedian, los temores que la matan; haz que me olvide yo de todo para pensar en ella; haz que mi amor haga un milagro; haz que la cure.

¡Pobre víctima de amor!... Cuando a solas conmigo, medito en lo desgraciada que mi amor la ha hecho, me espanto de mí mismo, que por querer para ambos una felicidad inalterable, la he privado poco a poco de todas las alegrías de la juventud, de todos los placeres de la vida, y la he arrastrado conmigo al abismo de dolor de donde tal vez no logre sacarla una felicidad tardía... ¡Ah! ¡si aún fuera tiempo!...

Julio 24. Por la noche

—Aquí me tiene usted.

—Gracias, doctor. Lo he llamado para consultarlo. ¿Cómo sigue Marién? ¿la convulsión de esta mañana la ha postrado mucho?

—Las promesas de usted la reanimaron, y está tranquila, casi contenta.

—Dígamelo usted sin vacilar; ¿cree usted que nuestra unión la curará?

—Lo creo.

—Puesto que usted la ha observado, más como amigo que como médico, y ha visto en el fondo de su alma para ver su cuerpo, confíeme usted sus observaciones: de ellas depende mi sosiego.

—Desde que, en Alicante, me llamaron para asistirla, vi en esa niña delicada una fuente inagotable de observaciones y de estudio que, tanto por el vivo interés que me ha inspirado, cuanto por amor a la ciencia, me han hecho dedicar todos mis esfuerzos, todos mis conocimientos para arrancar esa víctima a la muerte. No se lo oculto a usted, amigo mío; el cuerpo no se salva, si el alma no se cura; el médico es usted, no yo. De usted depende todo.

—Es decir...

—Que es necesario el matrimonio, como primer remedio; y que para que llegue a tiempo, es necesario que sea pronto; mañana, si es posible.

—¡Mañana!... ¿usted no ha pensado, doctor, en el gran inconveniente de ese enlace? ¿no ha pensado usted en que a pesar de la pureza de ese amor...?

—¡Y bien!... Obedece usted a la naturaleza, y nada más. Cumple usted con un precepto, santificado para sus fines.

—Medite usted doctor, medite usted. Verificado el matrimonio ¿son o no peligrosas sus obligaciones? La leyes naturales, tan intuitivas que se revelan al pudor más delicado, las imponen; pero ¿no se oponen a la situación de Marién, el estado de su cuerpo, la enfermedad que lo quebranta; la misma lucha a que la obligaría la repentina revelación de la naturaleza?

Una respuesta terminante, amigo mío, pesadas estas razones ¿es posible el matrimonio?

—Sí; respételas usted hasta que haya recobrado la salud y se haya verificado el trabajo de revelación en ese espíritu.

—¿Y si yo, que hoy no siento, que nunca he sentido otro deseo que el repentinamente inspirado por un beso, que aún condeno, vuelvo a sentir...? Usted es mi confesor en este instante, y debo revelarle todos los secretos de mi pensamiento. Supóngame tan fuerte, que salgo vencedor de la primera lucha; los consejos de usted, y nuestros mismos deseos, unidos ya, nos llevan al campo; su benéfica influencia, la paz que da al alma, las ideas apacibles que despierta, adormecen los dolores de Marién, que, gracias a él, a mis desvelos, a mis cuidados, a la seguridad de mi cariño, a los esfuerzos de mi amor, se cura; convaleciente ya, y acallados mis temores, ¿no volverá el deseo a aguijonearme? ¿Y si sucumbo a él, y destruyo en un instante la obra de un mes, de dos, de los que sean, y la veo estremecerse, y recogerse y sucumbir por culpa mía? ¡Ah doctor...! yo lo veo todo, y por eso me espanto, y por eso vacilo.

—Joven, compadezco a usted. Si mis consejos pueden devolverle la calma que ha perdido, cásese usted, se lo aconsejo. Así, suceda lo que quiera habrá cumplido con su deber;

habrá hecho, aunque no sea más que momentáneamente, la felicidad de esa criatura, y su conciencia no le atormentará.

¡El doctor se ha marchado; llevará consigo el recuerdo de esta conversación, me compadecerá un momento; a pesar de ser bueno, se olvidará después, y mientras tanto, yo!... Yo soy un loco.

Bendice mi locura, Marién; ella une mis días a tus días; tu corazón al mío; tu alma a mi alma...

Y también se esclaviza a mi desgracia.

Las fechas se lo han asegurado al editor: asegúrenselo al lector, si él las consulta.

Así se preparaba al matrimonio, así buscaba la felicidad del ser para quien la anhelaba, el desdichado joven.

A la noche siguiente, ya lo sabe el lector, se había casado.

Puesto que me he sometido al deber doloroso de referir al lector lo que calla Bayoán, seguiré refiriendo.

Empezaban los pocos que asistieron a la boda a desechar la tristeza que los dominaba, y reunidos con Guarionex y su mujer, hablaban de su próximo viaje, mientras que los recién casados y yo hablábamos en voz baja de su futura dicha. Bayoán había logrado dominarse, y en su rostro sereno no quedaba de la tormenta que lo había agitado, más que una sonrisa misteriosa, expresión, a los ojos de Marién, de la felicidad que procuraba. Ella también se sonreía. ¡Infeliz adolescente...! Olvidada de sus dolores pasados, de la lucha terrible que aquel momento de felicidad le había costado, creía que daba la ventura que recibía. Se engañaba dos veces; ni ella era feliz, ni Bayoán lo era: éste, porque la cruel actividad de su cerebro, alejándolo del presente por vislumbrar el porvenir, lo incapacitaba para gozar de aquel momento; ella, por el exceso mismo de su felicidad. La había agitado con demasiada violencia, y el cuerpo sufría tanto como gozaba el alma. En vano trataba la desgraciada niña de ocultar su sufrimiento: lo revelaba la desaparición del carmín que antes expresaba en su semblante el estado de su alma; lo revelaba la palidez que lentamente iba sombreando su mejillas y delatando un oculto dolor; lo revelaban su respiración difícil, su sonrisa forzada, los mismos esfuerzos que hacía para ocultarlo. Hubo un momento en que aumentó su palidez, en que sus ojos se nublaron, en que su boca, al querer sonreír, se contrajo, en que sus esfuerzos poderosos no pudieron contener una lágrima. Su marido y yo, adivinando aquella lucha suprema, admirando su valor y enternecidos, sentimos también empañados nuestros ojos. Él, revelando su emoción con su ternura, le preguntó con voz dulce:

—¿Por qué lloras, alma mía?

Ella pagó su emoción, su sobresalto, con una sonrisa cariñosa. Él volvió a preguntarle:

—¿Por qué lloras?

—Por nada: sentí un ligero dolor en la cintura... No era nada, no era nada...

Y era, sin embargo, un dolor espantoso, un pensamiento horrendo. Esas ráfagas de luz, por medio de las cuales centellea el alma en los ojos, nos lo dijo: A Marién se le había presentado en aquel instante la idea de la muerte.

No es necesario ser sensible para comprender el inmenso dolor que punzaría aquella alma, llegada a su felicidad, y detenida en su fruición primera por una amenaza de la muerte; no es necesario ser sensible para comprender la rápida convulsión de aquel espíritu, obrando sobre el cuerpo y destrozándolo. Sucedió lo que debía suceder. Marién fue víctima de una convulsión: palideció intensamente; se sujetó el corazón con ambas manos; llamó con voz débil a su esposo, y cayó en sus brazos sin sentido. Al acudir el médico, exclamo:

—Lo esperaba.

—Yo esperaba en Dios —blasfemó sordamente Bayoán.

Cuando pasada la convulsión, nos alejamos del aposento en que quedaron con la enferma sus padres y su esposo, el médico respondía a mis preguntas, diciendo:

—Eso no es nada. Esa pobre niña, expuesta desde muy temprano a la lucha terrible a que la han obligado la vehemencia de su amor y sus contrariedades; languidecida por esa misma lucha; entristecida por el alejamiento de su patria; recientemente conmovida por la honda tristeza que le produjo la ausencia de su amado; sumida en la melancolía por la falta de expansión de su cariño, ha alterado su sistema nervioso, perturbando las funciones de todo su organismo, y tal vez... Pero no, no: tengamos fe en el remedio: su casamiento la salva. Feliz con la manifestación constante de su afecto; segura del que inspira; entregada a las pacíficas tareas domésticas; distraída por sus nuevos deberes, logrará ser feliz y su felicidad destruirá el mal que la amenaza. Esa convulsión es natural...

—Sí, me la explico: es el resultado de la exuberancia de felicidad; pero...

—No tema usted: se calmará.

Tranquilizado por las palabras del doctor, dejé de manifestarle las dudas que todavía me quedaban, y permanecí en la casa toda la noche, que el siguiente diario me ha probado después, que no fue tranquila para Bayoán...

Julio 30. Al amanecer

¡Gracias, Dios Mío...! Concédele siempre ese sueño benéfico: descanse, y te bendeciré y creeré en tu bondad suprema.

Ya sale el Sol... Yo creí que no saldría: cuando hay tanta oscuridad en un espíritu, ¿por qué viene a recordar que hay luz en otra parte...?

La noche de bodas ha pasado... ¡Pobre criatura...! La veía languidecer, empeorar, y no necesitaba que el médico me lo dijera: yo sabía que el único remedio es esta unión... ¿Será tarde...? ¿por qué me angustia la duda...? Hombre sin fe, necesito apurar todos los sufrimientos reales y quiméricos, para que llegue un día en que, agotados, crea en la paz, en la tranquilidad, en algo... Esta unión era necesaria: ella no podía soportar más tiempo la ansiedad con que esperaba hacerme suyo, ser mía: iba minando la tristeza su amante corazón, y dudando de mi cariño, tal vez me creyó malvado, y al creerlo, maldijo su credulidad, y su existencia. Ligado por este lazo indisoluble, espera hacerme olvidar mis propósitos, confía en mi amor a mis deberes, presiente que los nuevos vencerán a los antiguos, y soñando con volver a nuestra patria, soñando con sus campos, con la calma que devolverán a nuestro espíritu, se promete la felicidad.

¿La alcanzaremos...? Hay en el fondo de mi alma algo que ve en lo porvenir, y niega... El recuerdo de esa funesta convulsión... ¡Felicidad sarcástica...! En el momento de llenar un alma, de recompensar una existencia dolorosa, se arrepiente, y huye ante la idea de la muerte... ¡Pobre Marién...! Hay momentos en un reloj, que son siglos en el alma. ¡Una hora nada más, solo una hora que nos habíamos casado, y Marién había vivido un siglo; había llegado a la felicidad suprema, y despeñándose de ella en un dolor supremo: había realizado todos sus deseos, y en el momento de bendecir la vida, un dolor corporal la amenaza con la muerte...! Yo había vivido una eternidad en un momento: de mi vacilación, de mi incertidumbre, había pasado a la amargura que me causaba el ver su dicha, desmentida por las sombras de dolor que había en sus ojos; después, la luz que los iluminó, se reflejó en mi alma débilmente, porque aquella felicidad era ilusoria; era la máscara con que la desgracia se cubría; después, aquella lágrima, revelándome el dolor sobrehumano que había herido a aquella alma delicada, me abismó; después, la convulsión; después... ¡Dios mío!... ¡Dios mío...!

Agosto 2. En la huerta de Alicante

¡No poder alucinarme; no poder esperar...! ¿Y qué esperanza, qué alucinación han de alentarme, si cuando la realidad de un momento me sonríe, me sorprende otra realidad amenazadora, se burla de mi credulidad, infunde miedo a mi imaginación, y despedaza mi alma...? Esta tarde, cuando llegamos aquí, ¿no veía yo en Marién una mejoría sensible? Esta huerta risueña, que a pesar de las habitaciones que la pueblan, ofrece bastante soledad al alma, que la busca; ese mar no lejano, que a pesar de sus bramidos, no altera el silencio agradable que aquí reina; ese cielo sereno, recuerdo, como el mar, de nuestra patria; esos árboles, esas flores, esos pájaros, esos limpios manantiales, esta calma, esta placidez que pasan de la naturaleza al corazón, ¿no han hecho placenteras las palpitaciones del suyo, no han dado a su alma sentimientos benignos? ¿no gozaba yo viéndola gozar? ¿no me lisonjeaba la esperanza de un pronto restablecimiento? ¿no me alucinaba, pensando en un porvenir distinto de este presente, tan lleno de sombras, tan amenazador, tan temido...? Pues, ¿por qué de ese momentáneo bienestar, de esa instantánea esperanza, ha pasado ella al malestar que ha sentido, y yo a la desesperación que me atormenta? Si la fatiga del viaje le ha sido perjudicial, ¿no hace bien mi imaginación en prepararse y en temer que otra causa mayor produzca peores resultados...? Siempre lo mismo... ahora que estoy agitado, ella descansa y me complazco en esperar, su sueño, ahora tranquilo, se convierte en pesadilla.

La lámpara se apaga: es tarde. ¡Qué silencio en toda la naturaleza, qué serenidad en el cielo!... ¡Infelices mortales!... En todos nuestros grandes placeres y dolores buscamos el cielo con los ojos para hacerlo testigo de nuestras conmociones, y el cielo imperturbable, si brilla cuando le confiamos un placer, no se nubla cuando nos ve llorar.

¡Imitemos la indiferencia del cielo, y a dormir!...

Agosto 7

Dice el médico que no... Tiene razón: si en el estado en que está nos embarcáramos, tal vez... No: yo no escribo la palabra. Recuerdo las del doctor.

—Creo —me dijo— que esa navegación sería funesta; Marién se marea, y la perturbación que causa en el estómago el mareo, es peligrosa para ella; su inapetencia continua es una de las razones de su falta de fuerzas, y es preciso que para recobrarlas, se alimente metódica y abundantemente: su temor natural a los peligros del mar, serían funestos; y la excitación que producirían duradera. La esperanza que la animaría, el placer que, hasta llegar a su patria, contrapesara las incomodidades, los disgustos de ese viaje, no bastan, amigo mío, no bastan. El bienestar del alma no llegaría al cuerpo, y... Ya es preciso, sépalo usted: Marién está muy delicada: los últimos accidentes han desarrollado el mal que estaba amenazándola y que será vencido, si el reposo del cuerpo y el sosiego del alma lo entretienen; quién saldrá vencedor, si la inquietud y la lucha lo estimulan, si perturbaciones físicas o conmociones morales aumentan las palpitaciones de su corazón, fijan los dolores, hoy transitorios; si oprimen su pecho, ya oprimido en demasía. Hagámosla pasear, moverse, fatigarse, para que durante el día, distraída por mil objetos diferentes, o postrada, en nada piense, y durante la noche, duerma y adquiera nuevas fuerzas. Sea usted siempre tan cariñoso como hoy; aleje de sí los negros pensamientos que ella sabe adivinar en sus miradas, y recobrará la salud. La curación depende de usted y del campo, no del médico, ni de esa navegación.

Y sin embargo, ella piensa sin cesar en su país, y lo mismo que la alegra la entristece, porque el cielo, el mar y el campo le recuerdan a América.

Esta tarde, sentados en el balcón, veíamos ocultarse el Sol tras de los mares, y ambos, fijos los ojos en el occidente, quedamos pensativos.

—¿En qué piensas?
—¿Y tú?
—Yo en Puerto Rico.
—Yo en Cuba.

Y se deslizó por sus mejillas una lágrima. Cuando sus padres y yo, temiendo la humedad que la noche trae consigo, la hicimos recogerse, me hizo sentar cerca de su cama, y me habló melancólicamente de la patria. El sueño la venció, yo me retiré a mi aposento, confiando en la vigilia de su madre. Hace poco me llamó, y me dijo:

—Te he llamado para que me prometas una cosa ¿me la prometes...? Que me lleves pronto a nuestras islas.

Le contesté afirmativamente y me presentó su frente, quedándose después dormida, y soñando con América.

Agosto 8
—¿Sigues pensando en nuestras islas?
—¿Cómo no, si pensar en ellas es pensar en ti?
Tiene razón: yo no la tengo, cuando por temer los efectos de ese pensamiento incansable, si la aconsejo un momento que lo deseche, mil, me impaciento y manifiesto mi impaciencia.

Agosto 15
—Si no recordaras a Cuba, ya estarías completamente bien, esposa mía: ¿por qué has de entregarte a la melancolía de los recuerdos?: olvida el pasado y bendice el presente: ¿no estamos ya unidos para siempre? ¿no soy yo tuyo? ¿Tú no ves qué risueño es ese cielo, qué hermosos son estos campos?
—Me recuerdan mis campos y mi cielo... Vamos, no te enfades: si no quieres que piense en nuestras islas, no pensaré más en ellas... Te empeñas en que me daña el pensamiento de nuestra patria, y te equivocas: ¡si tú sintieras la dulzura de estas lágrimas que provoca su recuerdo...! ¡Si sintieras el grato abandono de mi alma, cuando se entrega sin esfuerzo a ese recuerdo...! ¿Por qué quieres privarme...?
—Porque ese abandono es peligroso; porque esas son lágrimas traidoras ¿tú no ves que ese abandono postra las fuerzas de tu espíritu, lo va acostumbrando a la inactividad, y si llega un momento en que por no moverse, se deja dominar de la tristeza, la tristeza lo absorbe? Piensa más en tu esposo y en su felicidad ¿puedo gozarla viéndote triste, amada mía?

¿crees que no es doloroso para mí el ver la poca influencia de mi amor, que no logra ocupar todos los momentos de tu vida, todos tus pensamientos, toda tu alma?

—¡Injusto! ¿pues por quién, sino por ti, por qué sino por tu amor, me complazco en recordar a América? ¿no está allí nuestro retiro, el albergue de nuestro amor, la esperanza de nuestro felicidad futura?

Agosto 22

Su mejoría es notoria. Con la vida que hacemos, ¿cómo no? Se levanta temprano —antes que yo, porque yo velo su sueño—, y alegra su primer momento su entrada cautelosa en mi dormitorio: sorprende mi sueño, me despierta; yo aparento enojarme, ella se esconde, y cuando ya vestido corro a buscarla, me sale al encuentro presentándome la frente. Paseamos, hablando de nosotros, si paseamos solos; hablando de la naturaleza, si acompañados del doctor, la contemplamos: si siente apetito, apresuramos la vuelta y almorzamos: después, nuestras melodías favoritas, trayéndonos recuerdos, nos vuelven al pasado, siempre más feliz que el presente: los árboles nos brindan con su sombra, y debajo de sus copas olvidamos las horas calorosas, combatidas también por los libros que leemos, por las lecciones de botánica que nos da el doctor: por la tarde herborizamos: las plantas que cogemos y estudiamos, la distraen del cansancio: y cuando queriendo provocarlo, anunciamos, sus padres, el doctor o yo, una excursión a algún punto, una ida a un lugar distante, después de vacilar, acepta siempre, esperando un placer de la vista de un ser desconocido, de uno de esos insectos misteriosos, de una de esas escenas conmovedoras, en que un gusano, un reptil, un animal cualquiera, pone en acción alguna de las cualidades que a nosotros los hombres nos ensorberbecen: al anochecer, nos retiramos, observando los efectos de las sombras, la variación de forma de todos los objetos, el sueño de la naturaleza, y oyendo los rumores del silencio: un beso de paz llama a sus ojos el sueño, y cuando, confiando en él, se han retirado sus padres, yo la observo; velo, si su sueño es intranquilo; me retiro, si su sueño es sosegado.

Agosto 25. Por la noche
¡Haber observado los efectos del mal en su fisonomía; haberme atemorizado cuando empezaron a hundirse sus ojos, a deprimirse sus sienes; haberme espantado, cuando la temida tos la despedazaba interiormente; haber desesperado, y volver a esperar, a no temer, a tener paz...! ¡Compensaciones misteriosas...! ¡Ah! Ya lo sabía yo: del dolor, nace el placer; de la desdicha, la dicha; de la agitación, la calma; la esperanza, de la desesperación. Sin estas vacilaciones de felicidad, ser feliz ¿qué sería? Enmohecerse los resortes del placer; morir de inercia el alma: pero sufrir, llorar, descender a los abismos del dolor, perder toda esperanza, llenarse de sombras lo interior, y ver en la sombra aparecer la luz, salir de los abismos, sentir estimulada el alma, esto es vivir, esto es gozar, esto es ser feliz.

¡Qué sueño tan plácido! ¡qué respiración tan fácil!...
¡Cuán hermosa está así!...
¿Por qué al ir a besarla me he espantado de mí mismo?...
¡Qué inquietud, qué agitación...! ¿Qué es esto?...
Retirémonos de aquí...

Agosto 29. Por la noche

La salud la ha hermoseado. Sus ojos han dilatado sus párpados, los han rasgado; la luz que, aún cerrados, difunden sobre sus mejillas, les da el mismo misterioso encanto que a los objetos cercanos la luz que oculta esta bomba. Su boca... ¿qué tiene su boca que me incita?

Tengo miedo a la luz: voy a apagarla... Extraña tenacidad... ¿por qué no se apaga la luz?...

Está apagada: la que brilla es la luz interior: la que aclara las sombras, la que me presenta esos puntos luminosos, la que me hace ver a Marién tendiéndome los brazos, es la luz que hay en mí...

¿Qué ruido es ése?... Cada vez más formidable...

Una voz... ¿Quién me llama?... Son las voces del silencio; es el ruido de la vida material... nadie me llama... ilusión de mis sentidos... Me laten las sienes, me palpita el corazón, el cerebro me hierve...

Agosto 30. Por la mañana
¡Espíritu, has vencido!...

Septiembre 3. Al anochecer

Tengo miedo a estas horas: cuando se aproximan, empieza mi espíritu a luchar, empiezo a avergonzarme de mí mismo, y a sentir, a pesar de mi vergüenza, este extraño abandono, esta insidiosa languidez, este tumulto en la imaginación, este fuego en las venas, esta movilidad, fatigante y excitante a un tiempo de los nervios...

Septiembre 5

Todo conspira contra mí; hasta ella misma.

—¿Vamos a dar un paseo, Bayoán?

—Voy a llamar a tus padres...

—No: vamos solos los dos. Dame el brazo... ¿por qué tiemblas...? ¿qué tienes...? ¿palideces también...? ¿qué es eso, esposo mío...?

Y sus ojos brillaron, y su sonrisa cariñosa penetró en mi alma, mientras que incitada mi imaginación, se complacía en la media luz que confundía los objetos, en la soledad del jardín, en el silencio del campo, y se embriagaba con el perfume de las flores, con la tibieza del ambiente, con la mezcla de murmullos incitantes...

—¿Te acuerdas, Bayoán, de aquella tarde...?

¡Esfuerzo poderoso...! Tuve valor para sonreírme con pureza...

—Esta se parece a aquélla, ¿no es verdad...?

No respondí. Hubo un momento en que los brazos, movidos por una fuerza interior irresistible, iban a dar la respuesta.

Hay esfuerzos que no pueden ocultarse, y Marién vio los que yo hacía. Me preguntó su causa: mi silencio la hizo meditar, y con la cabeza baja y los brazos cruzados sobre el pecho, se adelantó, y anduvo largo tiempo predeciéndome. Yo, mientras tanto la observaba. ¿Por qué mientras sentía el pesar de haberla entregado a conjeturas que la intranquilizaban, admiraba la esbeltez de su talle, la pureza de sus formas, la gracia pudorosa de sus movimientos, la belleza encantadora de su seno, la disminución progresiva de los hombros a la cintura? ¿por qué me sorprendió entonces la observación, entonces formidable, del desarrollo de su cuerpo, llegado ya a la completa posesión de todas las gracias de la juventud? ¿por qué me dije «ya no es una niña, es mujer»? ¿por qué aceleré mi paso, y a pesar de su grito de sorpresa, abarqué con mi brazo su cintura, observé con deleite los encantos progresivos de su fisonomía, la abertura de sus labios húmedos y temblorosos, tal vez porque empezaba a revelársele el deleite que mis ojos le pedían? ¿por qué, cuando se desasió de mis brazos y huyó atemorizada, sentí cólera y corrí frenético tras ella y le dije con imperio: «¡tú eres mía!»...?

—¿Por qué me lo dices con ese tono? Ya lo sé: soy tuya...
Recostando en mi hombro su cabeza, me miró.
—Dime, ¿me quieres?
La estreché contra mi corazón. Mis ojos irradiaron: ella veló con sus párpados los suyos. Su boca temblorosa se unió por sus extremos: los bordes de los labios, antes rojos, humedeciéndose más, palidecieron: su respiración, como la mía, era anhelante... La Luna apareció: el aire murmuraba entre las hojas: trinó dulcemente un ruiseñor. Mis ojos irradiaron otra vez, y estalló en el silencio de la noche un beso.

Hice un esfuerzo violento, y me separé de Marién.

En aquel momento conmovió nuestro corazón el aullido profético de un perro.

Cuando acostada ya, me llamó, no se atrevía a mirarme. Sus ojos estaban inyectados; había en su semblante ese desorden que sigue a las grandes convulsiones del espíritu. Su rubor delataba su pudor; pero había yo no sé qué misterioso, no sé qué doloroso a mi corazón, no sé qué velo roto que desenvolviendo demasiado sus encantos, provocaba...

El trabajo de revelación estaba hecho.

Se ha apoderado de mi alma la tristeza...

Septiembre 6

—No vuelvas a ser cruel: me has empeorado...

Y yo veía los efectos de su lucha en su semblante. Un solo día ha bastado para destruir la obra de un mes de cuidados y contento...

Sí, hecho el mal; la desesperación de mi impotencia; la rabia conmigo mismo; el grito de la razón; el arrepentimiento... ¡Ahora que mis ansias son inútiles, me parece mayor el mal causado: me parece que los ojos se han hundido; que han vuelto las sienes a sumirse; que la ligera ronquera que la humedad de la noche le produjo, es la amenaza manifiesta de su empeoramiento; que su tristeza es resultado de sus temores; que su sueño agitado es el efecto de la agitación moral que me culpa y que me acusa...! ¡No creas que me oculto, conciencia; aquí me tienes; si tú eres el Dios de cada hombre, y cuando el hombre delinque lo llamas y lo acusas, como Dios al primero que existió, no temas que me esconda; no estoy desnudo todavía...! ¡Mi Eva no ha caído...! Engreída con las fuerzas que te he dado, apenas concibo la culpa, me persigues con tu voz amenazadora, me aguijas con tus remordimientos... ¿Y por qué...? ¿Qué he hecho...? ¿No he tenido valor para acallar a mis sentidos?... Si caí en el deseo ¿no lo he vencido...?

Me haces pensar en ella; espiar en su suelo el estado de su alma; asustarme del efecto producido por mi flaqueza... ¿Y qué?... ¿No soy de carne y hueso...?

¡Repugnante rebeldía...! ¡ah...! Mientras que el espíritu impera, el hombre es algo; pero en el momento en que la materia lo domina...

Septiembre 15

Ya no quiere pasear sola conmigo; huye de mí, me teme y se teme. Si en vez de estar enferma gozara de salud y esta lucha en vez de empeorarla o de contener su mejoría, no minara su cuerpo ¡cuántos encantos habría para mí en esa lucha...! Sentiría la satisfacción de verla despojarse lentamente de los deberes que hacía fáciles la pureza de su alma, para rendirse a la naturaleza. Y este trabajo lento, provocado por mí, por el respeto de su inocencia, sería placentero; pero hoy es doloroso: la revelación ha sido perjudicial; la lucha, peligrosa.

Cuando pienso que un momento de debilidad le ha ocasionado esos nuevos dolores, me inspiro repugnancia... ¡Ríete, ríete, mezquina dualidad...! A pesar de mi asco, hay en mi imaginación la seguridad de un deleite que abrasa el cerebro, que incita, que enloquece.

Septiembre 30

Esa excesiva sensibilidad la va a matar...

¡Que todo lo que admiro, que todo lo que aconsejo como bueno se vuelva contra mí...! Marién es buena, y el mal de los demás la abisma en la tristeza. Seguro de la grandeza moral a que conduce esa piedad del mal ajeno, en vez de calmarla, la he exaltado; y cuando he querido aplacar la exaltación por prever los tristes resultados que ahora veo, ya era tarde; ya la tristeza se había convertido en un elemento de su vida espiritual...

Ayer, estando reunidos en el jardín, vinieron a buscar al médico para asistir a una joven peligrosamente enferma. Al volver el doctor, Marién le hizo mil preguntas, a las cuales, por estar preocupado, contestó imprudentemente. Habló de la juventud de la enferma, de los dotes morales que la hacen amable a todos; de la desesperación de sus padres; del enternecimiento que le había producido el contraste de esta desesperación, con la dulzura de la enferma; de los grandes temores que su estado le causaba; de la inminencia del peligro que corría su vida, y de sus pocas esperanzas de salvarla. Cuando el doctor se retiró a cumplir con su deber, pidiendo a su ciencia sus consejos, Marién manifestó su tristeza con una intranquilidad que me asustó. Ni las caricias de sus padres, ni mis palabras cariñosas consiguieron destruir su dolorosa preocupación. Confiándome, el recogerse, la razón de su tristeza, me dijo:

—La edad de esa joven; su bondad que antes de ahora había oído ponderar; la proximidad de su casamiento con un joven a quien ama, son razones que me hacen más sensible a su estado peligroso. La igualdad de circunstancias me inspira simpatías, y al saber que la muerte amenaza su vida y su felicidad, he tenido un pensamiento aterrador: me he dicho que yo también estoy enferma, que yo también puedo morir; que si ella no se salva, yo tampoco.

Octubre 1

Ha pasado la noche llorando. Las pocas veces que el sueño la ha vencido ha perturbado su imaginación, que por medio de palabras inconexas, de gritos contenidos, ha revelado lo rudo del golpe que ha sufrido. Esta mañana, al despertar de su último ensueño, más tranquilo, ha preguntado con instancia por la enferma: se la ha recomendado al médico; le ha rogado que no se separe de ella, y que venga a notificarle el curso de la enfermedad. Han sido buenas las últimas noticias, y el contento que ha sentido, me ha probado la intensidad de su tristeza.

Está durmiendo: su sueño es más tranquilo.

Octubre 2
La enferma mejora, y Marién se reanima. Esta tarde hemos paseado, y el paseo la ha distraído.

Octubre 6
Cuando esta tarde, sorprendido en el mar por la borrasca, veía yo la distancia de la playa, y de pie sobre el bote, contemplaba el peligro, «el peligro fascina» me decía.

¡El peligro fascina...! Es verdad: yo estoy fascinado en este instante. Ahí está mi peligro... Solos los dos: ella, durmiendo abandonadamente; yo, velando su sueño y en guardia contra mí mismo...

¿Por qué ha vuelto la escena de esta tarde a enardecerme? ¿por qué, temiendo por mí, salió a buscarme, y por qué nos encontramos solos? ¿por qué la manifestación de sus temores, asegurándome otra vez lo inmenso de su amor, en vez de despertar mi gratitud, despertó mi pasión?

¡Implacable fijeza de ideas...! ¿Conque es cierto...? ¿conque cuando un pensamiento nos domina, es necesario obedecerle, o de luchar con él, enloquecer...? ¡Ya no me sirve de nada mi razón...! No la obedezco.

A quien obedezco, a quien voy a obedecer...

¿Qué crimen he cometido yo que estoy temblando...? ¡Extraño desvanecimiento...! He dado dos pasos vacilantes, y he tenido que apoyarme en la pared... ¡Qué tumulto interior...!

Oigo las palpitaciones de mi corazón, los latidos de mis sienes... Detengámonos aquí... quiero vencerme... ¿Qué olvido de mí mismo es éste...? ¿dónde está mi fortaleza...? ¿dónde está mi dignidad...? ¿dónde estoy yo...?

¡Gracias, soberbia! has vencido: tú eres ahora una virtud.

¡Ahora que levanto la cabeza; ahora que no tiemblo, ahora que el vocerío interior no me ensordece; ahora que no vuelvo los ojos azorados, porque no temo una sorpresa; ahora que no son ruidosas las palpitaciones de mi corazón ni los latidos de mis sienes; ahora, yo soy yo! Me siento a mí mismo; me domino.

Siga la pluma eternizando mis flaquezas, que si siempre las domino como ahora, en vez de avergonzarme, me enorgullecerán.

Duerme en paz, casta virgen: aun cuando tu salud no la exigiera, por el placer de vencerme seguiré venciéndome. Recibe este beso, con el cual desafía mi espíritu a mis nervios.

Octubre 7

Mientras he podido alejar mi pensamiento de estas ideas, mi espíritu ha vivido en su región, y se ha elevado; pero desde el momento en que ha caído en su sima el espíritu impotente se contenta con gritar. Mientras me dijo que era necesario hacer más libre el ejercicio de mis fuerzas morales, la lucha de mi vida ha sido noble; lucha del alma, que busca una felicidad que no encuentra, con todo lo que se le opone; pero ahora que el alma se esconde, y me falta la fuerza que necesito, preveo el vencimiento...

Es preciso evitarlo a toda costa. Ya que imito con mi flaqueza a los demás, imítelos también con mi humildad. Apelemos a un recurso salvador; huyamos.

No hay camino que seguir: todos están obstruidos.

Es imposible irnos a América. El doctor tiene razón: los peligros de ese viaje serían decisivos para la salud de Marién.

Pues ¿a dónde ir...? ¿he de quedarme aquí para que suceda lo que temo?

No: yo no me quedo: aunque pudiera ver siempre el peligro y contenerme, la lucha con la parte rebelde de mi ser me está cansando. Irritado contra las circunstancias que me vedan el acatamiento de leyes invencibles; colérico conmigo mismo por no poder vencerlas, y por haber descendido a combatir con ellas, he perdido la seguridad, no hay unión en mis fuerzas interiores, no puedo condensar un pensamiento. Luchando por conseguirlo y desechando visiones importunas, paso intranquilo la noche, meditabundo el día, buscando la soledad, huyendo de ella. Mi cuerpo está tan cansado como mi alma: no es posible prolongar más esta lucha.

Cuanto el médico dice es lógico: es una locura hacer navegar a esa criatura; el mareo, el temor de los peligros, la inquietud se oponen... ¿Pero no podrían las esperanzas animar ese espíritu sumido en la tristeza...? ¿La sola alegría que sentirá cuando le diga que nos vamos a América...?

Sí: nos iremos, no hay remedio.

Octubre 9

No hay remedio: lo quiere la fatalidad, y es necesario obedecerle. Marién se había tranquilizado ya con la mejoría de la enferma: yo me había olvidado de ésa. Esta mañana, yendo a buscar al doctor, éste me buscaba:

—Es preciso —me dijo— que se empleen todas las precauciones necesarias para impedir que Marién lo sepa: la enferma está muriéndose, agoniza.

Porque bajé la cabeza para no mirar al cielo y maldecirlo, «tenga usted ánimo», me repitió el doctor.

¡Tenga usted ánimo...! Es claro; él no ve en la noticia lo que yo; él no ha podido observar lo que yo observo, y como no puede mirar donde yo miro, no ve cómo está mi corazón, cómo mi alma... ¡Moribunda esa joven, y no poder ocultárselo...! ¿Como?... ¡Si pudiéramos alejarnos de aquí...! ¿Con qué pretexto, que no despertara en ella la sospecha?... No viniendo el doctor con nosotros, se alarmará. No es posible alejarse... ¡Si pudiéramos emprender hoy o mañana nuestro viaje a América!...

Aunque no lo emprendamos, que sepa mis propósitos: su alegría no solo conmoverá su espíritu, distrayéndolo de sus pensamientos dolorosos, sino que la aturdirá lo bastante para hacerla insensible a lo que, sin ese sacudimiento feliz, se lo produciría terrible... Permanecer aquí sin que sepa la gravedad de esa enfermedad, es imposible: si los criados no lo dicen, la proximidad del camino y el paso frecuente de gentes para quienes la enfermedad de esa joven es un acontecimiento, se lo revelarían. El placer, las esperanzas, el contento, la movilidad que da, le impedirán conmoverse tan hondamente, como lo hubiera hecho antes: tal vez embargada por la idea de su futura felicidad, carezca de significación el mismo suceso que sin esas esperanzas, la tendría espantosa.

Vamos a probar, tengamos fe. Con un Sol tan radiante; con un cielo tan diáfano, con un día tan alegre, es imposible que el dolor haga víctimas. Es imposible; pero a cien pasos de aquí, el mismo día, el mismo cielo, el mismo Sol que a mí me parecen radiantes de alegría, parecerán oscuros, pavorosos.

Ha vuelto el médico a darme las últimas noticias: malas.

—¡Bayoán...!

—¿Qué quieres, alma mía...?

—¿Qué te decía el doctor...?

—¡A mí!... Nada...

—Pues entonces ¿por qué te has inmutado? ¿qué significa la alteración que observé en el semblante del doctor?...

—La alteración que produce un diálogo animado... Hablábamos de ti: de la alegría que vamos a causarte; de la felicidad que viene detrás de ella... Dame el brazo, y paseando por el jardín te contaré... ¡Qué hermoso día!... Parece que el cielo se alegra de tu dicha... ¡Qué envidioso es el cielo!... Para que dejes de mirarme por mirarlo, se hace transparente, se colora con una luz más pura, se engalana con sus más nacaradas nubecillas... Así, ríete así: detrás de tus ojos está el cielo. ¡Si siempre estuviera resplandeciente, como ahora...!

—¡El Sol es el que da su esplendor al cielo: si siempre brillara el Sol!... Si tú me iluminaras siempre con la luz de tu alegría; si siempre tu mirada fuera tan cariñosa como ahora, siempre estaría mi alma inundada de ternura... Pero dime, amado mío: ¿qué alegría me estabas prometiendo?...

—Una alegría inmensa: no te la doy, si no me das un beso... Pero, no, no es necesario.

—¿Ya no quieres que te bese...?

—Yo sí; pero... es que... Nada, nada, cosas mías...

Me miró, y su mirada investigaba. Hubo un momento en que pasó por su frente una nube, y coloró rápidamente sus mejillas ese rubor casi doloroso que llega hasta los párpados y excita el lagrimal. Bajó la cabeza, y meditó: después volvió a mirarme con la inseguridad con que miramos cuando dudamos de nuestro pensamiento: luego tomaron sus facciones la tersura que les da una resolución irrevocable. Con voz cariñosa, pero no segura, me dijo:

—Ea, dame la alegría prometida...

—Aquí la tienes: nos vamos...

—¿Para América...? ¿sí? ¡bendito seas!...

Me abrazó enajenada: yo la besé en la frente; pero siguiendo a la expansión de la alegría el silencio; y a su feliz agitación la calma; y a las caricias repetidas, las miradas; y al abrazo apretado, la permanencia de su talle entre mis brazos, de su cabeza sobre mi hombro, temí la seducción, y retiré suavemente su cabeza, y rechacé con dulzura su cuerpo.

Me miró con tristeza, y con acento singular, me dijo:

—¡Qué...! ¿no soy tuya...?

Exaltemos el alma, y cuando llegue la hora de la lucha, vencerá. Si en aquel momento me contuvo la sola idea del decaimiento de Marién, conocedora ya de los peligros de su estado, ¿por qué no ha de contenerme ahora...?

¡Reclamas tus derechos, razón...! ¡Dices que no puedo sentir vergüenza por la caída de ese espíritu que es una caída inevitable, fatal, preestablecida...!

¡Maldita sea tu inflexibilidad, razón...!

Octubre 9

Las doce de la noche... Silencio en todas partes, excepto en mi interior... La lámpara alumbra débilmente: va a apagarse...

Marién duerme: su sueño es tranquilo... ¡Qué hermosa me parece...! Las ondulaciones de su seno...

En vano me aprieto la frente y me estrujo el corazón... me desvanezco...

El crimen premeditado es imposible. Si la sola exageración de un pensamiento convierte un derecho legítimo en delito y al ir a cometerlo tiemblo tanto y sufro tanto, ¿cómo puede el criminal...? Sí: ¡lo comprendo...! La fascinación lo arrastra, y tal vez a su pesar...

Si el deseo me cegara, y contuviera los movimientos interiores, lo bendeciría; tal vez lo seguiría el placer; pero viendo claramente lo que hago, observando mi agitación moral ¿no me espera, en vez del placer, la repugnancia de mí mismo...?

Y adelanto, sin embargo... y me castigo con la sonrisa que contrae mis labios, y ahora, al tropezar con esta silla, me he burlado de mi espanto, y temiendo que la despierte mi respiración, la contengo, me apoyo en la pared, tomo aliento, y contemplo a Marién.

Devoro con la vista sus encantos físicos... He hecho un movimiento, y me he retirado aceleradamente.

Si hubiera dos personificaciones de mí mismo, como hay dos seres en mí, quisiera ver materializado al que observa y juzga, para reírme del que obra... ¡Degradación infame...! Serenado otra vez, vuelvo a acercarme... Una voz. Es la suya... Marién sueña.

«No puedo resistir a sus miradas... ¡Madre mía! Explícame por Dios, lo que me está pasando... Cada vez que me mira... me estremezco, y el fuego que en sus ojos me turba, enciende mi sangre»...

¡Gracias a Dios...! ¡de qué peso me he librado...! ¡Ella también...!

La idea de la lucha a que la he sometido, el pensamiento de los dolores que le causará esa lucha; la compasión que me inspira en este instante, me han vuelto el dominio de mis facultades. ¡Deseo, estás vencido...!

Sigue soñando, criatura desgraciada, y tus involuntarias revelaciones me fortalecerán... No, ya no hay en mí nada impuro: mi amor, purificado por la prueba, me da la ternura que ahora siento, el anhelo de volver a ser digno de ese ángel, el ansia de impedirle sufrir más.

¿Por qué se intranquiliza? ¿por qué tiñen esas manchas rojizas sus mejillas...? ¿Seguirá verificándose en su alma ese penoso trabajo de revelación...?

Vuelve a soñar... ¿Qué es lo que dice...? ¡Imposible...! ¡Imposible...! Yo me engaño.

«No, no me quiere... ¿Tú no ves que te amo...? ¡Dame un beso...!»

Las seis de la mañana de otro día.

Hace seis horas que sufría mi espíritu su última convulsión; menos de seis, que provocaba en Marién la espantosa sacudida corporal que hasta hace poco la ha tenido privada de la vida exterior. Si el tiempo destruye los recuerdos, y aplaca el rigor de la conciencia, recuérdenme esas líneas el extravío criminal de mis sentidos, y espánteme la monstruosidad de mi alma, cuando vuelva a leer estas palabras:

En sueños pedía un beso, y se lo di; beso de fuego, de infierno. Se estremeció y despertó sobresaltada. Hubo una coincidencia satánica; ella, al despertar, vivo aún el recuerdo de su sueño, creía sueño lo que era realidad, y se pasaba la mano por los ojos: mientras tanto, los míos, saltando de sus órbitas, buscaban el deleite en su seno descubierto; ella sorprendió aquella mirada, se cubrió el seno, recogió su cuerpo, me miró y espantada del desorden que había en mí, dio un grito lastimero, un alarido aterrador.

—¡Bayoán, Bayoán! ¡socorro...!

—No te asustes... soy yo.

La lámpara se apagó en aquel momento.

—¡Aparta, demonio...! ¡Bayoán! ¡socorro...!

Sentí pasos. Se iluminaron los aposentos cercanos, y aparecieron sus padres y el doctor: Marién, al verme, dio otro grito y exclamando: «es él», se desmayó. Después de pulsarla, el médico pidió éter y dijo con acento sombrío.

—Volverá pronto en sí; pero tendrá una convulsión... no se aflijan ustedes; pero si esa pesadilla se repite...

—¡Pesadilla! —repetía yo interiormente.

Y una risa satánica desgarraba mi corazón, mientras que Guarionex y su mujer lloraban: después seguí con una mirada indiferente y una sonrisa estúpida los preparativos que hacían para evitar la convulsión, y no pudiendo gritar, como quería, lancé una carcajada cuando oí las palabras compasivas de los criados, que creían locura lo que era idiotismo; dolor, lo que remordimiento. De lo que ha pasado después, ya no me acuerdo...

Sí, sí, es preciso acordarse; es preciso que mis ojos vean eternamente, la pregunta que retumba en mi conciencia...

Al volver de su desmayo, preguntó. «¿No era él, no es verdad...?» Después la agitó la convulsión.

Todo cuanto el lector pueda decirse, se dijo el editor la primera vez que leyó el manuscrito. Me dije que era imposible que un hombre como Bayoán, se viera arrastrado hasta este extremo; me dije que era increíble esta falta de fuerza en un espíritu fuerte; esta debilidad, en una razón acostumbrada a dominar; esta impetuosidad de los sentidos en un ser dominado por el alma, y no quise creer; y atribuí al desvarío de un momento, a su constante predisposición a exagerar sus faltas, al ansia de movimiento de un espíritu que buscaba ocasiones de luchar, esta repugnante aberración de sus sentidos; pero obligado después a penetrar en el fondo de las cosas, a sondear el espíritu del hombre, a ver la verdad sin espantarme, comprendí a Bayoán, creí en la posibilidad de sus errores, y admiré su valor, y me expliqué el anhelo constante de su vida.

Al volver a leer el manuscrito, después de meditar y enlazar mi observación y mi experiencia, dije: «comprendo el extravío; me lo explica la temeridad de las imaginaciones poderosas, que no cejan ante el peligro y se complacen en él; la fuerza de una razón que se anticipa los sucesos y los prevé, y al anticiparse y prever, estimula ya a la imaginación». Si después de comprender este extravío, y de admirar el valor de Bayoán, que no temblaba al recuerdo de sus faltas y quería perpetuarlas con la pluma, como interiormente las perpetuaba su conciencia; si después de adivinar en esto su anhelo de verdad, de justicia y de virtud, porque hay virtud, hay justicia y hay verdad en la perpetuación del remordimiento, en la espontánea confesión de sus errores y en el deseo de no aparecer mejor de lo que se es en realidad; si después de ver esto hubiera arrancado estas páginas al Diario ¿hubiera satisfecho mis deseos, hubiera mostrado al hombre tal cual es...? Así es el hombre, y feliz el que es así, porque ése sabe luchar, sabe vencerse, y si delinque, el delito no es suyo; es de la incomprensible dualidad de nuestro ser.

Anticipándome así a los clamores de los que, por no haber luchado, no conocen lo difícil de la vida, y olvidando voluntariamente los gritos de los hipócritas, callo para dar espacio a los últimos diarios de Bayoán.

Octubre 10. Por la noche

Si hay un martirio superior a las fuerzas del espíritu, es el que producen en una conciencia manchada la alabanza, la compasión, la simpatía.

Anoche me impusieron ese martirio los criados; hoy me lo ha impuesto Marién. No me he separado ni un instante de su lado, logrando así que el punzante temor de perderla aplacase mis remordimientos. Al anochecer se quedó dormida, y el médico, que la vio entonces, aseguró una noche tranquila, obligando a sus desconsolados padres a buscar el descanso.

Quedé solo: el recuerdo de la noche anterior se hizo más vivo, y siguiendo las oscilaciones de mi imaginación, dirigida por mi conciencia, sufría todos los tormentos del delito y todos los castigos del arrepentimiento. Apoyado el codo en el borde de su cama, la cabeza en la mano, la contemplaba, llena el alma de dolor y de ternura. Despertó: sorprendió mi mirada, y me dijo:

—¡Qué bueno eres...! Perdóname si anoche... no sabía que tú estabas cerca de mí...

Ni ella me miraba, ni yo a ella; ella estaba pálida, y yo rojo. Prosiguió:

—Acababa de tener un sueño terrible, y al despertar y verte tan demudado, creí que eras la realización de mis sueños, me espanté, sentí un sacudimiento doloroso, y no sé más...

—¡Criatura generosa...! ¡y me perdonas, y olvidas...!

—Yo soy tuya...

—¿Y no te avergüenzo, no te repugno, no...?

—Yo soy tuya...

Octubre 11. Por la noche

Acabo de oírlo: ¿de qué han servido nuestras precauciones, nuestros cuidados...? Sintiendo un dolor agudo en su costado, quiso ver al doctor. No estaba en casa: preguntó, le contestaron torpemente, y adivinó lo que quería ocultársele. Cubrió su semblante la palidez del espanto, y exclamó:

—¿Conque sigue mal todavía?
—¿Quién?
—Esa joven...

Yo me asusté recordando sus palabras: «si esa joven no se salva, yo tampoco».

Cuando llegó el doctor, expresó su inquietud con sus preguntas: el doctor la observó y —no, no me engaño— yo vi en sus ojos un relámpago siniestro. Hace poco, creyéndola dormida, se retiraron todos a un aposento próximo; hablaron en voz baja; hablaron de la enferma: el médico aseguró que moriría: Marién tenía los ojos cerrados; pero no dormía; los abrió, miró con espanto alrededor; me vio, contuvo un grito, se apretó fuertemente el corazón, respiró con angustia y suspiró...

Octubre 15

¡Después de haber pasado un día tan bueno...! ¡Qué cruel es la casualidad...! ¿Cómo decírselo? ¿cómo ocultárselo...? Oigo incesantemente sus palabras: «si ella no se salva, yo tampoco». ¡Si supiera que no se ha salvado...! El mismo sudor... la misma calentura... los mismos accesos de tos...

Octubre 16. Por la mañana

Ese funesto empeño va a producir resultados terribles. Y no es posible oponerse a él, no es posible disgustarla: los pretextos la harán reflexionar, la reflexión le dará una sospecha, de la sospecha pasará a la agitación; de ésta al disgusto, y volverá otra vez el accidente, volverá la sacudida formidable... ¡Oh, lógica inflexible de los acontecimientos...! Lo que ayer era bueno, es malo hoy; lo que ayer una admirable previsión; hoy imprevisión horrenda.

El médico sabe los efectos prodigiosos que producen en el alma del enfermo, el cielo, el Sol, el campo, eternos glorificadores de la vida; el médico sabe que al respirar un enfermo el aire puro, recobra parte de la vida que le va faltando; el médico sabe que en un cuerpo que obedece a los movimientos del espíritu, la contemplación de la naturaleza es una como transfusión de vida, y previendo los felices resultados que produciría en Marién este cambio de vida, y temiendo los que produciría la retención en su aposento —privada de los placeres que pueden distraerla de sus pesares y de sus dolores físicos—. Ha ordenado que al mediar el día se levante, y se siente delante del balcón: ¿cómo hacerlo, si a esa hora ha de pasar por el camino el fúnebre cortejo que devuelve a la tierra el polvo que, amasado, había formado a esa joven desgraciada...? Si Marién lo ve ¿no bastará el golpe que sufra para aniquilarla...? ¿cómo impedir que lo vea...? La hemos rogado una y mil veces que no se levante: hemos mentido; la hemos dicho que el cielo está nublado; que el día está triste... todo inútil: se empeña en levantarse: se impacienta, gime, llora, y temiendo ser engañada, sospecha, y mientras guarda silencio, estoy viendo en sus ojos el fuego sombrío que refleja el ardor de su imaginación... Se acerca la hora en que acostumbra levantarse... Estoy temblando...

Octubre 16. Por la tarde

Se levantó: el día era alegre, como siempre que mi alma está angustiada: Marién hizo abrir los balcones y respiró con deleite el aire tibio y perfumado: era la una en mi reloj: respiré con placer: hacía una hora que, según los anuncios que por la mañana me dieron, había pasado en dirección de Alicante la comitiva que acompañaba el cadáver de la joven... Como siempre, la esperanza sucedió a la angustia, y manifesté la alegría de mi alma con mi jovialidad, con mis palabras cariñosas: Marién estuvo alegre, y la tos no fue tan importuna, ni tan ardiente la fiebre: acababa de tomar el alimento ligero que su estómago consiente y se sentía bien. La tarde era deliciosa: el Sol entibiaba la atmósfera; pero no hería: las plantas empezaban a exhalar su fresco aliento; el silencio a reinar en la naturaleza. Hablamos de nuestra patria, y formábamos proyectos deliciosos. En aquel momento se presentó el doctor: estaba pálido: Marién vio su palidez, y se sobresaltó.

—No tema usted, hija mía —dijo él—: no tengo nada.

Forzó una sonrisa, y con tono de descontento, le preguntó:

—¿Por qué no se ha recogido usted? Ya es tarde: han pasado las cuatro, la hora en que he ordenado que se acueste.

—Está la tarde tan hermosa, estoy tan bien aquí... no sea usted cruel, doctor; déjeme aquí.

—No, no es posible.

Y mientras se negaba, se hacía más sombría la expresión de su rostro, y me miraba con una fijeza congojosa. Comprendí y temblé: uní mis ruegos a los del doctor, y Marién, cediendo, miró al cielo y al campo, y se dispuso a recogerse...

Ya era tarde, el cántico solemne de la religión llegó hasta nosotros y nos estremeció: Marién prestó oído, palideció, se agarró, vacilando, a mis hombros y con voz temblorosa, preguntó:

—¿Quién ha muerto...?

Nadie le contestó. Volvió a preguntar con más anhelo: el médico contestó. Ella dio un grito: pasaba por delante de la casa un ataúd, llevado en los hombros de unos jóvenes, y de hombres de diversas edades: sobre el ataúd había una corona de virgen. Marién la vio, y adivinando, manifestó su desesperación con un grito, y estas palabras sombrías, que precedieron a una convulsión:

—No se ha salvado.

Enérgicamente combatida, la convulsión ha cesado, pero su agitación es terrible, y su delirio desgarrador...

No hay ni un rayo de luz dentro de mi alma.

Octubre 25

¡Entregados al sueño!... Todos, todos reparan las fuerzas perdidas en las largas vigilias de estos días... sus padres, el doctor, la misma Marién. ¡Qué felices son todos!... Solo yo, vencedor de la naturaleza, velo... Hay un momento en que la materia imita al alma, y está vigilante como ella, y como ella, desasida de todas sus necesidades... Cuando medito en este olvido de la vida, y sin embargo, vivo, el pensamiento moribundo resucita y me hiere con su último dardo; con la envidia. Me está martirizando en este instante: al ver la obediencia de esos cuerpos a las leyes naturales, al verlos dormir profundamente, la envidia me presta su sonrisa, me muerde en el corazón y me hace injusto. Acabo de decirme que esos padres tan cariñosos, que ese médico tan vigilante, ni aman, ni vigilan, ni cumplen con su deber cuando así duermen... Me faltaba sentir esta pasión, experimentar este infernal dolor, y el dolor me desgarra interiormente y la pasión que lo produce, me devora... ¡Gracias, tú, quienquiera que seas, que así me pruebas!...

«Mi alma está muerta», me decía hace poco: ¡mentira!... No ha muerto; vive todavía: siento una fuerza interior que se revela contra la pasión infernal que la esclaviza.

Voy a vencer a la envidia; estudiemos en esos rostros dormidos lo que pasa en el alma...

El alma está despierta en todos ellos. En Guarionex lucha el amor paterno, que espera en la vida de su hija, con la incrédula razón que observa y duda. En su mujer... esta mujer es madre; no hay lucha, no hay razón; no hay más que amor... aquí vela la esperanza. En el médico vigilan los temores: la ciencia combate a la naturaleza...

¡Ha sustituido a la envidia una tristeza tranquila; yo no espero!...

A medida que las fuerzas vitales desamparan a ese ser querido; a medida que Marién se aleja de la vida y me abandona, va perdiendo sus fuerzas el dolor, y mi alma no sufre; languidece. ¡Si me fuera posible evitarle los dolores físicos; si me fuera posible darle muerte!... ¿qué he dicho? ¿es acaso verdad que yo no espero? ¿y esta placentera agitación que siento ahora, no es la misma esperanza?... ¿la esperanza no es Dios?... ¿no es Dios inmenso, sobre todo en bondad?...

Octubre 27

¡Qué feliz esperanza!... Yo también moriré. Si resiste mi alma ¿resistirá también mi cuerpo? Durante esta terrible noche ¿no he sentido yo más de una vez el mismo dolor que ella sentía, el mismo anudamiento de los nervios; el mismo peso en el costado derecho, la misma opresión en el izquierdo?... Yo también voy a morir... Si fuera a un tiempo... Eso sería probar la felicidad, y es imposible: moriré después; moriré de tristeza... ¿de tristeza?... Yo no puedo morir de esa muerte; moriré de atonía...

Octubre 29

Ni un latido de angustia en mi corazón; ni un movimiento de terror dentro del alma; ni esa actividad en el cerebro con que tantas veces lo ha inquietado la movilidad del placer o del dolor: no hay nada dentro de mí; la muerte es nada.

Octubre 29. Por la noche

Yo creí que nunca volvería a sufrir el punzante dolor que ahora he sentido. Marién dormía... ¡Infeliz!... Ella no duerme; dormita. Estaba dormitando; yo seguía con anhelo todos los movimientos de su cuerpo, todas las contracciones de su rostro, cada vez que el dolor se oponía a su reposo: escuchaba con ansioso oído las palabras confusas del delirio; observaba su respiración, y me prometía una noche tranquila para ella, cuando abriendo los ojos y mirándome, me preguntó:

—¿Qué haces ahí?

—Creí que me habías llamado —le contesté cariñosamente.

—Vete de ahí; no te conozco...

¡No conocerme ella a mí!... Sentí un abatimiento que aniquiló mi corazón, y tuve deseos de gritar, y pensé que su muerte estaba próxima, y mi respiración se suspendió, y aunque quise abalanzarme a ella, y hacerme reconocer, no tuve fuerzas...

Octubre 30

¡Qué hermoso estaba el cielo!... ¡Qué hermoso estaba el Sol!... ¡qué hermoso el campo!... Hacía un mes que no lo había visto, y cuando esta mañana acompañé al balcón a Marién, cuyas fuerzas quería el doctor probar, me sorprendió su hermosura y su serenidad. Levanté la vista, y los vi, cuando acababa de comprender lo que es la muerte. Obedeciendo al médico, ayudé a Marién a levantarse: no tenía ninguna fuerza; al apoyar los pies en el suelo, vaciló, y hubiera caído a no estar yo cerca: pasó uno de sus brazos por mi cuello, apoyándose en el de su padre con el otro; no podía andar...

No hay tiempo en el reloj que lo señale; fue un siglo, un siglo de revelaciones espantosas, de congojas nuevas, de tormentos desconocidos, el tiempo que invertimos en llegar a la sala. El doctor deseaba estudiar el efecto que el cielo, el Sol y el campo producirían en ella, y quiso que la lleváramos al balcón; ella no pudo. Vio una silla a nuestro paso, la señaló sin hablar, y cuando la hubimos sentado, respiró con fatiga: su madre estaba cerca; ella la vio, y al observar que escondía el rostro por esconder sus lágrimas, gritó desgarradoramente: «me muero, madre mía»...

Entonces fue cuando vi yo la alegría del cielo, y la del Sol y la del campo.

Noviembre 2

¿Por qué me preguntaría la fecha?... Llorando se la dijo: pero se la dijo la sencilla campesina. Marién sonrió con la misma sonrisa que he observado yo en los labios de un niño moribundo. Después de sonreírse, dijo con una profundidad de intención, lúgubre como su acento:

—¡Dos de noviembre!... Hoy es día de los muertos...

Noviembre 5

El doctor es un infame ¿no ve que al hacerla levantar es inventar un tormento?... Cada vez que se levanta, y apoyada en su padre y en mí, se arrastra tropezando, vacila a cada paso y a cada movimiento desfallece, el dolor de sus padres y el mío hace amable la muerte. Hoy sobre todo, muerte significa para mí felicidad: estaba ella sentada contemplaba el campo: después de desvariar en silencio largo rato, me miró fijamente; la vida hizo un milagro... dio a sus ojos una mirada de amor; la muerte amenazó... una lágrima anubló aquella mirada... Y yo entretanto, penetrando en el fondo de su alma, veía en ella la vida de dolor de aquel momento, y sentía pesando sobre mí la eternidad.

Noviembre 10

No ha querido levantarse, y yo, que ayer maldecía al doctor porque la obligaba a hacerlo, al oír hoy su negativa, me he estremecido, creyendo que la muerte está más cerca.

Noviembre 12

Creyendo distraerla como ayer, mandó el médico abrir el balcón de su aposento. Eran las diez de la mañana; el aire estaba tibio; los pajarillos gorjeaban todavía. A pesar de la indiferencia en que sumerge esta fatal enfermedad, al oír trinar a un ruiseñor, levantó la cabeza sorprendida, y me miró... Recordando a los sinsontes: este recuerdo que fue para mí un alfilerazo en el corazón, la reanimó a ella: me llamó; me hizo sentar a su lado, y con palabras que hacían intermitentes la fatiga, me habló de nuestro amor... El alma es poderosa: hizo un esfuerzo, y mientras que se decía, blasfemando, «¡Dios se burla!» me hizo sonreír para contestar a Marién. Esta volvió a recordar a América, y pensando en la vida, en su amor y en su felicidad, volvió a formar castillos en el aire, que las sombras de la muerte oscurecían y el aire se negaba a sostener.

Noviembre 15. Por la noche
Ese constante dormitar, de día y de noche; ese incesante murmullo de palabras sordas; esa intermitente abertura de los ojos, en cuyo fondo resplandece una luz siniestra; ese encendimiento perenne de su cara; esas miradas sin fijeza; esa sonrisa inocente, irremediable expresión de un pensamiento íntimo, me asustan mucho más que su tos, que sus expectoraciones, que sus gritos de dolor.

Noviembre 17
Si no me hubiera dejado vencer por la pasión, si no atribuyera a aquellos momentos de locura el empeoramiento de Marién, podría perdonarme. He pasado revista a los actos de mi vida, y nada innoble, nada criminal he visto en mí: pero aquellas noches fatales, aquélla, sobre todo, en que mi alma se doblegó a mis sentidos...

El amargo placer que siento ahora, recordando que, a pesar de todo, la virgen sin mancha no ha sido profanada todavía ¿disminuye acaso la aspereza de mis remordimientos...? ¿puede aplacarlos tampoco la confesión de mis yerros...?

¿Por qué sin yo evocarlos, han venido esta noche a asediarme los recuerdos de mi vida...? ¿por qué me han espantado más que nunca los fantasmas que mi imaginación —mi imaginación no ¡mi conciencia!— me presenta en los rincones oscuros del dormitorio, en los dinteles de las puertas, en el fondo sombrío de los aposentos cercanos...?

Hay una solemnidad angustiosa en la atmósfera, en la luz, en la respiración de Marién... Yo no sé lo que es esto: presiento vagamente, no sé qué...

¡En qué momento...! Yo no sé si dormía: sentí una pesadez insoportable en el cerebro, y cesó para mí la realidad. Hacía un momento, un momento nada más... Delante de mis ojos, una oscuridad que yo veía... luego el rodaje de un reloj... después, un grito aterrador... y un nombre repetido con angustia... y nombre era el mío... y a pesar de que quería responder, no respondía... y a pesar de querer incorporarme, no podía... y después de un esfuerzo poderoso, me levanté y oí el mismo ruido pavoroso del rodaje... Y aquellas tinieblas se rasgaron, y vi una luz en mi interior, y di un alarido, y recibí a Marién en mis brazos...

El editor va a imponerse otra amargura, va a referir lo que pasó el día 21 de noviembre, dos después de su llegada a la casa que habitaban Bayoán y su familia. El doctor me escribió el 17 por la tarde, llamándome con urgencia. Cuando llegué, la realidad, como siempre, sobrepujó a los temores. Marién estaba moribunda; sus padres, desolados; el médico, maldiciendo su impotencia; Bayoán... Es imposible que yo diga cómo encontré a Bayoán.

Estaba cadavérico; su frente juvenil, llena de arrugas; sus ojos hundidos y sin brillo: sus mejillas, sumidas: su boca, perennemente entreabierta, revelando su atonía. La única vez que, después, hemos hablado de sus dolores en aquellos días, me dijo que la conmoción que experimentó en el rápido sueño del 17 de noviembre, y el golpe inesperado de la realidad, lo habían privado por completo del uso de sus facultades, haciendo que las sensaciones llegaran lentamente y sin fuerza a su interior. Marién, libre ya de dolores, luchaba todavía con la muerte: su cuerpo y su alma esperaban en la vida, y a pesar de la agonía de una noche, y tal vez por esta misma, confiaba: la confianza brillaba en sus ojos, único resto de su juventud y su belleza. La enfermedad había descarnado su fisonomía; pero respetó los ojos, verdadero dolor para nosotros que veíamos en la vida que se había agolpado en ellos. La proximidad de la muerte. Hablaba poco; pero miraba mucho: A Bayoán lo miraba largamente, cuando él, apoyada en la palma de la mano la cabeza, no podía sorprender sus miradas: alguna vez, obedeciendo a la fuerza magnética de aquella larga contemplación, levantaba la cabeza: si Marién no volvía la suya, y ambas miradas se encontraban, en ambas fisonomías se presentaban —en la una a pesar de la muerte, en la otra, a pesar de la atonía—, todos los dolores ocultos en el alma.

El dormitorio de Marién era el centro de aquellas existencias, de aquellos corazones doloridos; ni un solo momento se apartaban de él sus padres y su esposo.

¿Por qué he de imponerme el sufrimiento del recuerdo, dando pormenores que no detienen ni un momento la catástrofe...?

Dos días después de mi llegada se repitió la agonía: Marién se agitó inopinadamente: empezó a sudar; a abrir y cerrar los ojos, según que las visiones interiores la espantaban o la entristecía la tristeza de los seres queridos. Empezó su respiración a ser ruidosa; a semejar el ruido de la péndola cuando arrastra consigo las ruedas del reloj...

—¡Padres...! ¡amigos...! ¡Bayoán...! ¡Adiós...!

Brilló en sus ojos el último relámpago de amor, y mirando a Bayoán...

Su cuerpo se quedó entre nosotros: su espíritu fue a Dios.

Ni los sollozos, ni los gemidos, ni los gritos alteraron el silencio que reinaba. El silencio de la muerte se oye más que los gritos de los vivos.

En vano, pegados los labios al oído de la hija, la llamaba su madre; en vano el padre, obedeciendo al anhelo supremo de su alma, sacudía la cabeza bien amada; en vano, aconsejados por su fe, rezaban los sencillos campesinos...

Bayoán no lloraba: inclinaba la cabeza sobre el pecho, miraba fijamente... ¿Qué miraba...? Tal vez, la eternidad de su dolor... tal vez, a Dios...

Cuando el médico arrastró fuera del aposento a la madre desolada; cuando el padre, superior a su angustia, pensó en sus deberes, y siguió a su esposa; cuando nadie quedó en el aposento, Bayoán se acercó pausadamente al cadáver de Marién, pareció vacilar, y arrodillándose, cogió la mano que pendía fuera del lecho, y la besó...

Apuntes del editor

Desde entonces no profirió una palabra. Durante los diez primeros días que siguieron a la muerte de su amada, Bayoán y yo bajamos al jardín por la mañana, depositamos flores sobre la tumba de la virgen, y buscando después lugares solitarios, andábamos y andábamos, hasta que, obedeciendo a mi acento cariñoso, se dejaba guiar, y volvíamos a la casa...

Entonces, yo me separaba de él, subía a mi aposento y estimulado por el deseo de estudiar en su fondo aquel carácter, tomaba los apuntes que ahora utilizo para sustituir con mis propias emociones la narración de lo que entonces vi.

Diciembre 15

Acaban de embarcarse Guarionex y su mujer. La separación ha sido desgarradora: Bayoán ha llorado... ¿Qué hay en ese espíritu insondable, débil en lo pequeño, inquebrantable en lo grande...?

Febrero 8

De dónde procede, no lo sé; pero sé que he gozado durante los dos meses transcurridos. Bajando por las mañanas al jardín, paseando después, luego leyendo al venerable historiador de nuestros días, volviendo a pasear, y meditando, hemos ido devolviendo a la nada parte de la vida que nos dio.

Febrero 15

Ayer recibimos cartas de América, y una de ellas encerraba lo que llamó Bayoán su dicha: el producto de la renta de sus pocos bienes, dedicado a la compra de esta casa, y de las tierras anexas a ella.

Febrero 21

Anoche sentí ruido en el aposento de Bayoán. Subí sobresaltado... ¿Por qué he de temer que se suicide, si la vida es suicidio...?

Estaba preparando su equipaje:

—¿Qué es eso? —le pregunté.

—Salgo mañana para América.

—¡Y sin decirme nada...!

—Perdóname: tengo que hacer tantos esfuerzos para alejarme de aquí, que he temido que tu simpatía por mi dolor, me disuadiera. Y ya lo ves, amigo mío: yo no puedo vivir como hasta ahora: necesito otra vida: movimiento, actividad, olvido... América es mi patria; está sufriendo, y tal vez su dolor calme los míos... Si puedo encontrar allí lo que en vano he buscado en Europa; si en una de esas repúblicas hay un lugar para un hombre que ama el bien, después de recorrerlas todas, después de estudiar sus necesidades presentes, y evocar su porvenir, me fijaré en la que más reposo me prometa... Si en ninguna lo encuentro, seguiré peregrinando...

Febrero 23
Hace una hora que se embarcó. La soledad de esta casa me aterra: Volvamos a la Corte. Allí hay compañía para todo el que huye de sí mismo.

Febrero 23
Al alejarme de la casa, pasó navegando viento en popa la embarcación que conduce a Bayoán.
Me dirigí a la playa, y cuando el buque se confundió con el horizonte, bajé entristecido la cabeza y pensé que el horizonte de la vida es mucho más oscuro que el del mar.

Libros a la carta

A la carta es un servicio especializado para
empresas,
librerías,
bibliotecas,
editoriales
y centros de enseñanza;
y permite confeccionar libros que, por su formato y concepción, sirven a los propósitos más específicos de estas instituciones.

Las empresas nos encargan ediciones personalizadas para marketing editorial o para regalos institucionales. Y los interesados solicitan, a título personal, ediciones antiguas, o no disponibles en el mercado; y las acompañan con notas y comentarios críticos.

Las ediciones tienen como apoyo un libro de estilo con todo tipo de referencias sobre los criterios de tratamiento tipográfico aplicados a nuestros libros que puede ser consultado en Linkgua-ediciones.com.

Linkgua edita por encargo diferentes versiones de una misma obra con distintos tratamientos ortotipográficos (actualizaciones de carácter divulgativo de un clásico, o versiones estrictamente fieles a la edición original de referencia).

Este servicio de ediciones a la carta le permitirá, si usted se dedica a la enseñanza, tener una forma de hacer pública su interpretación de un texto y, sobre una versión digitalizada «base», usted podrá introducir interpretaciones del texto fuente. Es un tópico que los profesores denuncien en clase los desmanes de una edición, o vayan comentando errores de interpretación de un texto y esta es una solución útil a esa necesidad del mundo académico.

Asimismo publicamos de manera sistemática, en un mismo catálogo, tesis doctorales y actas de congresos académicos, que son distribuidas a través de nuestra Web.

El servicio de «Libros a la carta» funciona de dos formas.

1. Tenemos un fondo de libros digitalizados que usted puede personalizar en tiradas de al menos cinco ejemplares. Estas personalizaciones pueden ser de todo tipo: añadir notas de clase para uso de un grupo de estudiantes, introducir logos corporativos para uso con fines de marketing empresarial, etc. etc.

2. Buscamos libros descatalogados de otras editoriales y los reeditamos en tiradas cortas a petición de un cliente.

www.ingramcontent.com/pod-product-compliance
Lightning Source LLC
Chambersburg PA
CBHW031900220426
43663CB00006B/703